BERLIN-BANGKOK

Pour Suzanne,

entre Berlin et Bangkok, il y a le F-109, drôle de code pour de belles commandes !...

Jean-Pierre

JEAN-PIERRE APRIL

JEAN-PIERRE APRIL

BERLIN-BANGKOK

VERSION REVUE PAR L'AUTEUR

ÉDITIONS J'AI LU

Collection créée et dirigée
par Jacques Sadoul

Publié avec l'accord des Éditions Logiques (Canada)

Avant-propos

Une première version de ce roman est parue en novembre 1989. Quand je l'ai écrite, un mur divisait Berlin, et rien n'indiquait que l'Allemagne serait de nouveau unifiée. Tous les ouvrages spécialisés que j'ai consultés présentaient cette réunification comme une vision à long terme, sinon comme une aberration. J'avais donc l'impression d'être téméraire en évoquant dans ce roman la chute du Mur de Berlin. Mais pendant les semaines qui ont précédé la sortie du roman aux Éditions Logiques, alors que des foules contestaient le pouvoir en Allemagne de l'Est, j'ai craint que ma spéculation ne soit déjà du passé, et c'est de justesse que le roman a anticipé la chute du Mur.

Dans cette première version, j'avais imaginé que les Berlinois garderaient intactes quelques parties du Mur, pour rappeler aux générations futures que leur pays avait été divisé. Mais l'Histoire en a décidé autrement : les forces de l'individualisme ont joué, et ce sont plutôt des fragments du Mur que des milliers de personnes ont gardés en souvenir.

Pour cette nouvelle version, j'ai modifié mon texte afin de coller à la réalité. Pourtant, il s'agit toujours d'un roman spéculatif et il ne faudrait pas s'étonner de voir apparaître un Parc de la Paix et un Eros Center là où un no man's land séparait les Berlinois. Et le personnage central de ce roman, Axel Rovan, doit s'en prendre à un autre mur, fragmenté, intériorisé...

1

Axel le pressentait, sa rencontre avec Astrid serait de celles qui modifient toute une vie. Pour une fois, la psycho-assistante de Paradisc alla droit au but :

— La Deutsche Drug te consent enfin un congé de maladie.

Déjà la nouvelle lui rendait un peu de vigueur ! Cela signifiait 80 % de son salaire pendant un an, la possibilité de se brancher quelque part, de retrouver le temps effacé... ou de sombrer pour de bon dans le *nowhere*.

A dessein, il avait choisi un talkin' bar bruyant et mal éclairé, pour empêcher Astrid d'exercer jusqu'à la fin son emprise insidieuse. Mais elle ne voyait pas gesticuler les clients aux tables voisines, elle restait sourde aux éclats de voix, trop absorbée par ses propres paroles pour remarquer les nombreuses bières qu'il buvait à grands traits.

— Je ne serai plus là pour t'ennuyer, disait-elle avec un soupçon d'ironie ; c'est un psychogiciel qui prendra ma place, et tu devras suivre ton propre programme.

C'était ni plus ni moins qu'une sorte de prêt-à-penser, bourré de données caractérielles traitées puis classées dans un diagramme facile d'accès. Chaque jour Axel verrait son évolution, graphiques et statistiques à l'appui. Avec ses tableaux personnalisés, ses questions à choix multiples, son système de rétroaction et ses arbres de décision joliment structurés, le psychogiciel lui proposerait des objectifs à la mesure de ses capacités et l'encouragerait à progresser. Et, comme par hasard, Paradisc venait de mettre au point des psychogiciels pour les victimes du nowhere.

Axel décrocha. Paradisc ! Le dieu du bonheur ! Indispensable ! Comment cette psy-programmation pouvait-elle séduire tant de gens ? Était-il vrai qu'elle jouait le rôle d'un ange gardien, d'un confesseur, d'un psychologue ou d'un talkin' bar ?

Le manque d'enthousiasme d'Axel devenait évident. Il était grand, mince, blond, il avait le dos légèrement voûté, comme sous le poids d'une anxiété latente, et ses yeux bleu poudre, noyés dans sa longue figure pâle, semblaient attirer les critiques. Impatiente, la psycho-assistante le força à s'expliquer.

— Je ne suis pas comme tous ces jeunes, dit-il avec une moue dédaigneuse ; j'en connais qui s'amusent à modifier leur personnalité comme d'autres suivent des régimes amaigrissants.

Astrid prit leur défense, bien sûr, mais Axel n'écoutait pas, il songeait à Rawaï, aux rencontres empreintes de politesse, le soir sous les palmiers du parc qui bordait les laboratoires de la Deutsche Drug. Parmi les scientifiques, personne n'était touché par cette mode. Les mœurs thaï et le climat de suspicion qui entoure les recherches ultra-secrètes n'incitaient pas les employés à se livrer ; on cherchait à dissimuler ses faiblesses, à les étouffer, alors qu'ici on les cultivait comme des fleurs, pour mieux en faire un bouquet !

— Quand on obtient un congé pour raison de santé, il vaut mieux suivre un programme, dit

Astrid, stoïque. La Deutsche Drug n'aime pas laisser croire que ses employés restent détraqués à leur retour de Thaïlande.

La méfiance gagnait Axel. Surtout, ne pas oublier que les patrons recommandent Paradisc aux employés inefficaces. On le prétendait ici et là : quand un employé traîne la patte, les patrons paient des thérapeutes pour le repomper. Sinon pour l'écarter.

Axel gardait le silence, il buvait sa bière et regardait Astrid dans les yeux, essayant de prévoir les coups. Bien sûr, elle ne bronchait pas, elle en était peut-être incapable, pensait Axel. Ses yeux pouvaient bien être gris, métalliques, sans vie ! La parfaite psycho-assistante paraissait insensible, souvent même insipide : blême, ni belle ni laide, taille moyenne, esprit très moyen, secrète mais sans attrait, sa froideur était le fruit d'un calcul pour tenir ses clients à distance. Certains devaient s'en sortir, à force de la détester !

— Il y a une autre façon de satisfaire aux exigences, ajouta Astrid en penchant la tête d'un air mesquin. Une expérience personnelle de conditionnement psycho-social. C'est simple : il paraît que le nowhere ne résiste pas à un mariage bien programmé.

Axel parut tourmenté, il laissa planer un regard sombre sur les loges de conversation aux couleurs fades, sur les clients repliés sur eux-mêmes comme des mollusques dans leurs coquilles, mais la psycho-assistante ne lui laissa pas l'occasion de nourrir ses inquiétudes. Elle se lança aussitôt dans un rapide tour d'horizon des agences matrimoniales qui pullulaient à Berlin. Les experts en mariage représentaient d'abord la certitude de trouver le meilleur partenaire possible. Ils faisaient des études de cas, des milliers de données étaient pesées, ils allaient même jusqu'à projeter divers scénarios de vie en commun. Il n'y avait rien à craindre ; garantie de douze mois, contrat personnalisé, options complémentaires...

— Le mariage par ordinateur ? demanda Axel, incrédule.

— Eh oui, il était temps que l'informatique nous aide à mieux vivre. Fini le mariage à l'aveuglette ! lança Astrid, sûre qu'aucun être sain d'esprit ne pouvait affirmer le contraire.

— J'aurais dû y penser, renchérit Axel : le malheur ne pourra pas résister longtemps à l'avancement de la science. Bravo.

Il en avait assez d'entendre les Berlinois parler du bonheur obligatoire ; on le traquait partout, c'était le leitmotiv à la mode ; les Allemands de l'Est et les Allemands de l'Ouest lui faisaient penser à de jeunes mariés euphoriques, centrés de façon obsessionnelle sur leur bonheur.

— Paradisc est un bon point de départ, reconnut Astrid, mais, pour te renvoyer une image de toi, un ordinateur et une psycho-assistante ne vaudront jamais la vie en commun avec une personne aimée.

— Une épouse ! Ça me fait penser à mon mariage, avant mon départ pour Rawaï. Une erreur de jeunesse, qui n'aura duré que quinze mois.

— Peut-être bien parce que ton mariage n'était pas programmé.

— Dans mon entourage, je n'ai connu qu'un seul mariage qui ait traversé l'épreuve du temps, celui de mes parents, et j'en ai souffert assez longtemps... Je ne comprends toujours pas comment les Berlinois en sont arrivés à désirer le mariage à ce point.

Lors de son programme de conversations avec d'autres victimes du nowhere, il s'était posé toutes sortes de questions sur les récentes valeurs allemandes. Ou le nouveau retour à d'anciennes valeurs. Une image lui vint tout à coup à l'esprit : l'Allemagne réunifiée, avec son mariage de raison, semblait repousser tout ce qui pouvait rappeler le divorce de l'Est et de l'Ouest. Pourtant, il ne suffisait pas de vivre dans la même maison pour se croire réconciliés.

Plus Astrid lui vantait les mérites du « mariage scientifique », moins il se sentait prêt à souscrire à une formule de « mariage-magasinage ». Axel se raidissait, refusant d'aborder ce qui avait fait de lui un être à part : le mariage inaltérable de ses parents, vécu comme un contrat de travail et soumis à une discipline quasi inhumaine. Ses parents n'avaient jamais divorcé parce qu'ils n'avaient jamais connu la passion, pensait-il encore.

Barbara, sa sœur unique, l'avait pourtant mis en garde, quand il avait quitté l'université pour se marier : « Tu cherches à reproduire ton milieu familial, mais tu n'es pas à la hauteur : le mariage n'a pas d'avenir, quand on vit dans un pays divorcé. » En parfaite célibataire endurcie, toujours hantée par leurs parents décédés un an auparavant, Barbara tâchait de veiller sur lui. Un peu comme sa mère surveillait son père.

Barbara avait insisté : « Les jeunes peuvent bien considérer le mariage comme un idéal : ils rêvent de ce qu'ils ne connaissent pas. » Puis elle avait eu cette question terrible, sans réponse possible : « Et pourquoi donc se marier, quand on a toutes les difficultés du monde à avoir des enfants ? »

Comme s'il avait voulu s'enfuir, Axel jetait des coups d'œil furtifs autour de lui, remarquait des clients en train de s'épancher, de s'exciter, de rire ou de larmoyer, et il avait l'impression de zapper, sans grand intérêt pour les scènes anodines qui se déroulaient dans le décor insipide des loges de conversation. Le manque de collaboration d'Axel commençait à agacer la psycho-assistante. Tout à coup elle lui demanda ce qu'il comptait faire de sa période de repos.

— Ce congé devrait me suffire pour retrouver les trois semaines que j'ai perdues à Rawaï.

— Trois semaines d'amnésie ne te suffisent pas ? Tu voudrais perdre un an de plus ?

— Le nowhere s'est manifesté en même temps que ma perte de mémoire ; quand j'aurai retrouvé mes souvenirs, il s'éloignera.

— Tu as eu un choc, je te l'ai dit cent fois. Si ton système psychique a effacé un événement qu'il ne pouvait intégrer, c'est pour ton bien.

Soudain Astrid avait pris un ton cassant. Elle plissait un œil comme si elle le visait derrière une carabine. Axel parut surpris : elle, d'habitude si mesurée, devenait-elle crispée parce qu'ils ne se reverraient plus ? Pourquoi diable tenait-elle à l'éloigner de Rawaï ? Pensait-elle régler le cas de son amnésie en lui faisant oublier la source de ses problèmes ?... Axel prit une grande inspiration, comme s'il devait lutter contre lui-même :

— Alors, pourquoi cherchais-tu à me tirer les vers du nez ?

— C'est ce que tu désirais, non ? Tu voulais retrouver le fil rompu de ta mémoire.

— Mes patrons t'ont payée pour me sonder, n'est-ce pas ?

Astrid haussa les épaules en exhibant un sourire contraint.

— Disons que tes patrons ont cherché à savoir si tu avais rompu le silence sur ton travail. Ils se méfient de l'espionnage industriel, tu devrais t'en douter. Il paraît qu'à Rawaï on prépare un produit pharmaceutique révolutionnaire, pour manipuler le langage neurochimique du cerveau...

— Il paraît... Mais comment pourrais-je dévoiler

ce que j'ignore ?... Pour le moment, au moins, je sais que j'ai déjà su quelque chose de dérangeant. Ton acharnement à me faire parler me l'a prouvé. C'est à peu près tout ce que tu m'as appris, merci Astrid, et adieu !

Axel était debout, rouge de colère, et plus embarrassé que jamais. Il était libre, maintenant, il pouvait se rendre n'importe où, mais son regard paniqué allait à droite et à gauche, comme en quête d'une bouée de sauvetage. Malgré son désarroi il avisa une table libre au fond du talkin' bar, avec une jeune causeuse qui jetait un regard ennuyé sur un télémagazine. Elle semblait attendre un client. Ce serait lui.

C'était une brunette, maigrichonne, plutôt nerveuse, avec des yeux rieurs sous une chevelure abondante, ébouriffée, qu'elle secouait constamment. Il était visible qu'elle cherchait quelques frissons, et qu'elle pouvait en provoquer.

— Le nowhere ? fit-elle en relevant la tête d'un air sceptique. On peut en dire n'importe quoi, mais pour ce qui est de comprendre quelque chose... Vous devriez plutôt consulter une spécialiste. Pourquoi pas une.

— Je les ai toutes essayées, celles qui s'occupent du corps, de l'esprit et... du portefeuille. Si je suis entré dans ce talkin' bar, c'est précisément pour me débarrasser de la psycho-assistante que mon employeur m'a imposée. Je cherche une personne pouvant faire preuve de simple bon sens.

Le visage attentif de la jeune causeuse s'illumina et ses yeux disparurent au milieu des plis rieurs. Déjà, elle voyait le genre : blasé, fuyant les salons cotés où on s'adonne à des conversations alambiquées. Au travail, la conversation devient un exercice obligatoire pour se maintenir au pouvoir. Alors

13

Monsieur le robocrate devient trop tendu, il a envie de s'encanailler dans une boîte mal famée avec une apprentie qui cause sans manières pour payer ses études à l'université.

D'un brusque mouvement de la nuque, elle rejeta ses longs cheveux sur les épaules et planta son regard vif dans celui d'Axel.

— Le bon sens, c'est ma spécialité, fit la jeune femme d'un air enjoué. Je m'appelle Karin et, autant t'avouer tout de suite, je ne crois pas au nowhere. C'est un concept-piège, tu comprends ? Trop confus. Tout juste bon à faire parler les toqués dans les super-salons à cinquante marks l'heure.

Son client eut une expression amusée, pas tout à fait rassurée.

— Tu accepterais d'en parler à vingt-cinq marks l'heure, ne serait-ce que pour dégonfler le ballon ?... Disons d'abord que je m'appelle Axel. Je travaille pour la Deutsche Drug, multinationale spécialisée dans la conception de produits pharmaceutiques, et je m'occupe plus particulièrement du stock de toutes les matières de base utilisées dans les laboratoires de recherche. Toutes, en principe...

— Il y a de quoi tomber malade ! Avant de nous égarer, dis-moi donc : ton fameux syndrome, comment est-il apparu ?

Axel baissa la tête ; mine de rien, avec sa moue et ses mèches d'enfant rebelle, cette petite causeuse avait le don d'aller à l'essentiel. Il était ravi mais, en même temps, il en avait bien peur, cette foutue parano menaçait déjà le cocon d'ondes mentales qu'ils commençaient à tisser autour d'eux.

— Je ne peux pas m'en souvenir, voilà sans doute la source du problème... Je tournais en rond dans mon département, paraît-il... Mes patrons m'ont fait suivre un traitement biochimique intensif. Résultat ? J'ai tout oublié de cette période ! Ce fut terrible : pendant trois semaines, je ne reconnaissais plus personne, je ne me connaissais même pas, j'étais nulle part, sauf dans le nowhere ! Et le nowhere continue de me poursuivre, il m'attend au tournant...

— Ce nowhere était tout de même quelque part !

— A Rawaï, dans une banlieue réservée à des scientifiques. Un quartier hyper-protégé, entouré de barbelés. La Deutsche Drug y a installé des laboratoires sophistiqués, à l'abri des regards indiscrets... Ce furent mes derniers jours dans cette ville de Thaïlande. J'y étais entré à vingt-trois ans et j'espérais en sortir le plus vite possible, avec une solide expérience. Mais j'ai fait preuve d'un tel savoir-faire que l'entreprise, sans me l'avouer, n'a jamais accepté de m'offrir un poste à Berlin. Peut-être parce que je me débrouillais très bien dans la langue du pays... Bref, après dix-neuf ans de travail, j'étais devenu indispensable, et il m'a fallu une grave crise de nowhere, l'an passé, pour que mes patrons acceptent enfin de me transférer au bureau central de la société, ici même, à Berlin.

Un moment de silence permit à Karin d'assimiler la situation, tandis qu'Axel se perdait dans ses pensées. Mon nowhere a donc un lieu, c'est Rawaï, songeait Axel, étonné de ne pas avoir pensé plus tôt au paradoxe. C'est de « notime » qu'il faudrait parler, de cette portion de temps qui m'a été dérobée en Thaïlande. Une seule petite séquence de trois semaines, et j'ai perdu le contact pour la vie ! Pas étonnant : coupez ne serait-ce qu'un centimètre au milieu de la corde d'un alpiniste, et ce n'est plus du sport !

— Quand tu as redécouvert l'Allemagne, reprit Karin, tu t'es raccroché à des souvenirs, tu t'es retrouvé un peu, non ?

— Le nowhere me suit partout. Facile à comprendre : comment aurais-je pu me tailler une place dans ce pseudo-pays ? Il y a vingt ans j'avais quitté un demi-pays du nom de République fédérale d'Allemagne, et me voici maintenant dans une nouvelle Allemagne, émigrant dans mon propre pays, étranger parmi les miens. Un pays à peine restructuré que déjà il doit se fondre dans le marché européen. Je suis plus dérouté que les réfugiés du tiers monde ; eux, au moins, ils ne se font pas une idée bien précise de leur terre d'accueil, ils s'adaptent facilement. Tandis que moi...

— Toi, tu voudrais croire que l'Allemagne est vraiment un pays ?

Axel redressa la tête, un moment dérouté, puis visiblement impressionné par la pertinence de la remarque.

Avec son air narquois, elle avait frappé sans avertir, juste au bon endroit, et sans faire mal. Comme une chatte qui retient ses griffes au dernier moment. Façon de laisser sentir sa puissance, tout en se montrant complice.

Il y avait là, quelque part derrière ce nez de Miquette et ces petits yeux mobiles, une façon amusante de le piéger. En quelques minutes de conversation libre, elle était allée plus loin qu'Astrid avec ses fameuses méthodes de Paradisc.

La causeuse sentit qu'elle avait marqué un point : elle profita aussitôt du moment d'égarement pour lui porter un autre direct :

— L'Allemagne, qu'est-ce que ça signifie quand tu dois payer une jeune étudiante pour en parler ?

— Ce mal du pays est peut-être dû au fait que le pays où je suis né n'existe plus !

Suivit un long silence, ponctué par les notes cristallines de la musique indipop et les éclats de voix des tables voisines. Dans un état second, Axel s'entendit bredouiller :

— Je sais seulement qu'il me faut survivre là-dedans, dans cette partie de la planète... (Puis sa voix adopta le débit sans âme d'un fonctionnaire :) En fait, c'est simple : mes patrons m'ont obligé à suivre un programme de réinsertion pour m'adapter à Berlin.

— Raison de plus pour se méfier : d'habitude on n'a pas besoin de prof pour comprendre des évidences. Enfin, puisque tu es là, raconte-moi donc ton histoire de nowhere.

Elle crânait mollement, le nez en l'air et les fausses taches de rousseur scintillantes, distribuées au hasard sur ses pommettes blanches comme la craie. L'air d'un ange des ruelles, frondeur, dégingandé, en équilibre précaire sur le pied élastique de sa chaise en plastibois.

— C'est la même sorte que d'habitude, celle qui ressemble à tout et que personne ne peut définir.

Karin émit un faux sifflement admiratif, sans équivoque, puis déplia ses longues jambes comme si elle avait besoin de prendre une nouvelle position pour entendre la suite.

Axel ne s'était jamais confié à ce point, et, pour une fois, il n'éprouvait même pas de migraine ! Le feu aux joues, il se faisait l'impression d'un sportif mal entraîné qui vient de pulvériser un record. Astrid aurait été fière de lui, elle lui aurait donné la note maximale. Mais c'était cette gamine qui était arrivée à ce résultat, dès la première rencontre — et pour un tarif ridicule !

Tout à coup, il se sentit mal. Il avait deux fois l'âge de cette causeuse, et pourtant il se voyait comme un débutant dans un talkin' bar de beaux parleurs professionnels. Son audace accidentelle l'avait amené trop loin, un pas de plus et il basculait dans le vide.

— Voilà un beau cas, fit Karin, froide et provocante. Je peux continuer la description, si ça peut te convaincre que tu es très malade. Tu ne te sens nulle part chez toi, tu n'arrives plus à faire du surf sur les vagues de la mode, tu vas allégrement du stress à la mélancolie, de l'absurde à l'indifférence, de n'importe qui à n'importe quoi, et tu cours les stimulations comme tu les fuis. Eh bien, tu sais quoi, mon pauvre vieux ? Tu es normal, mais tu ne le sais pas !

— Je m'en doute, même si je te paie pour que tu me le dises. Mais les patrons connaissent une autre chanson : ils m'ont infligé leur championne de Para-disc et je n'ai pu m'en tirer qu'en obtenant un congé de maladie.

— « Perturbations psychiques professionnelles admissibles aux congés avec traitement partiel », je connais la chanson. Un grand succès !

Karin secoua la tête en riant, faisant voltiger ses cheveux de part et d'autre de son nez aquilin. Axel ouvrit la bouche, mais resta songeur, le front marqué de stries. Karin devina son malaise, mais elle continua avec des intonations ironiques :

— Je suppose que ta psycho-assistante t'a branché sur un psychogiciel, en évoquant un simple problème de gestion du quotidien. En fait tu dois être coincé quelque part entre l'ancienne Allemagne et la nouvelle. Dans ce cas, le nowhere peut devenir un beau refuge.

Axel se sentait déshabillé, passé aux rayons X, ses petits mystères étalés au grand jour.

Un sourire crispé au coin des lèvres, il offrit à la jeune femme de revenir la voir plus tard, puis, tandis qu'il s'apprêtait à régler sa conversation, Karin se dressa, l'œil menaçant :

— Minute, monsieur Axel ; tu me laisses sur le bord du gouffre et tu crois que je vais rester là à me balancer en attendant la suite ? Tu ne comprends donc rien à la conversation ? Je ne suis pas ici pour perdre mon temps, je suis une artiste de la parole, à la recherche de l'essentiel. Je t'offre de partager tes problèmes, mais j'ai besoin qu'on me parle vrai. Jusqu'au bout. Ou tu y vas, tout de suite, ou on ne se revoit plus.

— Comment parler de ce que j'ai oublié ?

— Réinvente ton passé, s'il le faut. Je peux faire jaillir la vérité du mensonge. Tiens, dis-moi pourquoi votre firme s'est installée en Thaïlande. Pour la main-d'œuvre bon marché ?

— Pas vraiment. Le coût de la vie est moins élevé dans plusieurs autres pays.

— Alors ?

— Les lois très permissives sur les conditions d'expérimentation des produits pharmaceutiques... Le gouvernement thaï veut attirer des scientifiques au pays ; il faut bien rivaliser avec Singapour, qui a déjà une longueur d'avance. Notre chère course au bonheur se poursuit là-bas, dans des laboratoires secrets ; des chercheurs sont en train de mettre au point des euphorisants et des anxiolytiques, y compris à partir de certaines drogues locales. Ils travaillent en particulier sur l'activité encore méconnue de quelques neurotransmetteurs, pour agir sur l'intelligence, et sur la libido...

Pressé par un malaise obscur, Axel avait parlé très rapidement, dans sa crainte d'être interrompu. Une expression douloureuse lui crispait la bouche, comme s'il luttait contre une force intérieure. Sans doute veut-il échapper à son psychogiciel, jugeait Karin, attristée par le combat interne qui se lisait sur ses traits tendus.

— Tout le monde se doute bien qu'on prépare là-bas des produits inquiétants, ajouta Axel en plissant le front. Mais personne ne veut entendre parler des ratés de l'expérimentation sur des humains.

— Sauf nous, bien sûr.

— De toute façon le travail est cloisonné, chaque technicien de Rawaï ignore ce que son voisin fabrique et tous les spécialistes sont liés par le secret professionnel... C'est préférable... pour notre sécurité... d'emploi, conclut Axel d'une voix glacée, la tête entre les mains.

Karin l'avait remarqué : chaque fois qu'il abordait les activités scientifiques de Rawaï, Axel se raidissait et cherchait ses mots. Une étrange compulsion l'empêchait de soulever le voile. Mais la jeune causeuse visait toujours le vif du sujet.

— On dirait que tu en sais plus que tu ne veux en dire...

— Peut-être, mais maintenant je ne peux plus en parler. J'ai tout perdu pendant mon amnésie.

— Quelque chose te fait croire que tu as déjà détenu des informations compromettantes ?

— L'insistance d'Astrid à me laisser entendre que toute idée de ce genre serait due à la parano provoquée par le nowhere. Les pressions discrètes des patrons pour m'inciter à ne pas parler de Rawaï, sous prétexte que je pourrais démobiliser de futurs employés invités à travailler en Thaïlande. Et cette interdiction formelle de retourner à Rawaï, pour mon bien... Ils ont trop de bonnes raisons, c'est louche.

— J'imagine qu'ils t'ont renvoyé de Rawaï.

— Je demandais mon transfert à Berlin depuis des années ; ils ont sauté sur l'occasion. Selon les médecins de la société, mon amnésie m'avait rendu vulnérable ; ils auraient perçu chez moi certaines tendances dangereuses... Comment compter sur quelqu'un qui perd subitement la mémoire ? C'est peut-être un malade mental !

Dans l'espoir d'enrayer la douleur qui lui martelait les tempes, Axel termina son verre et déglutit avec peine.

— Pourtant, fit Karin, sceptique, le nowhere ne t'empêche pas de travailler à Berlin.

— Le nowhere se soigne souvent par un retour au pays natal. Les médecins comptent sur les racines. Mais je me demande si mes véritables racines ne sont pas à Rawaï...

— Tu voudrais retrouver ce qui t'a fait oublier ?

— Les spécialistes de Rawaï m'ont expliqué : le jour où j'ai subi cette crise de nowhere, j'avais l'esprit ailleurs. Je marchais à la façon saccadée d'un automate ; j'étais devenu taciturne, méfiant... Ils m'ont parlé d'une déficience subite de l'acétyl-choline, un neurotransmetteur qui permet de fixer les souvenirs. J'aurais pu, par inadvertance, absorber un produit chimique néfaste, ou un de ces hallucinogènes si populaires à Bangkok, une drogue qui ferait oublier qu'on prend de la drogue... Enfin, c'est ce qu'on m'a dit.

— Étrange... fit Karin après un silence perplexe ; on dirait que tu te caches quelque chose à toi-même !

— Ou qu'une force mystérieuse m'empêche d'accéder à mes propres souvenirs... suggéra Axel avec une expression douloureuse.

Des gouttes de sueur perlaient sur son front. Il se massait les tempes sans arrêt, comme pour chasser une migraine tenace, et il ingurgitait bière après bière, sans pouvoir déloger la boule d'émotion qui lui obstruait la gorge.

— On dirait que tu as eu une révélation gênante, si dérangeante que ta mémoire en a été affectée...

— J'ai souvent remarqué qu'une section des laboratoires commandait certains produits sans passer par mes soins. Un jour, je me suis rendu compte que cette section s'approvisionnait en klong fraîche-ment cueilli, mais je n'en ai fait aucun cas. Il m'était facile de comprendre que les laboratoires ne pouvaient pas inscrire cette plante illicite sur mes listes officielles.

— Du klong ? reprit Karin. Jamais entendu parlé...

— Et pour cause ! Il est impossible de l'exporter sans en affecter les propriétés plus ou moins hallucinogènes. On n'en trouve qu'en Thaïlande, surtout à Bangkok et dans les environs. C'est une sorte de mauvaise herbe qui pousse en bordure des *klongs*, ces canaux aménagés le long des rizières, et qui vont jusqu'au cœur de la métropole. Lorsqu'on la mâche quelque temps après l'avoir cueillie, trois ou quatre heures tout au plus, elle procure une douce euphorie.

— C'est bon ? fit Karin, des plis rieurs au coin des yeux.

— J'en ai pris rarement. Je me méfiais ; on dit que certains amateurs de klong ne peuvent plus s'en passer. Pourtant, ça ne procure qu'une subtile sensation de bien-être, une sorte de complicité avec la nature, avec le monde, un sentiment très subjectif, que les Orientaux sont sans doute plus à même de goûter. D'ailleurs l'effet ne dure pas bien longtemps, l'euphoriette est vite oubliée.

Soudain l'expression amusée de la causeuse s'évanouit. Un détail avait piqué sa curiosité.

— Le klong ferait oublier ?

— Il me semble... si je me souviens bien ! fit Axel, légèrement troublé par sa plaisanterie (c'était bien la première fois !). Pas surprenant d'ailleurs : ses effets sont trop subtils pour s'inscrire en profondeur dans la mémoire. C'est sans doute pourquoi certains fanatiques du klong y retournent sans répit : ils essaient de saisir quelque chose, mais le klong ne fait que suggérer.

Karin baissa les yeux et pianota nerveusement sur la table ; elle aussi, le plus souvent, elle ne faisait que suggérer des illusions aux habitués du tal-kin' bar... Elle dut se ressaisir pour reprendre la conversation, sur un ton plus grave, comme si elle craignait maintenant de brusquer les choses :

— Ce produit ne pourrait-il pas affecter... ?

— Non, coupa Axel, un peu agacé. J'en ai pris quelques grammes, tout au plus, et les effets du klong ne sont pas assez puissants.

— Alors, pourquoi la Deutsche Drug s'y intéresse-t-elle ?

— Le produit représente un mystère en soi. C'est une mauvaise herbe quelconque, poussant un peu partout, mais il n'y a qu'en Thaïlande qu'elle est devenue hallucinogène. Cette plante comprendrait un agent étranger, propagé par l'eau polluée, et cette substance, combinée à d'autres, pourrait pro-duire des effets plus appréciables. Mais des hypo-thèses semblables, il en circule des centaines dans les bars de Rawaï.

Un voile de lassitude couvrit le regard de Karin, elle ne voyait plus comment faire progresser une conversation au sujet de racontars provenant d'autres conversations. On n'en sortait donc jamais ? Elle soupira en passant une main osseuse dans ses longs cheveux, puis elle continua avec un air absent :

— Rien n'indique que ces hypothèses soient sans fondement.

— Juge par toi-même : on parle de pilules pour augmenter la libido, l'intelligence, le plaisir, toutes les facultés possibles, y compris la mémoire ! Bref, on part à la conquête des nouveaux continents de l'espace neuronique ! Quelques produits expérimen-taux commencent déjà à circuler dans un marché parallèle, certains scientifiques de Rawaï sont au courant, mais aucun ne sera renvoyé pour une telle raison... J'ai même entendu des chercheurs sérieux évoquer la possibilité prochaine d'entrer en contact direct avec la conscience des autres...

Karin eut un petit rire accidentel, sans âme, qu'elle dissimula sous une main; déjà elle entrevoyait le jour où ces produits lui feraient perdre sa profession de causeuse. Axel était plongé dans ses souvenirs, il ne remarqua pas la distraction de Karin qui relança la conversation sur une note peu rassurée :

— J'imagine que tu dois te méfier de quelque chose, puisque tu étais responsable des stocks.

— Seulement pour les laboratoires de la Deutsche Drug. Mais notre firme venait de s'associer avec une société très secrète, néanmoins reconnue dans le milieu pour ses recherches en bionique. Et je n'ai pas pu superviser les nouveaux approvisionnements, les patrons se sont arrangés pour m'évincer. Pendant la pause café, on parlait d'expériences en télébionique, ou en pharmaconique, ou plutôt en...

— Je vois : rien de mieux que l'inconnu pour faire parler, ou pour alimenter les tendances paranoïaques. Surtout quand on vient de perdre une occasion d'avancement, et qu'on ne peut pas le digérer... En fin de compte, le nowhere est peut-être plus une solution qu'un problème, puisqu'il t'a permis d'échapper à Rawaï !

Cela sonnait comme une conclusion, et Axel en fut presque déçu, comme s'il avait brûlé les étapes.

— Je sens qu'on pourrait en parler pendant des jours... Raison de plus pour s'arrêter ici ! D'ailleurs, se moqua gentiment Axel, je me demande pourquoi j'embêterais une causeuse qui ne croit pas au nowhere !

2

Les nuages menaçants roulaient sur eux-mêmes, entraînant de grandes nappes de ciel blafard dans leurs mottes cotonneuses. Déjà les marchandes de bétel, de noix d'aréquier et de babioles *made in Taïwan* rangeaient leurs étalages. Partout, les feuilles raidies s'agitaient comme cheveux au vent. Dans la lumière oblique du crépuscule, les panaches ébouriffés des palmiers prenaient une teinte olivâtre, tandis que les troncs viraient au noir de cendre. Les hirondelles trissaient, bien alignées sur les fils électriques. Bangkok semblait se blottir en prévision des pluies abondantes du *Rydu fon*.

Malgré les rafales, deux femmes en sarong coloré persistaient à faire les cent pas devant la façade écarlate du Sukhotaï, restaurant thaï fréquenté par des touristes... occidenthaï. La plus âgée, dans la trentaine, avait les pommettes saillantes et les cheveux ramassés en chignon sur la nuque. Ses yeux bridés ne faisaient qu'un mince trait noir, énigmatique, au milieu d'un maquillage bleuté. Yumi parlait abondamment à sa protégée, Ueang, qui commençait sa carrière dans *le Petit Berlin*. Svelte, les côtes à fleur de peau, le visage privé de chair autant que d'expression, la jeune femme était néanmoins pourvue d'une poitrine opulente, plus ou moins synthétique, et d'un postérieur rebondi, gainé dans un tissu soyeux ; mais son regard fuyait à la moindre occasion, comme si elle craignait d'attirer les *farangs* qui faisaient le double de son poids.

— A Bangkok, disait Yumi, une hôtesse de première classe doit se spécialiser dans une clientèle ethnique. Même quand ils baisent, les touristes n'oublient pas leur nationalité !

— Je connais déjà un brin d'américain, fit valoir la jeune femme. La langue des affaires...

— Mais pas celle de l'amour, coupa Yumi, un soupçon d'ironie dans sa voix flûtée. Les Américains paient bien, mais ce sont de grands enfants, trop polis ou trop arrogants.

— Même dans notre domaine, l'avenir appartient sûrement aux Japonais.

— Il faudrait les comprendre, ceux-là !... Au bout du compte, les seuls à se distinguer de tous ces longs nez, ce sont les Allemands. De grands romantiques, et en prime le porte-billets facile !

— Ils parlent une langue plutôt compliquée, remarqua Yumi, mais c'est probablement la plus payante du quartier. Rien qu'à voir les fabuleux spatiobus des *sex tours* allemands qui sillonnent Patpong, la « Babel-Bordel de Bangkok »...

Malgré la concurrence féroce, Yumi ne cédait jamais à la facilité. Elle n'était pas du genre à multiplier les clins d'œil et les déhanchements dans les bars des grands hôtels. Contrairement aux jeunes empressées, elle fréquentait souvent les talkin' bars, dans l'espoir de placer une bonne réplique au bon moment. Il n'y avait pas de meilleurs moyens pour se faire remarquer quand la nuée des attrape-touristes, guides, vendeurs et prostituées, se jetait sur les riches voyageurs qui arrivaient par pleins Airbus pour passer deux semaines de rêve en compagnie d'une petite poupée exotique.

Ueang soupira en jetant un coup d'œil vers le ciel bas, gonflé de nuages ; il menaçait de déverser sa « pluie de mangues », comme disaient les paysans de son village. Tout à coup un groupe d'Occidentaux en complet gris anthracite franchit la porte massive du restaurant et bifurqua dans la direction des femmes. Sous l'œil critique de Yumi, Ueang esquissa un sourire timide, sans attirer l'attention des hommes qui discutaient ferme. C'était l'heure des affaires. Parmi les professionnelles, seules les apprenties et les « vieilles » traînaient dans les rues.

Les premières gouttes se mirent à tomber comme de petites bombes de boue, en éclaboussant les jardins décoratifs. Puis des bourrasques de pluie crépitèrent sur la chaussée, chassant les derniers touristes attardés devant les boutiques plongées dans la pénombre. Ne restaient plus que de rares Thaï, drapés dans leurs cirés flottants, la tête entre les épaules et le nez sous le masque antipollution, tels des fantômes affairés, perdus dans le nuage bleuté qu'alimentaient continuellement les moteurs pétaradants des tuk-tuk à trois roues et des *song téo* bourrés à craquer, avec leurs grappes de voyageurs tassés contre les rambardes. A l'angle des ruelles, apparaissaient des groupes d'enfants abandonnés, à demi nus, barbouillés de tatouages arrogants ; profitant de la pluie, ils fouinaient un peu partout, excités comme des gamins en vacances, à la recherche d'objets à voler, un rétroviseur par-ci, un appareil de radio par-là.

Les deux femmes s'abritèrent sous l'auvent d'une terrasse vitrée. Un cube de verre teinté, comme une sorte d'aquarium où les clients nageaient dans l'air filtré, pour la plupart des vieillards au teint bilieux, le regard perdu dans le rideau oblique de la pluie, hypnotisés par les rythmes philippino-formosans crachotés par un haut-parleur fatigué.

Brutale, l'averse s'abattit sur le sol chaud qui absorbait les lourdes gouttes de la mousson. Bientôt ce n'étaient plus que grondements sourds et cascades dégorgées des gouttières débordantes. Les arbres fouettés par la tornade ployaient sous le poids des feuilles imbibées. Les tuiles des toits ruisselaient et mille jets d'eau s'écoulaient sur la chaussée. Des ruisseaux se formaient un peu partout, charriant des déchets, laissant un peu d'écume en bordure des trottoirs.

Comme d'habitude, chaque fois que l'attente se prolongeait, Yumi sortit machinalement un morceau de klong de son sac et le porta à ses lèvres. Dès les premiers coups de dents, la sève hallucinogène gicla, puis une douce torpeur la fit glisser dans les méandres de ses fantasmes. Sans klong, se dit-elle, il y a longtemps que ces touristes ne seraient plus des « démons séduisants »... Parfois je me demande si ce n'est pas avec le klong que je fais l'amour !

Tout à coup un homme l'arracha à ses pensées. Un touriste désabusé, les deux mains dans les poches, contrarié par les rafales de pluie chaude sur le verre teinté.

Il s'appelait Hans, lui aussi ; il s'ennuyait de l'Autriche et il désirait tuer le temps en bonne compagnie.

Yumi se secoua, toute fière de se sentir encore dans la course, puis elle conduisit son client d'un pas alerte. A l'hôtel, elle monta l'escalier devant lui, hanches dansantes et reins cambrés, comme grisée par une rêverie de klong.

Sa dérive la ramenait souvent à son passé, surtout quand un Hans haletant lui bondissait entre les jambes, comme si les coups de reins la repoussaient à l'intérieur d'elle-même, vers une zone vague où elle parvenait à retrouver son enfance.

Au début — elle avait quinze ans —, elle croyait que ces beaux grands touristes bedonnants étaient tous liés au monde du spectacle. Leur prestance tenait du merveilleux télévisé, le seul à sa portée. Au milieu de ces hommes d'affaires, bronzés, affables, toujours bien habillés, elle croyait figurer dans une émission du genre *Love and Business*. Chaque nuit, pendant qu'ils meurtrissaient son corps, elle rêvait que des vedettes du petit écran lui dénichaient un rôle dans une future production internationale. Mais les langues étrangères lui échappaient encore, et Yumi dut consacrer beaucoup de temps à la maîtrise de l'allemand, du moins l'allemand de Patpong. Finalement elle comprit ce qui les faisait tant rire : ils se moquaient d'elle. Et elle devait s'en montrer ravie !

— Ce n'est qu'un jeu, lui avait dit madame Lee ; tu gagneras à l'accepter.

Yumi avait baissé la tête. A quoi bon riposter ? Madame Lee a toujours raison, elle est la patronne.

Son corps devint la chose des clients, mais la véritable Yumi restait tapie derrière son personnage au sourire systématique, derrière un écran de klong. Sourire pour éloigner la douleur ; porter un masque pour sauver la face... Elle l'avait pratiquée longtemps, cette aimable expression réservée que les clients trouvaient si orientale, si mystérieuse, sans se douter qu'elle grimaçait de mépris, pour effacer le remords. Haïr d'un sourire, cette ironie secrète lui donna longtemps l'impression d'une supériorité, jusqu'au jour où elle dut se rendre à l'évidence : elle se moquait d'elle-même.

Après toutes ces années, Yumi n'en avait plus pour longtemps. Il lui semblait parfois que son corps ne réagissait plus aux caresses, et cette insensibilité lui faisait perdre ses moyens... Soudain, un faux mouvement de son client la fit revenir à la réalité : il tâchait peut-être de lui faire mal, pour lui rappeler sa présence. Ses pensées se brouillèrent et la chambre aux motifs orientaux lui apparut dans toute sa laideur. Un automatisme de dernière minute la secoua ; elle lança quelques cris en secouant la tête dans les coussins, comme un petit animal blotti au creux de son nid.

Enfin, l'ombre qui la dominait se retira, et Yumi soupira.

Cette fois, son art de l'esquive se heurta à l'entêtement de sa secrétaire. Eva tenait absolument à savoir pourquoi il avait fait cette moue en découvrant son cadeau. Et elle le fixait de ses grands yeux bleu pâle, si inflexibles, buvant à l'avance l'explication malhabile où il ne manquerait pas de s'empêtrer.

— Cette moue, fit-il avec des lèvres qui essayaient de retrouver son expression, c'était sans doute un signe de... surprise. Après tout, à quarante-trois ans, on ne s'attend pas à ça.

— Ça ? reprit Eva avec un sourire désarmant. Je t'offre la femme idéale et te voilà si étonné que tu ne veux même pas en savoir plus long !

Ils avaient encore ri, mais le cœur n'y était plus.

La réception amicale s'était bien déroulée, peut-être même trop bien. Pour marquer son départ du bureau, Axel avait enfin consenti à tenir une réception chez lui. Mais les invités étaient restés plutôt distants, sans doute déçus de trouver un trois-pièces-cuisine comme tant d'autres, avec fenêtres panoramiques donnant sur des buildings illuminés. La soirée tirait à sa fin, les boissons pétillantes les avaient déridés, ils en avaient oublié les frictions du travail, et les cadeaux rituels les avaient tous détendus... Alors, pourquoi revenir là-dessus ?

Axel croyait deviner : a-t-on déjà vu se dérouler

une petite fête du genre sans le fatal esclandre ? Ne fallait-il pas une bonne conversation serrée, comme dans une finale de l'Inter-Talkin' Bar ? Pour surprendre enfin cet étrange Berlinois avec ses réponses toutes prêtes, fournies par Paradisc ?

Après le départ des invités, Axel avait déjà oublié leurs cadeaux ; si sa secrétaire particulière et son jeune suppléant étaient restés, c'était en principe pour mettre une touche finale à la marche à suivre pendant son congé. Mais personne n'avait envie de parler du travail, tous les trois se sentaient las, un peu déçus par l'habituelle convivialité méfiante du milieu. Jürgen blaguait sans conviction, sur un ton aussi suffisant que ses propos étaient superficiels, tandis qu'Eva s'impatientait, ses yeux ronds et délavés clignotant sans arrêt ; elle ne voulait pas le laisser partir sans lui tirer les vers du nez, il lui fallait au moins savoir comment le plus énigmatique de ses patrons pourrait utiliser son congé. Et *son* cadeau.

— Je ne te comprends pas, lâcha-t-elle en secouant les éclairs de ses longues mèches bleu électrique. Je t'offre le cadeau le plus personnalisé possible, et tu le prends comme un gadget bizarre.

Axel s'énervait. Impossible de saisir les motivations d'Eva, ni même son expression ambiguë. Sa longue figure, mince et pâle, lui apparaissait comme la proue d'un navire entre les vagues bleuâtres de ses cheveux coiffés en savants zigzags. Comme à dessein, elle se tenait à demi dissimulée derrière la bulle de lumière chatoyante qui glougloutait au milieu du salon. On aurait dit une chatte s'apprêtant à bondir de sa cachette.

— Je dois sans doute me tromper, esquissa-t-il, toujours disposé à nuancer ; j'ai à peine jeté un coup d'œil sur l'emballage, mais... cette idée de « mariage sur mesure »... Tu es sérieuse ?

La tête qu'elle faisait le prouvait de façon indubitable. Eva s'était dressée d'un coup, soulevée par la réaction incroyable d'Axel. Les éclairs bleutés lui en sautillaient tout autour du crâne.

— Jamais entendu parler de « voyage-mariage » ? demanda-t-elle en roulant de grands yeux incrédules, comme s'il venait tout droit de... Thaïlande.

« Le Chinois », c'était le surnom dont on l'avait affublé à son arrivée de Thaïlande : il semblait perdu, embarrassé dans ses formules de politesse désuètes — et sûrement hypocrites, pensait-on. Un an déjà, et Axel ne s'était pas encore réhabitué à la ville où il avait passé toute sa jeunesse. Une ville méconnaissable...

Eva et Jürgen discutaient de son innocence comme s'il était absent. Axel ne manqua pas l'occasion de le noter : il n'était pas dans le coup, une fois de plus. Il se comportait comme un acteur catapulté dans une pièce inconnue. La plupart des gens acceptaient les mariages organisés avec ces petits bouts de femmes asiatiques, mais Axel n'aurait jamais cru qu'une offre semblable viendrait d'une employée du bureau. Comment une telle femme, responsable, mariée et mère de deux petites filles, pouvait-elle lui proposer une compagne... « scientifiquement sélectionnée », selon la formule aperçue sur l'emballage de la cassette ?

— Je connais cette mode comme tout le monde, admit-il, de peur d'en entendre parler. Il paraît même que Bangkok possède une école pour former des jeunes femmes au mariage allemand.

— Il nous faudrait des écoles semblables à Berlin, ironisa Jürgen à mi-voix.

— J'avais l'impression d'une plaisanterie, expliqua Axel... En voyant l'illustration de la couverture, j'ai décroché.

— Tu parles ! renchérit Jürgen, du vrai cinéma !

Le grand blond athlétique et la petite poupée exotique sur une plage de cocotiers devant un coucher de soleil tout vibrant de synthécouleurs !

— Oh ! fit Eva en arrondissant les lèvres, et Axel se laissa distraire par le beau grand O écarlate, contrastant avec son visage sévère, désespérément pâle. Ce n'est qu'une image de publicité.

— Bien sûr, approuva Axel ; les jeunes aiment rêver...

Eva releva son nez pointu et lui décocha un regard soupçonneux. Axel était-il ironique, tolérant, ou à ce point inconscient qu'il finissait par glisser dans la veulerie ? Au fond, il ne se faisait pas une assez haute idée de lui-même pour se croire obligé de prendre position sur tous les problèmes de l'heure. Axel n'était pas du genre à suivre des cours de conversation pour briller dans les talkin' bars cotés ; jamais il ne parviendrait à improviser sur des sujets dont il ignorait l'essentiel. Et il s'en moquait.

Axel observa Jürgen à la dérobée ; posté devant le synthétiseur multisens, il pianotait sur le clavier numérique avec un faux air inspiré. Quand il était ainsi concentré, Axel jugeait qu'il avait la tête sombre et sévère d'un Kafka, l'intelligence en moins. Devant lui, l'écran mural révélait des châteaux de sable en suspension dans une nuit bleuâtre ; comme sculptés par un vent de violons chargé d'arpèges planants, ils prenaient différentes formes élancées avant de s'émietter dans la lumière spectrale d'une planète noyée de brumes. De bien belles images-sons, pour remplir un vide si oppressant...

Axel remarqua soudain le verre vide de Jürgen. Il saisit aussitôt l'occasion d'offrir un drink, histoire d'échapper en douce à la curiosité gênante d'Eva. A moins qu'il ne vît dans l'alcool un moyen de glisser, une fois n'est pas coutume, sur le terrain inconfortable des confidences.

— Je vais chercher cette cassette en vous préparant un autre Singapore, s'excusa-t-il avant de se diriger vers la pile des « nouveautés » où il avait laissé tomber le précieux cadeau.

La cassette introuvable semblait s'être faufilée d'elle-même au milieu des autres, jamais visionnées, qu'il avait achetées ou enregistrées par réflexe, parce que tout le monde en parlait. Cassettes touristiques, porno, publicitaires, artistiques, pédago, documentaires, il ne faisait plus très bien la différence — et les réalisateurs non plus, qui semblaient prendre un malin plaisir à tout confondre. Axel était pourtant minutieux à son retour de Thaïlande, mais depuis quelques mois, peut-être depuis l'éventualité d'un congé, il ne prenait plus la peine d'inscrire sur les boîtes des titres et des numéros aux couleurs variées, selon les *talk-shows* et les émissions d'information qu'il avait enregistrés pour mieux étudier son propre pays. Étiqueter, classer, sélectionner, c'était devenu trop fatigant. A quoi bon ? Il ne ferait jamais le tour des visions contradictoires de la nouvelle Allemagne unifiée.

Enfin, il prépara ses drinks puis revint au salon. Eva et Jürgen échangèrent un regard complice et burent à grands traits, comme pour refaire leurs forces avant les confidences qui s'annonçaient. En déposant son verre sur une table décorative, une sorte de soucoupe volante en suspension constante, Axel y aperçut l'image des amoureux au coucher du soleil. Jürgen avait retrouvé la cassette par accident, et il en avait profité pour se rapprocher.

Axel parut fasciné par le miroitement de la photo en brillantes synthécouleurs. Tout à coup, il venait de retrouver l'expression qui avait piqué la curiosité d'Eva.

— A bien y penser, c'était une moue de déception. Dès que j'ai aperçu cette annonce de mariage garanti, je m'en suis voulu de t'avoir cédé quelques confidences. Mes problèmes de nowhere, le recours à Paradisc, cette idée de mariage proposée par ma psycho-assistante, j'ai cru que tu t'en moquais.

Eva plongea une main nerveuse dans les vagues de sa chevelure et fit battre ses longs cils fluo. Décidément, elle le trouvait bizarre, et elle ne cherchait plus à le dissimuler.

— Laisse tomber ce cliché exotique, je t'en prie, fit-elle après une mimique agacée ; par les temps qui courent, l'agence Berlin-Bangkok est tout ce qu'il y a de plus sérieux.

Même si le ton avait monté malgré elle, Eva restait à demi étendue sur le sofa, le verre en équilibre précaire dans une main molle. Axel se sentait mal à l'aise. Toujours lancinante, comme un ulcère d'estomac, cette impression de ne pas respecter les règles fluctuantes d'une société incompréhensible...

Seul recours, l'ironie :

— Qu'est-ce que c'est : une sorte de voyage de noces... « organisé » ?

Un sourire las lézardait son masque de blasé.

Pour le narguer, Eva se contenta de lui retourner son expression, puis elle s'étira en soupirant. Elle faisait tout avec grâce et lenteur, le moindre de ses gestes était empreint d'une douce mélancolie. Un moment, Axel parut fasciné par ses bras pâles qu'elle croisa sous les zigzags de ses cheveux aux reflets de cobalt ; dans la lumière aqueuse du salon, sa peau se confondait avec les rondeurs élastiques de sa robe en synthécuir ciré.

Décontenancé, Axel se tourna vers Jürgen.

— De nos jours, toutes les institutions sont modernisées, informatisées, rentabilisées, observa le jeune bureaucrate ; pourquoi pas le mariage ? A Bangkok, tu devrais le savoir, on peut se marier sur place, faire l'expérience de la vie à deux, et si le résultat ne convainc pas, hop! la clause divorce automatique et on revient en parfait célibataire, sans la moindre séquelle.

Une lune de miel en guise de psychothérapie? pensa Axel. Est-il sérieux? Serait-ce Astrid qui leur a suggéré cette idée? Qui sait, peut-être ce petit ambitieux s'imagine-t-il qu'une fois marié je resterai là-bas, en Thaïlande, et il pourra me remplacer indéfiniment. C'est tout ce qu'il mériterait! Mais Axel ne répliquait pas; conscient que son nowhere lui faisait soupçonner partout des intentions hostiles, il se parlait à lui-même. Que Paradisc me propose un mariage, je peux bien le comprendre: contre l'improductivité, c'est la panacée populaire. La suggestion d'Eva, passe encore: elle est mariée, des spécialistes de la reproduction lui ont finalement obtenu deux marmots, et elle est devenue comme ces illuminés qui cherchent à partager leur bonheur. Avoir des enfants est aujourd'hui un exploit, une action politique. Il faut faire renaître l'Allemagne, la sauver d'une mort lente, disent les vidéopubs le long de la Super-Bahn, tandis que les naturos préconisent le recours aux épouses exotiques. Peut-être les « dernières vraies femmes », comme le dit un journaliste dans une cassette...

— Tu es vraiment dans une position privilégiée, disait Jürgen, avec des efforts visibles pour s'enthousiasmer: tu connais déjà les meilleures femmes du monde, veinard! Et il paraît que les épouses importées de Thaïlande présentent le plus bas taux de divorce.

Tout à fait typique de son jeune âge, cette ardeur appuyée, reconnaissait Axel. Malgré lui, il se rappela son mariage, avant son départ pour la Thaïlande; quand l'excitation avait cessé, il avait aussitôt pensé au divorce. Il fallait bien un célibataire pour l'inviter à retomber de nouveau dans le mariage!

— ... en plus tu connais la Thaïlande, continuait Jürgen lorsque Axel prêta attention à ses propos : tu pratiques la langue du pays, et tu pourrais même travailler là-bas.

— Inutile de se donner tant de mal, fit Axel dans un effort pour paraître enjoué. En Thaïlande, les touristes peuvent louer les services d'une « escorte » à l'heure, à la journée ou à la semaine.

La réplique d'Eva fusa sans hésitation :

— Tu n'auras que les femmes de tout le monde, sans jamais trouver une satisfaction durable. Ce qui doit être lassant là-dedans, c'est la répétition. L'impression de toujours recommencer à zéro. Un homme qui s'inquiète de l'avenir devrait penser à donner des enfants à l'Allemagne.

Jamais il ne l'avait vue s'exprimer avec tant de vigueur, ses joues s'empourpraient et ses lèvres se gonflaient. Pour un peu elle le considérerait comme un arriéré. Un désaxé !

— Tout de même, s'impatienta Axel d'une voix haut perchée, si on parle tant du renouveau familial, c'est bien parce que la maladie menace la famille. Dans tous les pays industrialisés, le mal se répand comme le cancer ou le SIDA chez les générations précédentes ; sans la moindre possibilité de guérison, sans même qu'on parvienne à l'expliquer. Comment peut-on faire l'apologie du mariage quand le SAP est en train de l'achever ?

Le SAP. La terrible expression était lâchée. Eva demeura bouche bée, Jürgen se retourna vers le clavier du multisens et Axel battit en retraite, sous prétexte de faire le plein. On n'aborde pas la fin de l'Allemagne sans quelques Singapore.

Courbaturé, le regard fuyant, l'Autrichien s'étira comme au sortir d'un rêve épuisant. Yumi revit alors les traits empâtés qu'elle avait déjà oubliés.

C'était le moment de l'inévitable *ah! c'était excellent...* si peu expressif.

Un arrière-goût de klong dans ses pensées brumeuses, Yumi resta étendue, incapable d'amorcer les gestes habituels. Elle se voyait en imagination en train d'enfiler le peignoir de satin fatigué, brossant ses longs cheveux d'ébène devant le miroir tarabiscoté. Hans enlèverait son condom du bout des doigts, comme si le SIDA pouvait lui sauter dans la main. Il s'essuierait avec une poignée de Kleenex et s'habillerait à la hâte, en sautillant comme un idiot pour enfiler son pantalon. Avant de sortir, une impulsion obscure l'obligerait à l'embrasser délicatement à la base du cou, les yeux fermés, puis il lancerait un quelconque *dommage que je doive retourner en Europe,* pour la quitter en cueillant sa carte de crédit au fond de sa poche intérieure de veston, prêt à payer à la sortie.

Et elle ne le reverrait plus jamais.

Jamais le même, toujours les mêmes, disait-elle il n'y a pas si longtemps, selon une expression populaire du milieu. C'était la belle époque où elle pouvait encore se plaindre de la forte demande.

Aujourd'hui les beaux Hans regardaient ailleurs, vers les jeunes aux super-seins synthétiques, les fantômes de femmes droguées jusqu'aux cheveux, les prétendues adeptes d'anciennes et mystérieuses pratiques sexuelles, ou vers les garçonnets aux promesses de frissons inhabituels, souvent des adolescents épilés, maquillés, empruntant des voix de fillettes. De plus en plus on recherchait ces nouvelles espèces de travestis, androgynes ou pseudo-mutants, hypersexués, angéliques ou pervers, transformés à grand renfort d'hormones et d'opérations sophistiquées. Ici on sculptait les corps, là on les cultivait comme des bonsaïs, là encore on leur greffait des membres empruntés à certains animaux.

Voyez la femme à quatre mains, la fillette aux *our-seins*, l'homme au pénis *poulpeux*. Dans cette cour des miracles, Yumi devrait attendre encore long-temps le prochain client. Sans doute un cas margi-nal, un néophyte intimidé par la sensualité agressive des plus jeunes, ou un vieux vicieux du genre *I want a real 100 % woman*.

Après le départ discret du retraité, Yumi se blottit au milieu des draps défaits. Nue et meurtrie, l'impression d'être jetée comme une capote usagée, elle ne trouvait pas la force de se rendre à la douche. Un relent de klong faisait surface, apportant son lot d'images mouvantes.

Elle se rappelait la mise en garde de madame Lee, la seule fois où elle avait osé se plaindre de la clien-tèle fuyante :

— Quand le corps vieillit, la parole doit prendre la relève, récitait la vieille femme de sa voix autori-taire.

Yumi se sentait dépassée. Malgré ses yeux large-ment maquillés de bleu pastel, son regard absent laissait les touristes indifférents. Les clients allaient ailleurs, attirés par la musique, les jeux de lumière, les libidrogues et les effets spéciaux. Le show l'emportait sur les mots.

La spirale de ses pensées l'absorbait tellement qu'elle s'était rendue jusqu'aux douches comme une somnambule. Perdue dans la vapeur du vestibule mal aéré, elle était restée à l'écart, insensible aux consœurs qui chantonnaient ou blaguaient, innocen-tes et triviales, en s'arrosant dans la pièce voisine. Les éclats de rire se mêlaient aux éclaboussures, et les sons assourdis roulaient comme dans une caisse de résonance.

D'un geste distrait, Yumi ouvrit son petit ves-tiaire métallique pour y chercher quelque chose à travers les robes voyantes. Une petite boîte de menthes apparut dans sa main moite; elle y prit une gomme d'un vert foncé, un morceau de super-klong comprimé qu'elle se mit à mâcher sans vigueur. Après une pensée reconnaissante pour Noï qui lui procurait ces stimulants, elle se laissa tomber sur son banc de bois, face à la portière ouverte, sans y voir les photos d'actrices, maintenant défraîchies. A mesure que le jus de la gomme lui coulait entre les gencives, des images bienfaisantes l'envahissaient, l'invitant à replonger dans son monde intérieur. Tout en brossant ses cheveux lisses, elle revoyait son père, le jour où il l'avait saisie par la tignasse pour la précipiter en bas de la maison sur pilotis. Enfiévré, la face cireuse et ravinée, comme creusée de l'intérieur par le manque d'opium, il l'avait amenée à Bangkok pour la première fois — et la dernière —, puis il l'avait cédée à madame Lee pour effacer une dette obscure.

Mal lui en prit : la beuverie nocturne qui suivit sa transaction se termina par une dispute absurde, vite tranchée par un poignard fiché entre ses omoplates.

Au lieu de se sentir libérée, Yumi avait assumé la responsabilité du drame. La société, la pauvreté, même Bouddha, tout lui disait de se sacrifier pour les siens. Seule des enfants à pouvoir travailler, elle devint soutien de famille. Cinq personnes profitaient de sa générosité aveugle : une mère alcoolique et quatre enfants malingres, craintifs comme des chiens errants. Parfois, le plus jeune de ses frères l'attendait entre deux clients, tête basse et main tendue.

Les choses avaient bien changé, son corps aussi. Yumi avait pris du poids. Son ventre s'était ramolli, les revenus avaient diminué, et ses traits devenus plus anguleux exprimaient continuellement une profonde insatisfaction.

Lya, une ex-consœur recyclée en serveuse, lui avait souvent recommandé de se trouver un poste comme le sien, dans un talkin' bar pour vacanciers.

— Aussi bien tirer le plus grand profit de ta connaissance de l'allemand, le langage aussi bien que l'homme, lui avait dit la petite femme trapue, avec toute l'assurance que lui procuraient sa forte ossature et ses jambes arquées.

Ces pensées étaient sans doute inspirées par l'apparition de Lya. Yumi avait aperçu sa silhouette trapue du coin de l'œil, à son entrée dans le vestiaire. Mais elle se garda bien de signaler sa présence. Enveloppée dans les vapeurs de la douche et du klong, elle rêvait de se dissoudre comme un fantôme dans l'atmosphère nébuleuse.

Non sans une certaine distance ironique, Lya jouait maintenant à la petite dame digne. Discrète et très comme il faut, elle servait les P.-D.G. allemands en massacrant leur langue, avec un sourire aiguisé, incrusté dans son masque bien lisse. Lya se montrait fière de sa petite personne, avec ses arcades sourcilières hautes, à la chinoise, et son sourire plaqué qui découvrait le travail finement ciselé de ses dents en or.

Bien sûr, Lya ne manqua pas l'occasion de s'approcher. Dès qu'elle voyait Yumi déprimée, elle venait l'encourager à quitter le milieu la tête haute, avant qu'il ne soit trop tard.

Cette fois, Yumi perdit toute contenance :

— Qu'est-ce que tu crois ? Je viens de donner mon corps à un obsédé et, quand je lui ai adressé la parole, il s'est enfui !

— Tu as trop de talents pour ce genre de rencontre, lui confia Lya, amicale, sans s'apercevoir qu'elle irritait Yumi ; tu devrais te dénicher une place dans un talkin' bar. Je voudrais bien, moi, connaître suffisamment l'allemand pour...

— Pour raconter des sornettes aux petits vieux qui retombent en enfance ?

— Il n'y a pas que ceux-là, fit Lya de sa voix toujours égale, d'autant plus exaspérante. Tu oublies tous ces clients raffinés à la recherche d'*une bonne femme*. Dans un salon de conversation, tu pourrais capturer l'oiseau rare.

Yumi haussa les épaules et laissa errer un regard morne sur les murs reluisants d'humidité.

— Je connais le refrain : il ne faut pas retarder le moment de choisir son dernier client, pour le reste de ses jours... Pourtant tu es une des rares filles qui ait pu se marier, et tu vois où tu en es rendue : encore au bordel ! Et au bas de l'échelle !

Lya dissimula sa douleur sous un sourire forcé :

— Tu n'es pas obligée de commettre la même erreur... Aujourd'hui, on t'offre tout un choix de candidats.

— Qui donc voudrait rester collé à une ex-professionnelle jusqu'à la fin de ses jours ?

— Bien des Allemands, répondit Lya d'un air entendu. Mais il suffit d'un seul, et tu as tout ce qu'il faut pour le trouver. Tu as été formée pour devenir une Allemande de rêve, il ne te manque plus que l'essentiel.

— La réalité ?

— L'Allemagne, bien sûr !

3

Excédé, Axel déposa son verre vide avec fermeté, faisant osciller la table en suspension. Jürgen sursauta et glissa un regard agacé vers Eva qui resta bouche bée, comme si Axel allait enfin exploser. Mais il paraissait plus tourmenté que jamais.

— Comment en est-on arrivés là ? Je me souviens, à mes débuts à Rawaï, j'avais appris la nouvelle avec consternation : la RFA était devenue le premier pays à limiter les NTR. Les mères porteuses étaient désormais hors la loi !

— Ironie du sort, c'était avant le SAP, fit Eva avec un sourire cassé. Pourtant l'infertilité des femmes progressait à toute vitesse, et personne ne voyait venir l'épidémie. Au début des années 90, déjà, un couple d'Allemands sur cinq était affligé de stérilité. Mais pour alerter l'opinion publique, il fallait l'apparition d'une maladie spectaculaire, des centaines de reportages sur l'accouchement prématuré de monstres non viables. Maintenant, on est prêt à se raccrocher à n'importe quelle Nouvelle Technique de Reproduction !

Axel connaissait des tas de cassettes sur le sujet. Il revoyait ces embryons misérables qu'on tentait de sauver à grands renforts d'opérations ultra-perfectionnées, mais la plupart n'avaient pas de cerveau... Les religieux et les tiers-mondistes agitaient l'épouvantail d'une punition supérieure frappant les pays riches, pollués, décadents, les seuls touchés par la maladie. L'Allemagne, à l'inverse de sa progression économique, était affligée des pires statistiques ; le taux d'enfantements réussis était descendu à 19 %, tout le monde prédisait l'extinction de la population, et ce n'était pas l'union de deux Allemagnes à bout de souffle qui allait donner des enfants forts !

— Eh bien quoi ? lança Axel, impatienté par le malaise de ses interlocuteurs. (Il n'allait tout de même pas s'en laisser imposer à sa dernière journée de travail !) Il faut se brancher : hier, on ne voulait pas d'enfants, et maintenant que la nature a compris le message, on se plaint de ne plus en avoir ! On évoque même le spectre de la fin du monde, et pourtant les pays du tiers monde font des enfants à qui mieux mieux !

Axel était presque étonné de s'emballer ainsi, il se faisait l'effet d'un finaliste à l'Inter-Talkin'Bar. Tous trois étaient assis sur le bord de leur fauteuil, ils agitaient les mains en durcissant le ton, ils en oubliaient leurs drinks.

— Nous devons agir tout de suite, clama Jürgen, inspiré comme un politicien, sinon les fils d'immigrants vont prendre la place de nos enfants. Et ils s'intègrent de moins en moins à notre nation sans avenir.

— Le problème saute aux yeux, admit Axel, en se rappelant une émission sur le sujet ; dans certains quartiers, la troisième génération de Turcs ne connaît même pas notre langue ; ils ont leurs vidéos turques, leurs restaurants turcs, leurs écoles turques, mais ils n'ont pas le moindre mot turc pour traduire « SAP » ! Ils ne connaissent pas ! Leurs familles prolifèrent comme des cafards, et qu'est-ce que font les couples allemands ? Ils se plaignent des futures

44

conditions de vie d'enfants qu'ils n'auront jamais.

— La population allemande a déjà abdiqué, fit Eva qui s'énervait dès le moindre signe d'abdication. Les pyschogiciels, les multisens et les mini-chiens ont remplacé le mari et les enfants !

— On dirait que la nature se venge, reconnut Axel ; pendant que des généticiens s'amusent à créer des races d'animaux domestiques qui correspondent aux caprices de leurs clients, les humains ne savent plus faire d'humains.

— Les Allemands seraient devenus si enfantins qu'ils ne sauraient plus faire d'enfants, ajouta Jürgen avec une pointe d'ironie défensive : inconsciemment, ils élimineraient leurs concurrents !

— Cessons donc de nous accuser, protesta Eva, sans trop savoir où elle en était ; les Allemandes n'enfantent plus ? Soit ! Pourquoi ne pas y voir un signe d'évolution ? Pourquoi donc la renaissance du monde devrait-elle toujours passer par le ventre des femmes ?

Perplexe, Axel faisait mine d'écouter, mais il attendait seulement que la parole lui revînt, comme les virtuoses dans les salons de conversation. A défaut de s'attaquer aux problèmes, on les obligeait au moins à se conformer aux règles de la conversation.

Et puis, comme le faisait remarquer l'infatigable Eva, la science n'avait-elle pas réponse à tout ? Pour déjouer le SAP, on perfectionnait la MAM. Un sigle contre un autre, et le tour est joué !

— Les « matrices artificielles modulées » ?

— Pourquoi pas ? répondit Eva aux multiples questions qui se lisaient sur les traits tendus d'Axel. Inutile d'attendre que le Syndrome d'Accouchement Prématuré ait desséché toutes les Allemandes... Mes deux enfants sont presque passés par là, c'est-à-dire qu'ils ont connu une maternité bioprogrammée :

ovulation in vitro, culture d'embryon, début de gestation en laboratoire, un petit tour dans mon ventre, et la finition en incubateur. On n'est pas très loin des MAM : en tout, la dernière de mes filles n'est restée que trois mois dans mon ventre. Et sa gestation dans un milieu idéal lui a épargné de nombreux problèmes : les sautes d'humeur, les indigestions, la pollution, les carences et les nombreux maux que connaissent les mères naturelles.

— On n'arrête pas d'expérimenter de nouveaux types d'utérus bioniques, je sais tout cela, consentit Axel, l'air ennuyé, mais il manquera toujours le plus important : une vraie mère.

Songeuse, Eva lissa le bas de sa robe de ses mains moites et continua sur un ton plus grave :

— On dit que les enfants des matrices artificielles ne se rendent même pas compte qu'ils viennent au monde : ils passent d'un univers informatisé à un autre.

— Bien sûr ! renchérit Jürgen ; si les MAM sont à l'image de ce monde, où est le problème ?

— Nulle part, laissa tomber Axel, à bout de ressources. Nowhere... Mais la situation est encore récente ; les enfants des utérus expérimentaux ne représentent que trois ou quatre centaines de gamins. Tous ont moins de douze ans, et pourtant les spécialistes croient qu'ils souffrent déjà d'une forme insolite de nowhere, innée : ils écouteraient tout ce que les ordinateurs leur suggèrent, sans aucun discernement. Comment pourraient-ils se méfier d'appareils qui leur rappellent le sein maternel ?

— Soyons justes, insista Jürgen, excédé, essayant de jouer au temporisateur ; très peu de gens peuvent distinguer les enfants des MAM des autres, si ce n'est qu'ils sont en meilleure santé.

— Ce sont peut-être les enfants « normaux » qui

souffrent, remarqua Axel ; ils envient tous ces super-poupons qui sortent sans traumatismes de leur œuf de métal. Déjà on parle d'une race enrichie : la prochaine génération de MAM serait bourrée de produits chimiques...

Axel en aurait eu long à dire sur ce nouveau modèle d'humanité, Eva le sentit et elle le précéda d'un brusque :

— Suffit ! Je n'accepte pas que des non-parents discutent de ma façon d'enfanter ! C'est aux mères de décider. Si tu préfères la maternité naturelle, tu as le choix : les femmes du tiers monde ne connaissent pas le SAP.

— « Les pondeuses au Nord, les porteuses au Sud », ironisa Axel, reprenant le gag à répétition de la télésérie *Baby Love*.

Le trait d'esprit tomba comme un bloc de ciment dans une mare. Jürgen soupira bruyamment, comme un boxeur après un uppercut. Eva se cala dans son fauteuil et leva les yeux au plafond, comme pour y puiser une inspiration supérieure :

— Alors va jusqu'au bout de ta logique : épouse une Asiatique et tâche d'en faire une manière d'Allemande. Pour une poignée de marks, elles acceptent d'endurer les Berlinois les plus ennuyeux.

Le ton avait monté d'un cran. N'osant poursuivre, Axel s'éclipsa pour renouveler les consommations, et Jürgen, comme entraîné par la fuite de l'adversaire, en profita pour le relancer en criant dans la direction de la cuisinette :

— Au fait, Axel, il faudra que tu fasses vite si tu veux profiter des petites Thaï : il paraît que notre gouvernement s'apprête à réglementer sévèrement l'importation des épouses asiatiques.

Axel se souvenait d'avoir enregistré une émission sur le problème : on aurait trafiqué trop de mariages pour faire entrer une main-d'œuvre illégale au pays.

Cette fois, Axel servit du cognac et apporta la bouteille. Sans le vouloir, ils portèrent leur verre à leurs lèvres dans un parfait synchronisme, puis Axel devint amer :

— Parfois on dirait que certains médecins poursuivent des expériences de la Deuxième Guerre : on n'est pas loin de ces Lebensborn où on sélectionnait des Aryens et des Aryennes pour engendrer des enfants de pure race ! Tu sais ce que j'ai entendu au *Super Talking Show* ? « Si le IIIe Reich avait pu développer la race aryenne, on ne serait pas pris avec le SAP ! »

Nouveau froid, glacial, et nouveaux cognacs, qui ne parvinrent pas à faire oublier la malheureuse évocation. Jürgen, blessé dans ses convictions profondes, semblait pâlir à vue d'œil ; il reprit la conversation avec une voix chargée de ressentiments :

— Rien à voir avec les fantasmes nazis, fit-il avec un air dédaigneux ; des divisions, il y en aura encore, aussi longtemps que tous les enfants ne seront pas passés par des MAM capables de filtrer la bêtise ! (Silence pesant, coup d'œil vers Axel, nettement hostile, puis le débit se fit plus vif, et les idées, plus décousues.) Les vieux n'auront légué qu'un message contradictoire : travailler, toujours travailler, pour oublier la guerre, prouver qu'on est les meilleurs, accumuler des fortunes. Mais pour qui ? Pour les enfants qu'on n'a plus ? Ou pour des immigrants du tiers monde ?... Tu sais pourquoi notre population décline ? Parce que la guerre n'est plus possible : les Allemands ont retourné leurs pulsions guerrières contre eux-mêmes !

Axel laissa l'air fuser entre ses dents, comme s'il venait d'avaler un café bouillant. La pression montait, il était sur le point de s'emporter :

— Erreur ! Tu devrais peut-être mettre le nez en

dehors de l'Allemagne ! Si la paix règne dans les pays à forte technologie, c'est que leurs dirigeants s'entendent pour gagner chaque jour la seule vraie guerre, sur le champ de bataille économique. A défaut de se payer une colonie, les investisseurs allemands savent comment s'y prendre pour dominer l'économie des pays en voie de développement. J'en sais quelque chose, moi qui ai travaillé en Thaïlande.

— Le SAP va tout modifier, intervint Eva, comme si elle refusait de se laisser entraîner dans une digression : les populations malades des pays riches sont en déclin, les masses affamées du tiers monde vont nous envahir, tout naturellement, rien que par leur nombre écrasant.

Axel regardait droit devant lui, absorbé comme un champion de l'Inter-Talkin'Bar dans les dernières minutes de jeu :

— Ce n'est pas à cause du SAP que votre génération a cessé de se renouveler ; tout a commencé quand vous avez coupé les ponts avec la génération précédente. Vous ne pouvez plus avoir d'enfants parce qu'au fond vous ne le voulez pas. Avant d'atteindre le ventre des femmes, le mal était déjà dans la tête des gens. Les fameux scientifiques incapables de trouver un remède au SAP savent très bien que le problème est... psycho-socio-somatique. L'organisme humain réagit en toute logique : parce qu'il ne perçoit plus d'avenir, il a cessé de se reproduire.

— Tu as visé juste, mon pauvre Axel, enchaîna Eva, toute triste de se ranger à ses arguments. Il n'y a plus que les gens du tiers monde pour faire des enfants, parce que c'est leur seule façon d'envisager l'avenir. Tandis que nous, nous faisons des monstres pour un avenir monstrueux.

— Maintenant on ne peut plus éviter la vraie

question, dit Axel en remplissant les verres : l'immigration, les MAM, les mères du tiers monde... ou la mort ?

Le cognac les avait grisés ; ils se croyaient en mesure de dénouer le problème comme dans les talkin'bars sans règlements où on refaisait le monde en une soirée. Mais l'interlocuteur servait de repoussoir, la rivalité s'était perdue quelque part, sous le poids de l'ivresse et de la fatigue, et ils se retrouvaient bêtement sur la même longueur d'onde, sans solution.

Jürgen le reconnaissait. Avec l'ostentation oscillante de l'ivresse, il se dressa pour prendre la parole, essayant de trouver le ton solennel d'un prophète :

— Aujourd'hui, les Matrices Artificielles Modulées mettent au monde de beaux Allemands enrichis ; demain elles enfanteront de bons petits androïdes !

Péniblement, il essaya d'imiter la rigueur d'un militaire.

— Hitler a gagné ! grinça-t-il. *Heil Hitler !*

Sans se départir de son masque de tristesse, Axel leva son verre en guise d'accord dérisoire, sans remarquer l'expression désarmée d'Eva. Au fond, ils partageaient le même avis, le seul possible, c'était affreux, et ils ne pouvaient que boire en causant.

— S'installer là-bas ? demanda Yumi. Il me semblait que ça devenait impossible ; il y a des lois pour empêcher l'arrivée massive des affamés du tiers monde.

— Pas si tu es mariée à un Allemand. Une femme épousée dans un pays étranger peut accompagner son mari dans son pays d'origine. Du moins, pour le moment...

Un éclat de voix parut distraire Yumi ; les filles

s'amusaient dans la pièce contiguë, elles s'éclaboussaient dans la douche, puis leur rire sembla se dissoudre dans l'atmosphère chargée d'humidité. Le vestiaire baignait dans une douce moiteur, invitant aux confidences.

— Je vois à qui tu fais allusion : ce genre de gros benêts sortis de la campagne pour dénicher une femme travailleuse et obéissante. Qu'ils ne comptent pas sur moi pour élever leurs bêtes et leurs enfants !

Lya elle-même le reconnaissait : ces gens-là étaient ravis par la petite taille des femmes thaï, leur endurance physique, leur politesse et leurs manières raffinées ; en plus, leur teint peu foncé, pâli au besoin, les soustrayait à la ségrégation.

— Si les Allemands ne veulent pas confier leur reproduction à des utérus artificiels, ils doivent recruter de vraies épouses, encore capables d'enfanter, fit Lya avec une arrogance tranquille, sûre d'être bien renseignée par ses clients allemands.

Le Syndrome d'Accouchement Prématuré... L'épidémie qui faisait frémir l'Occident pouvait-elle donc assurer l'avenir des Asiatiques ? Yumi se sentait mal à la seule pensée de profiter de cette terrible maladie. La maternité — « la production des enfants », comme on disait de plus en plus en Europe —, c'était désormais l'affaire du tiers monde. Au moins les « mères-porteuses importées » auraient une chance d'accéder à la richesse occidentale.

Yumi redevint froide comme glace. Elle avait quelque chose sur le cœur, un problème d'un autre ordre l'empêchait de goûter le scénario de la serveuse. Et Lya commençait à le soupçonner.

— Pourquoi fais-tu cette tête à la fin ? demanda-t-elle en plissant un œil suspicieux.

— Ton histoire de mariage... occidentoriental,

elle est bien belle, mais pas pour moi. Je suis trop attachée à Bangkok.

Lya pinça les lèvres, constatant la portée de son épouvantable candeur. Puis une expression dédaigneuse jeta une ombre sur son visage arrondi.

— Ah non! fit-elle sur le ton de la capitulation: tu me laisses échafauder des châteaux en Allemagne, et tu t'enlises dans le klong! Où as-tu donc la tête?

Elle ne savait plus où la mettre, cette tête d'éponge assoiffée où pulsait le manque de klong.

Soudain une voix en provenance de l'intercom appela Lya en direction du corridor; un spatiobus suisse venait d'accoster, on avait besoin de ses services.

Lya était décontenancée — elle aussi, à sa façon, elle était bien accrochée à Bangkok! Mais un second appel lui fit reprendre son masque d'amabilité. Elle s'excusa aussitôt, en adoptant le ton léger à l'honneur dans son talkin'bar.

Yumi la salua avec nonchalance et jeta un coup d'œil à son casier ouvert, attirée par les couleurs criardes de sa boîte de menthes. Elle allait enlever le couvercle pour reprendre une autre gomme — c'est la faute de Lya, elle n'avait qu'à me foutre la paix! — lorsqu'elle aperçut une silhouette dans le petit miroir suspendu à l'intérieur de son vestiaire.

Ueang! Il ne manquait plus qu'elle! se dit Yumi en se retournant vers la jeune femme au regard fuyant, en parfait contraste avec l'arrogance de sa courte jupe noire fendue à mi-hanche, et de son chemisier fuchsia, presque transparent.

— Je n'ai pas fait exprès, s'excusa-t-elle aussitôt; j'ai compris la fin de votre discussion.

— Tant mieux! fit Yumi. Maintenant tu sais que je ne t'abandonnerai pas ici. Puisque je ne peux pas lâcher le klong!

4

Axel eut un choc. Devant le taxi, à l'endroit où autrefois se dressait le Mur de Berlin, s'étendait une longue promenade bordée de gazon verdoyant et de haies fleuries. Le Parc de la Paix.

Il ferma les yeux et son imagination lui fit revoir un pan de ciment gris, barbouillé de graffitis délavés, surmonté d'un treillis de barbelés. C'était comme un mur de prison oublié en pleine ville, une vieille cicatrice au milieu de la circulation, un ver de ciment infiltré dans le tissu urbain... et tant d'autres images rebattues lui remontaient à la mémoire. Des expressions simples et fortes, qui le faisaient sourire tristement, car les Berlinois de l'Ouest ne se sentaient pas directement concernés. La prison, elle avait toujours été de l'autre côté. Cet ouvrage insolite était l'affaire du voisin, *son* absurdité. La seule muraille jamais érigée par une collectivité pour s'enfermer !

A son tour, le chauffeur de taxi s'engagea dans une voie d'évitement bondée d'automobiles, comme si tout le monde utilisait le même parcours pour éviter le Parc de la Paix.

— Il n'y aura jamais assez de passages à travers le Parc, maugréa le chauffeur tandis que le trafic ralentissait.

Axel avait eu tout le loisir d'entendre son monologue, débité sans intonation, dans un accent du Sud. Sûrement un Turc, pensa Axel en voyant son nom sur la carte d'identité affichée dans le taxi. Sans âge, bedonnant, le teint maladif et les yeux sombres, Rumeli Hasir avait l'air d'un philosophe barbu, louvoyant dans le trafic comme un pêcheur sur une rivière agitée. Sans doute bardé de diplômes en sémiotico-quelque chose, il était en mal de communiquer sa vision de l'Allemagne unifiée.

— Maintenant on s'est recréé une sorte de mur mental, disait-il comme s'il poursuivait un exposé pour lui-même. Un souvenir de mur, indestructible. Et on vit dans un univers clos, seul dans sa tête...

— La semaine dernière au *Super Talking Show*, rappela Axel, une jeune sociologue a parlé du Mur comme un « divorce de béton » qui sépare des ex-mariés forcés de partager la même demeure.

Télégénique, les yeux pétillants de malice, la belle sociologue avait continué d'enfiler des métaphores, mais Axel n'avait retenu que son sourire troublant, un peu crispé, comme celui de son ex-épouse.

Tandis que le chauffeur poursuivait son ronron philosophique, citant même des penseurs allemands tout à fait inconnus, Axel songeait à ce premier mariage. Ils n'avaient vécu ensemble qu'une quinzaine de mois, il y avait une vingtaine d'années, et Axel ne se rappelait plus guère que la fébrilité de Doris, de plus en plus forcée ; pour elle le bonheur résultait d'une série d'efforts, un peu comme la forme physique tient à des exercices soutenus. Sa fausse assurance avait cédé quand le médecin lui avait appris son infertilité.

C'était à l'époque où on ne se doutait pas encore que *le Mal* se répandrait comme une épidémie. Doris n'avait pas tardé à régresser, d'abord de façon imperceptible, puis Axel s'était rendu compte que ses caprices de fillette, ses rires nerveux et sans raison, ses envies constantes de faire la fête, de voyager sans arrêt, de parler pour ne rien dire, à en perdre la tête, toutes ces nouvelles manies résultaient de la crainte de vieillir seule, avec un mari qui lui rappellerait continuellement, par sa seule présence, son impossibilité d'enfanter. Faire l'amour était devenu pour elle un moyen d'entretenir sa culpabilité. Quelque part, c'était plus fort qu'elle, son infirmité lui semblait découler d'une mauvaise façon d'aimer.

A vrai dire, ils avaient vécu si peu ensemble, ou plutôt à côté l'un de l'autre. Pour ne pas céder à la déception, ils tâchaient de perpétuer leurs frêles sentiments amoureux en s'étourdissant sans répit. Ils fréquentèrent des amis dans des clubs de voyage, de danse, de gastronomie, de n'importe quoi, pourvu que ce soit à la mode. Ils s'inscrivirent même dans un salon de conversation bien particulier, où ne se rencontraient que des couples-sans-enfants. Mais le problème ne fit que se déplacer ; les CSE, au bout du compte, semblaient se comporter comme les enfants qu'ils n'auraient jamais.

Axel essaya de se ressaisir ; si son passé refluait en lui, comme pour l'empêcher de s'échapper, n'était-ce pas un signe évident qu'il allait s'arracher à tous ses remords, et que sa personnalité de victime, menacée, cherchait à le garder dans le cercle vicieux, somme toute assez confortable, de la mélancolie ?

Soudain Hasir lança un juron turc. En deux coups de volant il se dégagea pour foncer dans une voie libre, direction Friedrichstrasse.

— Dire que j'ai quitté Istanbul parce que j'en avais assez de ses embouteillages ! ricana-t-il sans joie, avant de continuer son dialogue (sans doute avec un philosophe imaginaire).

Pas d'erreur, pensait Axel, réjoui à l'approche du moment tant désiré, j'ai pris la bonne décision en me rendant chez ce Bindseil aujourd'hui même. Si je veux changer mes habitudes, il faut en profiter tout de suite, au début de mon congé.

A un moment donné, le Turc interrompit son intarissable logorrhée pour augmenter le volume de la radio.

— Écoutez ça, fit-il avec enthousiasme ; on vient de trouver le moyen de reverdir nos forêts.

Il s'agissait d'une production révolutionnaire de plantes grimpantes, super-résistantes : toute une génération d'hybrides avec des tiges très minces et des feuilles aux formes et aux dimensions variées, imitant celles des feuillus condamnés par les précipitations acides. On projetait d'enduire les arbres moribonds d'un ciment qui les protégerait, après quoi on lancerait ces plantes grimpantes à l'assaut de leurs branches mortes. Le résultat était à s'y méprendre : les arbres paraissaient plus feuillus qu'ils ne l'avaient jamais été. Déjà on parlait de réanimer la Forêt-Noire.

Perplexe, Hasir diminua le volume, voyant que la nouvelle ne changeait rien au regard morne de son client. Puis il jeta un coup d'œil à l'écran de son ordinateur de bord. Tous les fuseaux clignotaient en rouge ; dans cinq minutes le taxi serait coincé dans le fameux bouchon Hirschfeld, une sorte de hernie routière qui durait depuis deux ans. Comme si le réseau des autoroutes, par une obscure réaction, s'amusait à freiner les efforts de réunification de l'Est et de l'Ouest...

Axel s'enfonça sur la banquette arrière, acquiesçant sans conviction aux propos de l'imperturbable chauffeur philosophe, tandis que son esprit butait sur le Mur de Berlin. Au fil de son inspiration, il devenait une métaphore de béton, un durcissement dans le cœur du pays, un barrage qui empêchait le sang allemand de circuler, un stérilet lui interdisant d'enfanter, une maladie à l'image du SAP... Tout à coup un coup de klaxon fit sursauter Hasir; les autos recommençaient à circuler.

Sur son écran, le chauffeur repéra un trajet moins encombré. Le taxi s'engagea aussitôt dans une ruelle peinturlurée, sans doute par d'anciens squatters installés depuis longtemps. Après un long détour entre des pâtés de maisons sans fenêtres, il s'arrêta devant un bureau aux vitrines décorées d'holo-photos géantes, paysages de plages et de palmiers où brillaient de charmantes Orientales, coquettes, délicates, sourire de fraise et sarong de soie, le tout laqué de chaudes synthécouleurs. Des fleurs de paradis... songea Axel, sans doute sous l'effet d'une quelconque publicité subliminale.

L'affiche indiquait : « Berlin-Bangkok, mariages sur mesure ».

Ueang paraissait irréelle à travers les vapeurs qui s'échappaient de la douche, figée comme un fantôme effarouché par les cris des filles et le bruit de l'eau giclant sur les tuiles. Son teint de miel, ses bras grêles et l'orchidée accrochée à son oreille lui donnaient l'apparence d'une poupée, mais elle sourcillait comme une gamine craintive, inconsciente de ses gros seins qui montaient et descendaient rapidement, sous l'effet d'une respiration difficile. Même si Yumi cherchait à la blesser, Ueang gardait une admiration sans bornes pour sa *grande sœur*. Elle se rappellerait toujours : à son arrivée chez madame Lee, personne d'autre que Yumi ne l'avait accueillie.

Elle n'a pas encore perdu sa timidité de paysanne, jugea Yumi avec agacement ; le genre de fille à toujours se demander s'il faut dissimuler sa présence ou manifester sa discrétion ! Cette petite innocente doit se sentir obligée de venir consoler sa vieille amie, pensa-t-elle en tapotant sa boîte de menthes, choquée de se voir encore coincée dans un rôle de victime.

— Je ne veux pas t'adresser de reproches, hésita Ueang, j'aimerais seulement que tu comprennes...

— C'est encore pire ! Tu n'as rien à me montrer. Je t'ai donné une place chez madame Lee, alors prends-la et tais-toi.

Piquée au vif, elle ouvrait sa boîte avec ostentation ; ses longs doigts délicats en retirèrent une gomme verdâtre, suivie d'une deuxième, puis elle les porta à sa bouche d'un geste provocant et se mit à les mâcher avec vulgarité, comme une gosse aux prises avec un chewing-gum desséché.

Déçue, Ueang fixa les yeux sur les lèvres écarlates qui se tordaient avec malice.

— Je me demande si cette mauvaise herbe n'est pas en train de prendre toute la place dans ta vie, dit Ueang.

— Toute ? reprit Yumi avec une expression qu'elle aurait voulue amusée. Oh non ! Peut-être la place que tu croyais occuper, tout au plus.

— Ce n'est qu'un début, je le sens. Rien qu'à voir tourner Noï autour de toi...

— Je sais que tu m'espionnes, fit Yumi en interceptant son regard douloureux dans le miroir de son vestiaire. Mais ce n'est pas moi qui te fais peur ; c'est toi-même, parce que tu as toujours rêvé d'être à ma place, et maintenant tu crains de finir comme moi.

— Pas du tout, objecta la jeune femme d'un air courroucé. J'imagine que tu sauras choisir une bonne retraite. Je serais contente, par exemple, si tu suivais les conseils de Lya. Pourquoi n'irais-tu pas dans un talkin'bar ? Ou même en Allemagne, si tu veux ?

— Bientôt Noï aura de bien meilleurs voyages à me proposer...

Ueang ne comprenait plus : cette drogue l'avait sans doute dérangée plus qu'elle ne le croyait.

— J'en ai vu beaucoup qui pensaient s'évader de cette façon ; on finit par les retrouver, souvent tête première dans la boue d'un canal.

— Tu ne sais pas de quoi tu parles ! fit Yumi, carrément agressive. Noï n'est pas un petit *pusher* de ruelle. C'est un spécialiste des drogues, un scientifique, et il a des liens avec une société en train de mettre au point des produits révolutionnaires. Les DES, tu connais ?

— Les Drogues à Effets Spécifiques ? Un de mes clients occidentaux m'en a déjà parlé : il paraît que des dizaines de cobayes thaï en sont morts.

— Ceux qui en ont abusé, peut-être. Pourtant il n'y a pas de produits plus sûrs, puisqu'ils sont mis au point par des pharmacologues et qu'ils agissent sur des zones bien déterminées du cerveau. Dans ce domaine, la Thaïlande est à l'avant-garde ; autant en profiter !

— Qu'est-ce que tu cherches avec ces trucs ? A perdre la tête morceau par morceau ?

— Au contraire : quand le croupion ne compte plus, on a besoin de toute sa tête ! Si Noï réussit à me procurer ce qu'il m'a promis, je pourrai relancer ma carrière. (Puis, avec un regard d'illuminée, comme si la sève hallucinogène lui montait aux yeux :) Je pourrai même redémarrer à fond de train, dans un nouveau genre de maison !

— Pas de doute, ta gomme te donne des visions !

— Ne t'en fais pas, ricana Yumi, plus inquiétante que rassurante ; la seule réalité qu'on connaisse, elle est dans le cerveau, et je n'en ai jamais été aussi près !

Un voile de gravité s'abaissa tout à coup sur son

visage. Voyant que la jeune débutante la croyait déboussolée, Yumi tâcha de lui expliquer en utilisant au petit bonheur des expressions plus ou moins savantes que Noï lui avait communiquées :

— Le klong agit comme un catalyseur, un révélateur ; c'est une porte d'entrée dans le septum, le centre du plaisir. Mais il fait entrer n'importe quoi. Il s'agit donc de l'associer à des produits capables de provoquer des sentiments bien particuliers...

Pour le moment, un sentiment l'intéressait plus que tout autre : l'amour. Bien sûr.

Ueang cherchait à scruter le regard brillant de Yumi ; manifestement, elle se méfiait de l'influence que Noï exerçait sur son amie. Depuis qu'il frayait avec des hommes d'affaires allemands, ce *dealer* de drogues marchait la tête haute, comme s'il avait trouvé un produit respectable, au point qu'il parvenait à faire tourner la tête des filles d'expérience, comme Yumi, elle qui pendant quinze ans avait pourtant évité les *pushers* en maraude dans le quartier.

— Promets-moi de n'en parler à personne, continua Yumi, devinant qu'Ueang ne partirait pas avant d'être rassurée. Noï me fournit des produits pharmaceutiques expérimentaux à base de klong, des euphorisants ; je les donne en douce à mes clients et Noï se cache derrière un faux miroir pour étudier leurs réactions. Il m'a même conseillé de parler des DES à quelques clients fiables ; certains commençaient à se douter de quelque chose, et ils ne demandaient pas mieux que de poursuivre les expériences encore plus loin. Un jour j'ai pris un superaphrodisiaque en compagnie d'un client à l'affût de sensations inédites, et il a fallu nous donner des tranquillisants pour nous séparer !

Ueang semblait suffoquer ; elle glissa un regard oblique vers les douches, comme si elle ne reconnaissait plus son amie.

— Ça te plaît de jouer les cobayes ? fit-elle en tortillant le bout de son soulier dans un défaut du carrelage. Te rends-tu compte que tes nouveaux clients sont amoureux d'une pilule ?!

— L'important, c'est que j'aie encore des clients généreux. Après tout, la drogue n'est qu'un accessoire, au même titre que le maquillage ou les sous-vêtements érotiques. Les clients ne baisent jamais qu'avec leurs fantasmes ; la prostituée elle-même est un accessoire !

— Et tu en es fière ?

— Je suis une privilégiée. Noï n'a pas encore recruté beaucoup de filles. Il faut avouer que ses produits ne sont pas toujours fiables, et certains clients deviennent... férocement amoureux.

— Tu veux dire qu'ils sont plus féroces qu'amoureux ?

— Noï m'a expliqué : quand il s'agit de susciter des sentiments, les biochimistes ont du mal à séparer l'amour de la violence. En poussant les émotions au maximum, il devient difficile de les canaliser.

Ueang demeura silencieuse. De peur de se laisser entraîner dans la confusion, elle parvenait à stopper le cours de ses pensées, mais son manque d'expression finissait par distiller un profond malaise.

Derrière elle, les exclamations enjouées des filles en train de folâtrer sous la douche lui semblaient parvenir d'un autre monde, quasi enfantin, dans l'ignorance de la menace qui pesait sur lui.

— Où cela va-t-il te conduire ? Quand tes obsédés de clients t'auront défoncée, Noï t'abandonnera pour une partenaire plus fraîche. Tu n'as aucun avenir.

— A moins que les savants ne parviennent à mettre au point leur super-aphrodisiaque, une liqueur qui n'aurait que des effets positifs. Dans ce cas, je profiterais de la meilleure des assurances-mariage...

Tout à coup le bracelet d'Ueang émit un bourdonnement électronique ; un client l'avait sélectionnée par l'intermédiaire d'une agence-vidéo. Il l'attendait.

— Vas-y vite, suggéra Yumi d'un air malicieux, quand on n'a pas d'aphrodisiaques, il faut les prendre pendant qu'ils sont chauds !

Puis elle se tourna et resta immobile, les épaules voûtées et les bras ballants, attendant le départ d'Ueang. Quand elle fut enfin seule dans la vapeur du vestibule, il lui sembla que les cris des filles l'invitaient à prendre une douche. En fin de compte, elle consentit à se déshabiller ; elle trouva même un réconfort certain à sentir les gouttelettes chaudes sur sa peau, comme si toutes ses tensions pouvaient se diluer dans l'atmosphère saturée de nébulosités.

Dans la douche collective, une pièce cubique recouverte de carreaux blanchâtres, les filles se sentaient seules, entre elles, plus ou moins confondues dans la vapeur. En se débarrassant de la sueur des hommes qui leur collait à la peau, elles avaient l'impression de redevenir des fillettes, enjouées, susceptibles ou colériques. Il n'y avait pas d'autre endroit où elles pouvaient se permettre de perdre la face ; les jets d'eau chaude giclaient bruyamment, et l'ambiance toute particulière les portait aux épanchements, parfois aux drames.

La vapeur semblait dissoudre dans une nuée bienfaisante le carrelage reluisant et les arêtes vives de la pièce cubique. Yumi en profita pour laisser s'échapper quelques larmes, sachant qu'elles se mêleraient aux gouttelettes qui perlaient sur sa peau cuivrée ; mais au moment où les spasmes allaient lui secouer les épaules, elle se ressaisit.

5

Dès son entrée, Axel vit apparaître un homme dans la quarantaine entre deux paravents de faux bambous. Pâle et grassouillet, discrètement maquillé, l'air la-vie-est-belle du parfait vendeur, il portait un complet jaune pâle avec une fausse fleur pendouillant à la boutonnière. Comme si déjà il devait se rendre à ma cérémonie de mariage ! pensa Axel. Sans doute le « pourvoyeur d'épouses », se dit-il, bien déterminé à conserver cette étiquette sans nuance, pour ne pas se laisser conter des bobards.

— Hermann Bindseil, pour vous servir, commença-t-il avec un sourire tout en dents, précisant aussitôt qu'il s'appliquerait à réussir son trois cent trente-cinquième heureux mariage.

Le sourire se voulait communicatif, la poignée de main, plutôt ferme et la façon de se présenter comme « agent de mariage », digne d'un vrai professionnel. Axel se sentit quelque peu rassuré, même si quelque chose l'agaçait dans l'intensité soutenue du regard, une lueur trop égale, évoquant l'attention condescendante des pasteurs et des psychiatres.

Il s'entendrait à merveille avec Astrid, pensa Axel en lui adressant un sourire de parfait consommateur, genre attention-je-te-vois-venir.

Dès qu'il prit place devant l'ordinateur rose, à la façon d'un spécialiste soucieux d'ouvrir un dossier, Bindseil s'interrogea mine de rien sur la « réflexion », le « cheminement » et les « valeurs » de son client. Axel ne put dissimuler son irritation : il voulait sélectionner une épouse comme on choisit un lieu de villégiature, sans examen de conscience, sans faire partie d'un club où tout le monde devait partager la même philosophie.

— Écoutez, insista Axel, et ce ton ferme le surprit lui-même : je ne suis pas psychotique, je me moque des liens sacrés du mariage, et aucun travailleur social ne m'a recommandé la vie à deux pour m'intégrer à cette société insipide. Je veux l'épouse qui me convient, un point c'est tout.

— Parfait ! s'exclama l'agent de mariage ; nous aimons les clients qui savent ce qu'ils veulent. D'ailleurs votre dossier matrimonial est d'une clarté exemplaire ; il est évident, après toutes vos années de célibat, que vous ne recherchez pas une aventure passagère. Il y a tellement d'instables qui font baisser notre taux de réussite. Bref, vous représentez le type de client avec lequel nous aimons travailler. Je peux même vous féliciter à l'avance du choix que vous ferez, cher monsieur Rovan.

Décidément, l'enthousiasme facile du conseiller matrimonial le rendait suspect ; il avait parlé avec trop d'empressement, sans le regarder dans les yeux. Il se concentrait à ce point sur son propre discours que par moments il mâchait ses mots, son ambition le portant sans doute à débiter des formules apprises par cœur.

Pourtant Axel se méfia bientôt de sa réaction critique — encore des relents de nowhere ? Après tout, il n'était pas venu ici pour épouser un conseiller matrimonial !

Bindseil ne tarda pas à lui proposer de s'asseoir

devant un écran grand format sous lequel il inséra une cassette, d'un geste méticuleux, comme par respect pour les futures mariées qu'elle contenait.

— La saison est excellente, fit l'agent. Dans trois mois, ce sera la période des vacances et il y aura beaucoup de candidats de dernière minute, désireux de ramener un précieux souvenir de la Thaïlande. Dans notre cas, nous faisons des études très poussées, par ordinateur, pour joindre des postulants aux profils psychologiques éminemment compatibles. Nous ne concluons jamais une affaire à moins d'atteindre les 90 % de facteurs complémentaires.

La bouche sèche et les mains moites, Axel regardait défiler les gros plans des aspirantes, attentif à son rythme cardiaque, au cas où surviendrait quelque chose comme un... télé-coup de foudre.

Les femmes en attente de maris avaient été filmées sous le même angle, dans un éclairage égal, comme si l'agence payait toujours le même opérateur dénué d'imagination. La plupart portaient des robes amples, de longues tuniques fleuries comme on n'en voyait plus à Bangkok. Sans doute pour paraître exotiques, ou pour dissimuler ces petits seins coniques et ces hanches étroites qui ne plaisaient pas beaucoup aux Occidentaux... Tous ces petits bouts de femme sans âge se ressemblaient avec leurs cheveux noirs, lisses et reluisants, leur maquillage pastel, leurs yeux en amande, et leur sourire sans âme, sûrement exigé par l'opérateur malhabile, se dit Axel en guise d'excuse. Déjà il prenait le parti de sa future épouse ! Mais laquelle ?

Le spécialiste de l'agence ne cessait pas de vanter les ressources insoupçonnées de la Thaïlande ; « une mine de belles petites femmes de première qualité », disait-il avec fierté. Après quelques tests, il trouva bientôt une série de jeunes candidates qu'il jugea appropriées; toujours d'après certains indices de complémentarité fournis par son fameux logiciel matrimonial, il certifiait que ce type d'épouses (TA-4417) avait déjà fait ses preuves avec de nombreux Allemands de la classe B-3, où se retrouvait Axel.

Mais Axel était surtout intéressé par la façon dont Bindseil procédait : parler à toute vitesse, les yeux mobiles, suspendre ses phrases au besoin, pour laisser penser que le rythme de ses affaires l'étourdissait quelque peu. Son attitude disait : de nombreux clients réclament mes services, trop pour mes capacités, il n'y a pas de quoi s'en faire avec les réticences d'un client un peu demeuré.

— Bien sûr, nous ne proposons que des filles « vierges », c'est-à-dire qu'elles n'ont pas conclu de mariages à l'essai avec d'autres candidats. Et toutes sont de récentes diplômées de notre école de mariage, précisa-t-il d'un air suffisant, à en croire qu'il avait participé à la préparation des épouses. Leur allemand n'est pas toujours au point, mais elles ne demandent pas mieux que d'apprendre, vous pouvez le voir dans leur regard vif... Tenez, celle-ci par exemple, fit-il en appuyant sur un bouton pour sélectionner le plan moyen d'une candidate postée devant un jardin luxuriant : cette première de classe recherche un mari doté d'un véritable sens des responsabilités. Le programme me certifie que sa vision articulée du monde moderne pourrait vous convenir. Voyons le profil de son dossier.

Très vite, Axel la jugea trop appliquée, sans personnalité propre, comme toutes les autres. L'agent passa bientôt à une nouvelle série, dite spéciale, qui offrait des femmes moins prévisibles, peut-être même un peu capricieuses, souvent douées d'une sensibilité aiguë. Sur le ton de la confidence, il précisa que leur richesse de caractère les faisait parfois réagir avec excès, quoique toujours de bon ton, bien sûr.

— Si on recherche l'excitation, on ne peut pas se plaindre des écarts de conduite, reconnut Axel sans y attacher d'importance.

Toute la cassette se déroula sans susciter de commentaires plus pénétrants. Dans un moment de lassitude, Axel se demanda même si ces cassettes n'étaient pas destinées à subir le même sort que les siennes, qui traînaient dans son appartement.

— Il faut être bien conscient de l'importance d'un choix mûri, insista Bindseil. Je ne m'attends pas à ce que vous fassiez votre choix aujourd'hui même, sans avoir examiné toutes les possibilités intermédiaires.

— Et si je n'arrive pas à trancher entre deux ou trois candidates ? demanda tout à coup Axel, quelque peu découragé par la tâche qui s'annonçait.

— Aucun problème, fit le vendeur avec bonhomie, notre ordinateur a toujours su faire valoir certaines qualités déterminantes. Mais rien ne vous oblige à croire un appareil, s'empressa-t-il d'ajouter, devinant la question qui devait suivre ; si vous le désirez, moyennant un léger supplément, vous pourrez rencontrer sur place le nombre désiré de candidates.

— Il faudrait bien qu'on se mette d'accord sur un prix fixe, lança tout à coup Axel, piqué au vif. Je n'aime pas beaucoup les options qui s'ajoutent chaque fois qu'on veut signer un contrat. J'espère au moins que l'habillement est fourni avec la mariée !

— Qu'allez-vous penser, cher ami ! rigola Bindseil, chassant du revers de la main quelque poussière imaginaire sur son veston jaune pipi ; si on les fournissait toutes nues, on se les ferait voler aussitôt ! Non, ici on est sérieux (des plis songeurs couvrirent son grand front). Le bonheur dans le mariage, ça n'a pas de prix, mais je suis certain que nous parviendrons à une entente.

Une heure passa sans qu'il s'en rendît compte, puis une autre, qui parut beaucoup plus longue. Axel remarqua bientôt que les mêmes qualificatifs au goût du jour revenaient dans la bouche du vendeur ; à le croire, la plupart des candidates étaient dévouées, responsables, mesurées, sensibles, et lorsque Axel s'attardait sur certaines bandes-vidéo, les candidates avaient tendance à posséder « une vision articulée du monde moderne », selon l'expression qu'il avait lui-même utilisée dans son formulaire de demande. Soudain, une « vision articulée » de trop lui fit perdre patience :

— Comment voulez-vous que je choisisse entre ces poupées orientales ? Elles sont toutes jeunes, jolies, souriantes, filmées comme des stars dans un décor de rêve ; si elles possèdent toutes les qualités du monde, aussi bien prendre la première venue !

Aussitôt il crut que c'était le nowhere qui venait de s'exprimer, laissant le véritable Axel en retrait, gêné de l'intervention involontaire.

Après un coup d'œil désespéré vers l'étagère où étaient rangées des dizaines de cassettes, il prit une grande inspiration et se retourna vers la vitrine, voyant les autos défiler entre deux grandes holo-photos exotiques, dans une perspective invitant au voyage.

— Je comprends votre réaction, remarqua Bindseil avec une pointe de compassion ; vous venez ici pour découvrir LA femme et vous constatez qu'il pourrait peut-être y en avoir plusieurs.

— Pour ainsi dire n'importe laquelle !

— A première vue, je le concède. Quand vous les connaîtrez mieux, une fois que notre ordinateur vous aura dévoilé leurs obsessions secrètes et leurs motivations profondes, vous serez étonné de...

— Je ne crois pas. Je parie qu'elles sont prêtes à n'importe quoi pour partager la richesse du premier Allemand venu.

— Ne vous en faites pas, cher Axel ; vous succombez à ce que nous appelons « le stress du choix multiple », une facette mineure du nowhere (il paraissait étonné du jugement hâtif de son client, un peu déçu même). Mais ces jeunes femmes participent aussi au processus de sélection. Il faut que votre choix soit corroboré par votre candidate préférée, sinon quel intérêt auriez-vous à choisir quelqu'un qui ne vous désire pas ? Heureusement, les Orientales ont un faible pour les grands blonds dans votre genre.

Le conseiller matrimonial s'était penché vers l'étagère de cassettes et Axel crut remarquer, en surprenant son reflet dans l'écran de l'ordinateur, qu'il cherchait à dissimuler une expression narquoise. Mais peut-être le conseiller se réjouissait-il d'avoir trouvé la combinaison gagnante, d'où cet air triomphant lorsqu'il lui présenta une cassette hors série qu'il glissa dans l'appareil.

Pendant que le ruban magnétique se déroulait en chuintant, il se vit par les yeux du vendeur, tel un naïf venu de sa lointaine campagne thaï. Mais qu'est-ce qui le poussait tant vers la Thaïlande ? Et si ce mariage programmé était un prétexte pour retourner dans ce pays qui le hantait ? Comme s'il éprouvait le besoin obscur de revenir sur les lieux d'un crime qu'il ignorait...

Tout à coup, il eut peur. De ses velléités, de toutes ces épouses professionnelles, et du vendeur d'amour. Il craignait de voir ses habitudes de célibataire balayées par le bonheur ! Le cœur lui battait contre les côtes, la pulsion du sang secouait son corps survolté, il allait craquer.

Suffit ! lança une voix intérieure, celle d'Astrid, toujours aussi alarmante. Écoute ton psychogiciel : il est temps d'agir, peureux !

Pour un peu il croirait qu'on lui avait greffé une sorte de radio dans le cerveau, pour intervenir au moment où il partait à la dérive.

Patience, disait le fantôme d'Astrid, tandis que les candidates défilaient dans une bulle de lumière lointaine ; tu vois bien que cet agent matrimonial est sur une piste. Il sait mieux que toi ce que tu désires : non pas un amour idéal, impossible, mais plutôt une femme habituée à se mesurer à toutes sortes de difficultés, prête à te tenir tête quand elle te verra dans l'erreur. Une femme solide, plus forte que toi, mais assez diplomate pour ne pas le faire sentir.

Après tout, Bindseil avait compris sa situation, et tant mieux s'il ne cherchait pas à mettre le mot sur le bobo. Bref, Axel désirait un enfant, un autre lui-même, une seconde chance pour repartir à neuf. Il n'y avait que Paradisc pour oser tenir ce discours, dans le secret de la consultation électronique.

— Le choix devient de plus en plus difficile, remarqua Bindseil tandis qu'il visionnait sa cassette à haute vitesse. La petite Marika vient de faire grimper la demande d'épouses, vous l'avez sans doute remarqué.

Et comment ! Depuis trois jours, les téléjournaux n'en avaient plus que pour Marika, le premier enfant conçu dans les entrailles artificielles d'une MAM, également la première personne à se suicider par ordinateur. Selon un téléphilosophe, « Marika aurait programmé sa mort pour regagner l'infosphère d'où elle n'aurait jamais dû sortir ! »

Dans un sursaut d'amabilité, Bindseil offrit à son client un verre de cordial. Axel le but en deux gorgées, non sans avoir cru déceler un faible relent chimique, plutôt inquiétant. Son travail dans le domaine des produits pharmaceutiques faisait de lui un fin connaisseur ; il lui semblait reconnaître les manifestations d'un calmant, mais il préféra abandonner l'hypothèse à saveur parano. Ou bien il s'accommodait, ou bien le calmant faisait effet...

— Il serait temps d'examiner de plus près les possibilités offertes par une candidate, suggéra le conseiller avec une suave intonation.

Cinq heures approchait, sa journée de travail allait bientôt prendre fin.

Axel se raidit.

— Comment l'ordinateur pourrait-il me proposer un choix convenable ? demanda-t-il, la voix affectée par le doute. Mon dossier ne lui permet quand même pas de connaître à fond mes désirs secrets.

— Effectivement, concéda Bindseil avec une aménité suspecte ; il ne peut qu'établir des déductions à partir de votre profil psychique. Mais vous disposez d'un moyen plus sûr de le brancher sur votre identité profonde...

— Lequel ? demanda-t-il à contrecœur, en luttant contre sa profonde méfiance.

— D'après les données révélées sur votre formulaire de demande d'épouse, l'ordinateur a compris que vous faites appel à Paradisc. Comme les disquettes psychomatiques sont compatibles avec son système, ce serait l'idéal pour guider le choix de l'ordinateur. Bien sûr, s'empressa-t-il d'ajouter devant la mine déconfite du client, je ne peux pas vous obliger à utiliser des données qui n'appartiennent qu'à vous, ou à Paradisc, mais je vous garantis que Berlin-Bangkok agit en toute confidentialité.

Bref, il s'agissait que le client en vînt lui-même à insérer sa disquette dans l'appareil. Qu'il eût l'impression que tout se jouerait sans l'intermédiaire d'un agent de mariage, de façon *scientifique* dans une sorte de tête-à-tête entre le psychogiciel et l'ordinateur matrimonial.

Soudain, comme un enfant laisse tomber un jouet trop exigeant, Bindseil prétexta une affaire à régler dans le bureau voisin, puis il s'absenta en sifflotant.

Axel comprit qu'il voulait le laisser dans l'intimité, seul avec l'écran. Finalement, il le confia à l'ordinateur, son fameux psychogiciel. Le mariage serait d'abord celui de l'informatique, les clients ne font que suivre, pensa-t-il en voyant tout à coup apparaître une candidate... différente. Elle ne souriait pas !

Elle lui plut instantanément.

6

Le pavillon des visiteurs accueille un groupe de touristes fraîchement descendus de l'avion. Hommes d'affaires en complet-veston, aventurières de vacances aux grands yeux ébahis, couples de vieux riches prompts à dégainer leur guide touristique, l'éventail habituel de voyageurs aux traits tirés, déboussolés par le décalage horaire, le champagne en altitude et le décor occidentoriental de l'aérogare. La plupart sont attirés par l'atmosphère fin de siècle de cette ville fascinante ; ils visitent la métropole sans programme précis, selon la nouvelle vogue des voyages savamment désorganisés. Sous leurs regards émerveillés, Bangkok éclate comme les reflets d'un mystérieux bijou, émergeant au milieu des eaux brunes et limoneuses. Tous les excès s'y côtoient : expositions de fleurs hybrides, extravagantes au point de paraître artificielles, cocktails de drogues variées aux effets plus ou moins contrôlés, combats de kick-boxing qu'on espère mortels, étalages de gadgets électroniques aux fonctions incompréhensibles, vendeurs de n'importe quoi réalisé par ordinateur, batailles d'insectes colorés transmis sur écrans géants avec crissements en Dolby Quadriphonic, petits singes téléguidés pour danser selon de ridicules chorégraphies, faux fakirs en suspension au-dessus des déchets, enfants à vendre ou à louer pour toutes les occasions, spectacles porno permanents, sauvages ou sophistiqués, super body-shows où se tortillent des corps déformés par des greffes et des traitements biochimiques, ne manquez pas la femme-ventouse, la fille aux yeux lumineux, le garçon à quatre mains et l'homme au sexe-serpent, en vedette cette semaine les amours lascives de la Sirène de Singapour et du Centaure Cybernétique, et tant d'autres spectacles d'un mauvais goût criant, comme si la misère, le vice, la violence et la richesse rivalisaient pour projeter une image caricaturale de leurs outrances.

Dans un angle isolé du pavillon, une vieille femme se dissimulait derrière un rideau aux motifs vert jade. On ne voyait que ses traits délicats, sa peau ridée, ses yeux bridés qu'elle plissait pour mieux observer le va-et-vient des touristes. Avec leurs vêtements aux couleurs vives et aux courbes gonflées, ils lui faisaient penser à des fleurs de plastique éparpillées dans un jardin oriental de centre commercial.

Laddawan commençait à s'impatienter. Le futur marié n'était toujours pas arrivé. Mais devait-elle s'en plaindre ? Noï tardait à se montrer lui aussi. Et sans sa fameuse potion, la recette du mariage semblait compromise. Comme une pâtisserie sans levain, songea la petite dame, en jetant un coup d'œil à sa montre en or. Mais qu'est-ce qu'il fabrique, ce sorcier de malheur ? Il se croit en mesure de modifier les sentiments du premier venu et il n'est même pas foutu de se présenter à l'heure !

— On peut commencer sans lui, remarqua Yumi d'une voix effacée, tout en lissant les friselis qui bordaient le décolleté de sa robe blanche. Mon futur mari n'a peut-être pas envie de tomber amoureux tout de suite.

— Je te l'ai dit cent fois, dit Laddawan en se raidissant dans son sarong : les premières minutes sont capitales. Si vous tardez à goûter à la médecine de Noï, ton bel Allemand va déchanter.

Yumi fit la moue avec désinvolture ; elle ne semblait s'intéresser qu'à sa robe de mariée, à ce curieux corsage gonflé qui donnait plus de volume à sa poitrine menue. Dans l'étroite salle d'attente fermée par des rideaux, elle avait l'impression d'être dans la coulisse, attendant de monter sur la scène. Bientôt elle deviendrait une femme nouvelle, comme transformée par le tissu soyeux et si blanc de sa robe. Mais, au fait, quel rôle devait-elle jouer ? Solennelle, amoureuse, sensuelle... ? Non, aucun ne lui convenait.

Laddawan n'eut pas le temps de jeter un nouveau coup d'œil sur les touristes. Dès qu'elle écarta les rideaux, la surprise la fit reculer. Noï était là, courtaud, bedonnant, sa large figure ruisselante de sueur et de bons sentiments. Et toujours ses manières efféminées, en parfait contraste avec son corps trapu et adipeux. Cette fois il avait abandonné son traditionnel complet occidental pour un pantalon blanc, frais repassé mais déjà maculé, et une chemise d'une ampleur remarquable, taillée comme une demi-toge de moine, couleur de terre cuite, plus foncée sous les aisselles, ouverte sur une poitrine glabre où brillait un beau gros bouddha de bronze, sautillant au bout d'une chaînette en or bleu.

— J'ai l'air d'un vrai moine à la mode ! plaisanta le gros homme sans conviction, visiblement mal à l'aise dans cet accoutrement.

— Ne t'en fais pas, fit Laddawan en découvrant ses petites dents jaunes ; j'ai de l'expérience, moi, et je sais exactement quelle sorte de cérémonie désire notre clientèle.

Noï se contenta de rire en secouant sa chemise aux reflets safran. Laddawan lui avait expliqué cent fois que les futurs maris occidentaux avaient besoin de croire à quelque chose de sacré, au moins à un rituel. La petite femme utilisait à merveille son allure respectable de vieille dame aux cheveux grisonnants ; dans son rôle de belle-mère, elle devait inspirer la confiance, imposer le respect. Il fallait amener le client à croire que la Thaïlande lui cédait l'un de ses plus beaux trésors, et il devait payer en conséquence.

Mais Yumi devenait soupçonneuse. L'accoutrement de Noï semblait même la choquer.

— Je t'avais pourtant averti : mon futur mari connaît le pays, dit-elle, fixant son regard angoissé sur le bouddha trop brillant de Noï. Il a vécu longtemps en Thaïlande.

— Et alors ? lança Laddawan sur une note désinvolte. Il ne s'est jamais marié ici, pas vrai ? Donc il ne connaît pas nos nouvelles cérémonies de mariage. D'ailleurs, pour faire appel à une agence de mariage, il doit s'attendre à une réception hors du commun. Aussi bien lui en mettre plein la vue, ça l'empêchera de réfléchir !

Déjà Noï s'affairait à vider le contenu de sa mallette pour dresser une manière de petit autel sur la table nue au milieu de la pièce. Selon un ordre rigoureux, il disposa une nappe couverte de savantes arabesques, un bouddha en verre dépoli, des bâtonnets d'encens, un briquet à piles, un objet brillant et bizarre, sans doute sacré, sans oublier les sempiternelles fleurs de lotus, apparemment naturelles. Pour couronner le tout, il plaça au centre de l'aménagement le portrait d'un moine décharné qui jeta un œil glacial sur cet étalage de pacotille.

Une voix flûtée, typique des ordinateurs parlants,

annonça un nouvel arrivage en provenance de Berlin. Comme un imprésario avant d'ordonner le lever du rideau, Laddawan écarta les tentures subrepticement. Elle le repéra du premier coup d'œil. C'était à peine croyable, ce type avait tout du parfait touriste allemand, grand-mince-blond-et-sûrement-très-romantique. Il était même d'une beauté sans accroc, presque terne, avec une peau pâle et lisse comme la cire, et un regard calme, qu'il fixait droit devant lui. La coupe de cheveux était impeccable, la raie bien tracée sur le côté, aucun poil ne dépassant les oreilles. Il portait un pantalon de coton blanc, une chemise ample, aux couleurs sobres, et il marchait d'un pas égal, comme un robot-mannequin. Le personnage semblait trop bien réussi, ses traits réguliers évoquaient la froide placidité d'une icône, il avait quelque chose de surréel, d'attrayant et d'insaisissable, comme un fantasme.

D'un geste du menton, Laddawan le désigna à Yumi qui se pressait dans son dos.

Il restait seul, debout au milieu de la place, sans prêter attention aux écrans touristiques où s'agglutinaient les autres, tels des insectes autour d'une goutte de miel.

— Il a l'air beaucoup plus doux que sur la bande-vidéo, remarqua Yumi, mais je ne croyais pas qu'il avait le nez aussi long.

Avec ses vêtements neufs et ses cheveux bien coiffés, il faisait songer à un bon garçonnet qui s'ennuie : des joues molles et satinées, des cheveux blonds, comme de la paille brûlée par le soleil, et des yeux bleu ciel, délavés, sans éclat. Il paraissait désarçonné, incapable de prendre une décision, comme s'il était de trop. Yumi devinait une personnalité d'adolescent attardé, coupable de croire encore à quelque rêve tendre et secret.

Soudain elle éprouva un pincement au cœur.

C'était donc pour ce quidam qu'elle allait tout quitter ! Malgré sa ferme décision, elle craignait maintenant de rompre les attaches avec les filles, ses chères rivales, pourtant ses seules amies. Presque des sœurs. Et tous ses clients qui venaient célébrer leur double vie, ses grands boys belliqueux, ses beaux messieurs vicieux, ses petits papas payants, tout ce monde, c'était sa famille ! Et Bangkok était son seul univers...

Dans ses pensées à la dérive, la ville sombrait en douceur, ses silhouettes orientales ondulaient comme des reflets sur l'eau opaque des canaux, Bangkok devenait une immense fleur carnivore, croupissante d'humidité, dégageant des effluves capiteux qui la soustrayaient au déroulement du temps.

— J'allais oublier notre divin breuvage, remarqua Noï avec une curieuse expression, trop enjouée pour ne pas trahir la nervosité.

Dans un geste de magicien, il sortit de sa mallette un carafon de cristal où brillait un liquide rose vif, et Yumi émergea de cette région confuse de son esprit où des bribes de souvenirs discordants s'agitaient follement, comme délogées par l'imminence d'un danger. Il lui sembla qu'une étrangère parlait à sa place, craignant les effets de ce liquide beaucoup trop rose, caramélisé comme du bonbon fondu.

— Est-ce nécessaire que j'en prenne ? Il faudrait bien que j'arrive tout de suite à me passer de drogues.

— Assez parlé de drogues ! trancha net le faux moine aux joues tremblotantes. Je suis un scientifique, pas un *pusher* ! D'abord ce nouveau produit n'a rien à voir avec les stupéfiants. Il s'agit d'une assistance neuropharmacologique, une sorte d'assurance pour l'amour. C'est pourtant simple : il suffit qu'une pincée de lulibérine atteigne l'hypothalamus pour déclencher toute la séquence des comportements amoureux. Pourquoi se priverait-on de la peptide du désir ? Il faut savoir que le rhinencéphale, ou « le cerveau sentimental », est largement...

— Il n'y aurait pas de klong là-dedans ? s'inquiéta Yumi.

— Parlons plutôt de... *lovedrink*, la liqueur de l'avenir, déclama Noï en parfait conquérant. L'aphrodisiaque ne contient qu'une pincée de klong, pour lui permettre d'agir en douceur.

— Parce que ta... ludélirine aurait de quoi m'assommer ?

— Voyons, fit Noï tout en lui glissant un bras potelé autour de la taille. Après tous ces produits que tu as testés pour moi, je ne vais pas t'achever avec le dernier. La lulibérine, c'est le dessert, à peine sorti des laboratoires. Avec un tel excitant, nous risquons de transformer Bangkok en centre international de régénération amoureuse !

— Comment peux-tu me garantir l'effet d'un prototype ? insista Yumi, de plus en plus méfiante.

— Un coup de foudre carabiné est un bon point de départ, fit Noï. Tâche d'en profiter. J'ai dépensé pas mal d'énergie pour obtenir ce produit ultra-secret ; c'est pour te remercier d'avoir travaillé avec moi. D'ailleurs je connais ta sensibilité à nos excitants, je sais que tu pourras en jouir. En fait, c'est par amour que j'agis ainsi, contre mes intérêts. Parfaitement ! Tu es un si bon sujet d'expérience que je voudrais te garder pour toujours, mais tu finirais par t'épuiser, ou par t'accrocher au klong... Je préfère que tu aies ta chance.

— Dis donc que tu n'as plus besoin de moi ! protesta Yumi avec une expression renfrognée. Maintenant que ta société met au point un produit aussi intéressant, tu préfères l'employer avec de plus jeunes.

— Suffit! trancha Laddawan; Rovan approche. Tu dois en prendre pour être sur la même longueur d'onde que ton futur mari. Ça va te détendre, rien de plus, tandis que l'Allemand s'occupera du reste.

Le reste? reprit Yumi sans laisser un seul son franchir ses lèvres sèches: le reste de ta vie avec un client unique? Pas de doute, j'ai besoin de cette... aspirine de l'amour!

— C'est le trac, fit Laddawan, presque amusée par la situation. Laisse-toi aller. Résister ne ferait qu'augmenter tes inquiétudes.

Yumi accepta de se soumettre pour en finir au plus vite. Mais au moment où elle allait franchir le rideau, elle se crispa en apercevant la femme au bras de l'Allemand: une Blanche, grande et blonde, elle aussi, et qui semblait partager l'expression insaisissable de l'Allemand. Avec leur flegme et leur regard d'enfant perdu, ils semblaient si parfaitement assortis... Un couple idéal de vidéoroman!

Éberluée, Yumi tarda à comprendre les explications nerveuses de Laddawan. Cette femme n'était donc que sa sœur; son futur mari l'avait invitée en voyage pour ne pas être seul, pour avoir un membre de la famille lors de la cérémonie.

— Il cherchera sans doute à connaître son avis de femme sur celle qu'il doit épouser, précisa Laddawan; il veut voir si tu es digne de lui, ou de son milieu.

Les mots résonnaient dans la tête de Yumi, il ne lui parvenait que des échos lointains. Digne de lui....? Cet homme serait-il donc trop pur pour elle? Cet ange blond descendu du ciel germanique pour la sauver de la prostitution et la ramener dans son paradis occidental!

Tout à coup Noï recula et resta figé, blême, incapable de s'exprimer. Comme s'il avait aperçu un serpent !

— Qu'est-ce que vous avez tous les deux ? s'écria Laddawan en serrant les dents. Vous le voulez, ce mariage, oui ou non ?

— Le futur marié... finit par articuler Noï, en s'appuyant contre le mur comme s'il craignait d'être aperçu, ce ne serait pas un type qui a déjà travaillé à Rawaï, pour la Deutsche Drug ?

— Bien sûr, dit Laddawan d'une voix sèche. Et alors ?

— Ça me revient en le voyant : ce bonhomme travaillait pour la firme qui me procure mes fameuses mixtures, laissa tomber Noï en grimaçant.

On aurait dit qu'il venait de lancer une bombe... Les deux femmes échangèrent un regard chargé d'incompréhension. Puis Laddawan s'impatienta :

— L'ordinateur de l'agence nous a fourni tous ces renseignements. Il n'y a pas plus sûr que ce candidat. Qu'est-ce qui te tracasse ?

— Ce Rovan, je crois m'en souvenir... Il a été renvoyé en Allemagne par les dirigeants de la Deutsche Drug.

— Renvoyé ? douta Yumi. Et il revient pour se marier ?

— Tu dois te tromper, ajouta Laddawan ; l'agence de mariage ne fait nulle mention de cette affaire.

Noï n'en parut pas surpris. Cette information semblait même corroborer ses doutes.

— La direction de la Deutsche Drug avait sûrement intérêt à dissimuler le problème, suggéra Noï. On aura tout juste transféré ce Rovan, pour lui faire sentir qu'il devait se tenir tranquille. Pourtant...

— Assez remué le passé, fit Laddawan.

Mais une idée pernicieuse germait sous le front pensif de Noï.

— Et si la Deutsche Drug avait envoyé ce type pour nous espionner ?...

— Si nous tardons encore, avertit Laddawan, nous allons tout gâcher.

— Il faudrait l'avoir à l'œil, continua Noï, inflexible ; j'en aurai le cœur net après une petite enquête interne à la Deutsche Drug.

— Tu vois bien que cet ange est innocent, ricana Laddawan ; il est tout simplement amoureux de la Thaïlande ! (Puis, apercevant les grands yeux incrédules de la future mariée :) Je veux dire : il est fou de Yumi, l'ordinateur matrimonial le certifie.

— Ça va, coupa Noï. Rideau !

Les présentations se déroulèrent selon les conventions les plus banales, sans la pleine participation de Yumi. Elle ne désirait qu'une chose : en finir au plus vite avec le blabla officiel.

Malgré la chaleur suffocante et les plaisanteries ridicules de Laddawan pour détendre l'atmosphère, l'étranger restait de glace, et Yumi se perdait en conjectures : aucun sourire, pas la moindre remarque épicée, pas même un clin d'œil ! Était-ce vraiment un homme ? Quel intérêt cet individu voyait-il dans cette aventure organisée ? Il se comportait ni plus ni moins comme un client venu prendre livraison d'une commande. Les mains dans les poches, il discutait des détails de l'entente avec Laddawan, en laissant Yumi seule devant sa sœur qui l'examinait sans vergogne. Et cette grande échalote ne pensait même pas à dissimuler sa méfiance sous un sourire de circonstance !

Lorsque Rovan l'interrogea sur le programme des prochains jours, Yumi répondit d'une voix feutrée, devenue méconnaissable. Elle débita les activités prévues, pourtant connues de tous, puis, au moment où elle allait lui suggérer quelques incursions affriolantes dans Bangkok-by-night, elle se tut bête-ment, un peu honteuse.

Axel, poli comme un premier de classe, lui adressa quelques compliments sans inspiration sur sa robe et son allemand. Puis le silence retomba, oppressant.

Rien sur mon corps ? s'inquiétait Yumi, habituée à plus d'intimité. Serait-il un grand timide, un homosexuel désireux de fonder un foyer, un mania-que incapable de s'exprimer ailleurs qu'au lit ? Yumi releva enfin la tête, constatant que Rovan était attiré par l'accueil bruyant que de jeunes Thaï réservaient à quelques visiteurs bigarrés, un groupe de musiciens post-punk tout juste descendus d'avion. Pour un peu, il aurait suivi ces groupies ! Lorsque son regard revint vers celui de Yumi, elle crut comprendre que lui aussi craignait d'avoir été trompé.

Ils étaient là uniquement parce qu'un ordinateur les avaient désignés. Un ordinateur qui les connais-sait beaucoup mieux qu'eux-mêmes. C'est à se demander si ce type baise aussi d'après un pro-gramme informatisé ! songea Yumi avant de rompre le silence intenable. Selon un vieux réflexe profes-sionnel, elle suggéra de se rendre au bar.

— Un instant ! fit Laddawan, surprise par la pro-position. Il est d'usage, dans la région d'où vient Yumi, de sceller la rencontre des futurs mariés en prenant une boisson locale tous les jours des épou-sailles, avant et après la cérémonie, jusqu'au moment où la traditionnelle carafe est épuisée.

Il avalerait n'importe quoi ! pensait Yumi tandis que Noï débouchait la carafe.

— Et nous ? demanda tout à coup la sœur d'Axel, nous ne buvons pas à la santé des futurs mariés ?

Noï ne put dissimuler son embarras. Sans doute avait-il peine à s'imaginer amoureux de cette grande pâlotte qui le dépassait d'un demi-mètre. Pourtant, d'après la façon dont elle tenait toujours le bras de son frère, c'était à se demander si elle ne se tournerait pas plutôt vers lui !

— Il s'agit d'une sorte de liqueur sacrée, composée par des moines selon une vieille tradition, bafouilla Noï avec un sourire embarrassé : un alcool réservé aux mariés pour chasser les démons de... de l'errance.

L'indécision se lisait sur le visage blême d'Axel. Cette mixture pseudo-sacrée venait tout à coup de ranimer ses soupçons. Il se rappela le cordial servi par Bindseil à l'agence matrimoniale, et il soupçonna que le liquide était fortement parfumé pour dissimuler quelque préparation chimique... Axel s'aperçut que ses hôtes, rongés par une impatience mal contenue, attendaient de le voir lever son verre ; il se secoua, essaya de repousser le scénario parano en maudissant le nowhere qui venait le hanter, au moment où il allait enfin conclure un pacte pour se brancher quelque part.

Noï fit mine de se recueillir pour réciter une courte prière dans un langage sacré — en fait, les paroles d'une chanson enfantine dans le patois de son village —, puis, avec la méticulosité d'un grand prêtre, il leva lui-même les verres de cristal, incitant les futurs époux à boire.

Noï craignait toujours de se faire reconnaître. Même s'il n'avait croisé Rovan qu'une seule fois, dans un corridor de la Deutsche Drug, il prenait bien soin de ne pas le regarder dans les yeux. Mais, dès que le futur marié eut terminé son verre, il l'observa sans gêne, attentif aux réactions amoureuses qui ne devaient pas tarder.

Bientôt Noï perçut un éclat caractéristique dans le regard de l'Allemand. Ses yeux brillaient comme deux gouttes de feu bleu. La chimie amoureuse était à l'œuvre.

Yumi ne s'en faisait plus avec les manigances de Noï. Une chaleur bienfaisante lui coulait dans la poitrine, puis son corps tout entier se détendit sous l'effet d'un léger engourdissement. Les banalités que récitait Laddawan la laissaient tout à fait indifférente ; elle croyait assister à un film dans une langue inconnue, et elle n'avait de regards que pour le bel acteur qui crevait l'écran.

Quand elle refit surface, ses réticences étaient complètement tombées ; tout son corps palpitait dans l'attente d'une révélation, qui la comblerait, elle en était sûre. La fragilité apparente de la rencontre s'était commuée en une force extraordinaire, quasi magique. Une évidence fantastique lui révélait une Yumi insoupçonnée, grandie par l'expérience de sa vie. Laddawan, l'agence, son âge, sa profession, la sœur d'Axel, le contrat de mariage, la lointaine Allemagne, tout cela et ses craintes du moment passé lui apparaissaient désormais comme un emballage chiffonné après la découverte d'un précieux cadeau.

Comme elle était fluette, cette voix timide qui murmurait encore en elle-même ! C'est fou, insensé, gémissait la voix du passé, presque à regret, et la nouvelle Yumi aurait voulu la réconforter comme une petite sœur trop prudente pour connaître la fulgurance de la passion naissante. Une bouffée de félicité s'engouffrait dans la béance laissée par l'angoisse, et ce vent de folie bienfaisante balayait l'ancienne Yumi, défaillante, fuyant les moments palpitants qui s'annonçaient.

Tandis que Laddawan invitait le futur marié dans le petit salon attenant, son regard croisa celui d'Axel, et tout le reste bascula dans l'ombre. Enveloppés d'une bulle de chaleur, Axel et Yumi se sentaient appelés l'un vers l'autre. Leurs désirs les précédaient ; leurs auras amoureuses s'étaient déjà rencontrées : elles les entraînaient maintenant dans leur fusion.

Déjà, toute sa vie s'était transformée. Le passé qui la faisait tant souffrir, avec son lot d'erreurs et d'incertitudes, lui apparaissait désormais comme une suite d'efforts nécessaires pour découvrir la seule voie. La vraie vie ? Apparemment, elle avait cheminé sans harmonie, mais maintenant qu'elle prenait son envol, une évidence merveilleuse lui disait qu'elle avait agi de la bonne façon, en vue d'une sorte de performance hors du commun. Sans le soupçonner, elle s'était préparée comme certains sportifs, quand ils font des exercices compliqués pour atteindre la perfection des champions. Comme ces sauteurs à la perche qui se tortillent au bout de leur instrument déformé avant de franchir l'obstacle avec grâce. Elle avait été une sorte de larve à demi engourdie dans un marécage, une chenille ignorant qu'un jour elle se métamorphoserait en un papillon élégant qui pourrait la soustraire à la pesanteur. L'avenir se présentait dans une sérénité sans pareille, comme si elle le vivait déjà, tellement l'irradiation de ses sentiments l'amenait au-delà d'elle-même. Yumi échappait aux tristes lois du quotidien pour embrasser son destin dans sa totalité. Son âme occupait maintenant une zone interstitielle, celle de la différence et du désir, qui sépare et relie, à l'image de ce mince trait d'union entre Berlin et Bangkok sur l'affiche de l'agence matrimoniale accrochée dans le petit salon où elle se retrouvait comme par magie. Elle était légère, débarrassée de toute incertitude, elle ne prêtait plus attention aux propos si ordinaires de Laddawan, si simples qu'ils en devenaient imprégnés de sagesse, ni au regard inquiet de Barbara, incapable de percevoir la force de ses sentiments. Puis son corps sembla flotter dans la pièce, elle sentit les bras d'Axel autour de ses épaules et elle crut défaillir. Ils s'embrassaient, et son être tout entier vibrait d'extase, chacune de ses fibres jouissant de ce qu'elle attendait depuis toujours, comme si elle avait été conçue pour vivre ce moment hors du temps.

7

Le pire, c'étaient les silences après l'amour.
Les si longs silences...
Il fallait bien les meubler.

Allongé à côté de la femme qui lui tournait le dos, si proche et si lointaine, il parlait pour lui-même, pour oublier l'atmosphère oppressante, chargée de parfum oriental. Comme un chien revenant sur sa piste, il retrouvait toujours les mêmes souvenirs de sa lune de miel en Thaïlande — tout allait si bien... pourquoi ne serait-ce plus possible ? —, puis le mince filet de paroles confuses se faisait de plus en plus indistinct.

Et le silence s'installait de nouveau.

L'échine courbée, l'homme dégingandé finissait par quitter le lit moite où sa compagne se pelotonnait au milieu des draps, le corps blotti dans la tiède enveloppe de sa chère solitude. Ses longs cheveux noirs et lisses étaient éparpillés sur l'oreiller, on aurait dit une corneille tombée du ciel. Le dragon du couvre-lit oriental était chiffonné, et les plis satinés, tels des traits accusateurs, convergeaient vers son ventre. Au moment de franchir le seuil de la porte, il était souvent hanté par la même image obsédante : un petit animal exotique, domestiqué mais rétif, plongé en lui-même, cherchant refuge dans la fragile évocation de son monde naturel...

Comme si elles profitaient du moindre moment d'abandon, les idées noires revenaient à la charge tandis qu'il s'éloignait sur la pointe des pieds, Adam minable chassé du Paradisc. Il errait dans le salon, ne sachant que faire de ses mains qui pendaient le long des cuisses, puis il essayait de choisir une cassette, hésitait, introduisait n'importe laquelle dans son mini-magnéto, et il lui semblait que la musique, apparemment assourdie par le manque d'air, n'arrivait pas à franchir l'atmosphère de torpeur où il se mouvait au ralenti. Pourtant, il n'y a pas si longtemps, l'automuzik de Fred Frith IV savait le transporter dans un monde d'images trépidantes.

Axel déplaçait un bibelot, feuilletait une revue, se servait un drink. A un moment ou un autre, il se retrouvait en train d'uriner dans la salle de bains, et son sexe ramolli devenait à ses yeux une excroissance inutile, tout juste bonne à évacuer un trop-plein de tension. Une fois la contraction disparue, il restait hébété, l'esprit vide, à la façon d'un animal surpris par les lumières de la nuit citadine. A la fin, il s'asseyait dans le salon pour télécommander une tournée silencieuse des quatre-vingt-dix-neuf chaînes de télé, et il s'amusait tristement à deviner la teneur des propos d'après la mimique des marionnettes lumineuses.

Des bandes de couleurs atomisées coulaient sur le reflet de son grand corps blanc plastifié, en surimpression sur l'image lumineuse de la télé muette. Le similicuir du sofa semblait sucer ses fesses froides. Les yeux fixes et brillants comme deux petits écrans, il attendait le sommeil qui ne venait pas.

Pourtant sa planification psychomatique était sans faille. Paradisc, son congé payé à 80 %, les experts en mariage, même sa sœur, devaient le mener droit au but. Où se trouvaient donc les changements tant espérés ? Faute de les percevoir en lui-même, il scrutait sa compagne, en quête d'un signe qui lui permettrait de reprendre la course au bonheur.

Si au moins Yumi avait pu s'occuper de la décoration intérieure pendant ses longues journées d'oisiveté. Elle aurait pu se faire un petit nid à son goût. Les autres y arrivent bien ! Et pourquoi n'aurait-elle pas apprêté quelques plats thaï ? Un peu d'épices n'aurait pas fait de mal !

Mais elle se contentait de l'attendre, désœuvrée, en regardant la télévision sans l'écouter. Comme lui pendant la soirée, quand il revenait de ses courses. Trop discrète pour le stimuler, juste assez présente pour l'inquiéter, elle minait ses manies de célibataire, faisait fuir les personnages inconscients qu'il se jouait pour meubler le temps. Et il se retrouvait plus seul que jamais, à s'observer en empruntant le regard perdu de l'Étrangère, le regard aigu d'Astrid, le regard sévère de sa sœur, pour s'enrouler sans fin dans les circonvolutions de l'autocritique, fasciné par sa propre détresse.

Dans l'espoir d'échapper à l'étourdissante machine de macération mentale, il s'était laissé reprendre par ses anciennes habitudes, sans trop s'en rendre compte — même si Paradisc, bien sûr, lui avait chuchoté l'idée à l'oreille. Tous les prétextes étaient bons pour partir : régler telle affaire qui traînait depuis si longtemps qu'il ne savait plus ce que c'était, suivre un cours d'introduction aux différentes activités récréatives offertes aux pré-retraités, se retaper la personnalité en suivant des sessions intensives de self-control, rencontrer monsieur Cohen en vue d'une possibilité de contrat peut-être intéressant, rencontrer madame Schmidt pour un examen « tout à fait complet » des moindres fibres de sa petite personne, courir les « ventes de vieux » en espérant trouver des disques de Tangerine Dream, ou des blousons de vrai cuir, ou n'importe quoi, tout était bon pour attendre patiemment dans des bureaux décorés comme des scènes de cinéma où d'aimables mannequins l'informaient de tout et de rien. Il n'osait se l'avouer, mais le travail lui manquait, surtout cet horaire régulier qu'il avait pourtant l'habitude de maudire.

A bout de ressources, il accepta enfin d'envisager une rechute de son nowhere. Au secours Paradisc ! Mais pouvait-il compter sur Astrid ? Au bout du compte, les psychogiciels sont-ils adaptés aux Asiatiques ? Pourtant il céda facilement à la logique apparente des recommandations d'Astrid : visiter Berlin avec Yumi, pourquoi pas ? Ne fallait-il pas développer les liens communs avec leur entourage, river leur vie à la ville ?

Ils s'étaient d'abord rendus dans une boutique de décoration orientale. Changez d'espace et l'espace vous changera, disait Astrid, dans toute la candeur de sa vision psychomatique. Mais on y vendait seulement le genre de camelote que les Occidentaux considéraient comme exotique, simili-souvenirs *made in Taïwan* pour faire rêver les sédentaires. Devant le manque d'intérêt de Yumi, il lui avait suggéré ceci ou cela, elle avait acquiescé, il avait acheté ceci et cela, et ces jolies choses traînaient maintenant parmi d'autres objets hétéroclites, devenus quelconques, comme s'ils perdaient tout leur attrait en étant confrontés les uns aux autres. Yumi elle-même était à l'image de ces objets ; elle ternissait, loin de son décor familier. Près du nowhere...

Évidemment, elle ne se plaignait pas ; comment pourrait-elle être insatisfaite, quand elle ne mani-

festait aucun désir ? « Je ne sais pas », « si tu veux »,
« pourquoi pas ? », devait-elle répéter, impassible,
chaque fois qu'Axel lui soumettait une idée. Il se faisait l'effet d'un investisseur qui a trop engagé de
fonds dans une affaire pour abandonner au moment
où elle risque de flancher.

Et si elle souffrait du mal du pays ? avait suggéré
Astrid. Comme lui après son retour de Rawaï.

Bien sûr que non. Puisque sa vie en Thaïlande se
résumait à fréquenter des clients allemands inter-
changeables, dans un hôtel aseptisé, tels qu'on en
retrouve dans toutes les grandes villes touristiques.

Berlin, Bangkok, ici, là-bas, quelle différence ?
Ailleurs, partout, nulle part, ça ne veut plus rien
dire. Quel est le sens de l'Allemagne quand on n'a
même plus conscience de son environnement ? Tout
le monde est monté à bord d'un nowhere, et si on
finit par arriver quelque part, on constate que c'est
partout pareil. En fait, Yumi reste toujours au
même endroit, ici comme là-bas, à l'angle du boule-
vard X et de la rue Y. Son pays, c'est un deux-pièces-
cuisine.

Ils avaient commencé à visiter Berlin ensemble,
ou l'un à côté de l'autre — à Berlin, on n'est jamais
ensemble, remarqua Astrid par la suite. Un jour,
fatalement, ils s'étaient retrouvés au Parc de la
Paix. L'Entre-Berlin, le Musée du Milieu, la Cicatrice, le Trait d'Union, quels que soient les surnoms,
Axel n'y voyait toujours qu'une tentative avortée
pour suturer la plaie nationale. Le Mur était maintenant en chacun des Berlinois.

Que s'était-il passé, depuis les trois mois où ils
avaient quitté la Thaïlande ? Sa lune de miel exotique l'avait-elle empêché de distinguer le manque
d'enthousiasme de Yumi ? Étaient-ce les vacances,
le dépaysement, ou ses propres espoirs qui avaient
agi sur son sens critique ? Son angoisse n'était-elle

92

pas plutôt une conséquence de son nowhere, toujours de retour, comme un yoyo revient d'autant plus vite qu'on cherche à le lancer plus fort ? L'aggravation de la maladie provoquait alors le recours à Paradisc, c'était devenu un réflexe vital, et finalement il devenait un champ de bataille malmené par deux adversaires, le nowhere, avec ses infiltrations sournoises, et Paradisc, avec ses stratégies sophistiquées.

En fait, la vie à deux fonctionnait trop bien, sans heurt, mais sans excitation. Il avait souvent l'impression de côtoyer un personnage effacé, la femme qui essaie de faire ce qu'elle croit que son partenaire veut qu'elle fasse, tandis que la vraie Yumi lui échappait toujours.

Elle le considérait comme un client !

Et pourquoi donc se plaignait-il ? Parce que Yumi était discrète, serviable, parce qu'elle faisait l'amour avec application, en suivant à la lettre les suggestions de Paradisc, attentive au plaisir qu'elle lui donnait en experte, un peu comme un médecin surveille les réactions provoquées par son traitement ? N'était-ce pas ce qu'il attendait ?

Parfois, Axel se disait que Yumi avait réalisé son rêve ; en même temps, elle l'avait brisé, et elle ne savait plus quoi en faire.

A bien y penser, le malaise remontait à leurs premiers jours de vie commune. Dès la cérémonie de mariage, il avait noté des détails insolites, tellement troublants, d'ailleurs, qu'il avait préféré ne pas en parler à Astrid. Pendant la petite fête qui avait suivi le simulacre de cérémonie, tout était réglé comme du papier à musique ; il se croyait au cinéma, dans une garden-party entre gens blasés. Les membres de sa famille n'avaient pas daigné y paraître ; à peine quelques vagues cousins distants, trois copines vulgaires, maquillées avec excès, et quatre ou cinq couples sans expression, tels des figurants marmonnant des banalités. Il aurait dû se méfier quand il avait surpris une conversation entre deux invités, en fait des Asiatiques au service de l'agence matrimoniale. Sans se douter qu'Axel possédait les rudiments de leur langue, ils parlaient en blaguant de leur triste obligation de se soûler à répétition au mauvais champagne fourni par la maison. Étaient-ils donc payés pour apparaître dans plusieurs cérémonies du genre ?

Pourtant Yumi ne lui avait rien caché ; après quelques jours elle lui avait parlé de son enfance dans un village pauvre, de sa carrière chez madame Lee, et Axel en était arrivé à écarter poliment ce qui aurait pu le déranger, mais son « n'en parlons plus » réduisait Yumi au silence, la condamnait par ricochet à la réclusion.

Son nouveau rôle n'était guère exigeant, par comparaison aux bizarreries que demandaient ses anciens clients, mais il lui manquait quelque chose, l'inspiration, la possibilité de récupérer en prenant du recul, de se retrouver avec ses semblables pour se moquer des clients. Yumi croyait habiter un immense décor, sans porte de sortie, sans entracte, sans spectateurs, sans coulisse où elle aurait pu faire le point. Le Berlin unifié ne trompait personne ; chacun se retirait dans sa petite coquille citadine, inaccessible, et Yumi se retrouvait seule, à se cogner la tête contre un mur invisible.

Axel lui accordait peut-être tout l'espace et le temps nécessaires pour s'intégrer... mais l'Allemagne, quelle chance lui donnait-elle ?

Enfin, la situation changea le jour où Yumi rencontra Wu Zhiying.

Axel avait amené Yumi à une série de soirées organisées pour rencontrer des couples composés de Berlinois et de Thaï. L'agence de mariage favorisait ce genre de rencontres pour faciliter l'adaptation des nouvelles épouses.

Mais Yumi n'y voyait que d'autres mésadaptées, tout juste bonnes à raviver ses plaies. Les animateurs proposaient des jeux de rôles si artificiels que Yumi eut l'impression d'évoluer dans une sorte de téléfilm pro-ethnique où on chantait sans conviction les bienfaits de la société allemande pluri-toutes-sortes-de-choses. Tous ces scénarios pour lui donner l'envie d'avoir un enfant, ce fut suffisant pour la décourager tout à fait.

Wu Zhiying l'intéressait beaucoup plus. C'était une animatrice de l'agence post-matrimoniale, une ex-Chinoise entre deux âges, anciennement de Bangkok. Elle affichait un maquillage bigarré, des robes multi-styles et, dès qu'elle conversait à mi-voix avec Yumi, elle avait des regards de conspiratrice.

C'est sans importance, vraiment, lui avait dit Yumi, le regard de glace, chaque fois qu'Axel avait fait la moindre allusion à ses longues conversations avec la Chinoise.

Wu Zhiying représentait sans doute son unique port d'attache. Elle lui fournissait l'occasion d'évoquer des échos de la Thaïlande, selon une complicité qu'il ne saurait même pas imaginer. Et comment réagissait-il ? Comme un jaloux ! incapable de tolérer que le mystère de son épouse, pour lui inaccessible, soit partagé avec cette femme impénétrable, pas vraiment chinoise, ni thaï, ni allemande d'ailleurs, mais tout cela à la fois, avec une ostentation qui faisait d'elle un personnage caricatural, pourtant attirant, du moins aux yeux de Yumi — elle qui n'était plus thaï, ne serait jamais allemande et envierait toujours les Chinois de réussir dans n'importe quel pays.

Que faisait donc cette femme sans mari et sans

enfants, immigrée depuis longtemps, au milieu des couples mal assortis dont l'agence Berlin-Bangkok essayait de cimenter les liens artificiels à grand renfort de talkin'bars organisés ? Pourquoi discutait-elle sans relâche avec les nouvelles arrivées, toujours à l'écart, et si peu avec les maris qui pourtant auraient eu grand besoin de ses conseils ? Ne serait-ce que pour éviter les désaccords qui avaient vite déchiré certains couples dont on n'entendait plus parler. Dans quel but détournait-elle les questions quand des maris inquiets demandaient pourquoi certaines épouses quittaient leur mari sans explication, sans même qu'il leur soit possible de les retrouver ? Où allaient donc ces femmes isolées, qui ne connaissaient pas l'Allemagne ?

Tout à coup un bourdonnement électronique fit sortir Axel de sa torpeur. A l'écran central de son système multisens : la secrétaire du laboratoire de madame Schmidt, où il venait de subir un examen complet du cerveau — soi-disant pour se connaître à fond, à l'aube de sa vie à deux...

La secrétaire, blonde platine et teint cireux, lisait le rapport sans regarder la caméra, le haut du visage mangé par de grandes lunettes en forme d'écran de télé :

— ... Vous aviez raison, dit-elle comme si c'était écrit sur son papier : vos problèmes de nowhere se sont multipliés avec une rapidité rarement observée. On se demande même si le traitement intensif que vous avez subi en Thaïlande n'est pas lié au mal qu'il devait résorber... Au fait, vous avez bien dit que votre amnésie a commencé pendant ce traitement antinowhere à l'hôpital de Rawaï ?

— J'ai répété ce qu'on m'a appris, puisque je ne m'en souviens pas.

La secrétaire leva la tête pour la première fois, révélant ses yeux super-maquillés, comme des poissons exotiques derrière ses énormes lunettes-aquariums. Elle avait le visage trop calme de ceux qui craignent de perdre patience.

— Votre perte de mémoire concerne quelle période de votre vie, exactement ?

— Une semaine avant mon entrée à l'hôpital, et les deux autres qui ont suivi, pendant mon traitement.

— Ça confirme nos doutes : on dirait que le traitement a amplifié le nowhere d'une façon fulgurante.

— On dirait ?

La secrétaire prit un air peiné.

— Toute l'équipe s'en est mêlée, même madame Schmidt est sortie de son bureau... Les traces de produits chimiques retrouvés dans votre cerveau ne correspondent à aucun traitement connu. Mais tout nous laisse croire qu'ils ont eu une action néfaste sur vos circuits mnémoniques, en faisant chuter le taux d'acétylcholine.

— Quels produits chimiques ?

— Je ne peux en dire plus, monsieur Rovan ; la Deutsche Drug nous l'interdit.

Derrière les lunettes-aquariums, les yeux plongèrent comme des poissons effarouchés.

— La Deutsche Drug ? fit Axel, avec une mine de chien qui vient de mordre dans un os.

— L'hôpital de Rawaï est bien un établissement où la Deutsche Drug pratique des expériences, n'est-ce pas ?

— L'hôpital appartient à la compagnie, je ne sais pas tout ce qu'elle en fait.

Les poissons craintifs refirent surface, battant des nageoires, prêts à déguerpir de nouveau.

— Nous avons communiqué avec votre médecin de Rawaï. Il a reconnu que vous aviez effectivement subi une nouvelle forme de traitement... ultra-secret. Mais le produit expérimental est déjà préhomologué, et le médecin nous a transmis la formule que vous avez signée, où vous acceptez le traitement en toute connaissance de cause... Je suppose que vous l'aviez oublié ?

Axel était déjà ailleurs. Le cœur déchaîné, les idées en déroute, il se disait que maintenant ses patrons savaient qu'il savait, et il sentait planer une obscure machination ; il aurait servi de cobaye, son job était menacé, on cherchait à se débarrasser de lui... Serait-ce donc la Deutsche Drug qui m'a fait perdre la mémoire ? Mais qu'est-ce que je devais savoir ? Pourquoi diable voudrait-on me faire oublier ce travail insipide ? Parce que je saurais qu'ils pratiquent des expériences hors normes ? Mais tout le monde s'en doute ! Et toutes les parties concernées s'entendent pour le dissimuler : les autorités thaï et allemandes, les scientifiques, les compagnies pharmaceutiques, même madame Schmidt !

Tout à coup Axel se rendit compte que la secrétaire avait disparu de l'écran. Il restait seul, avec ce trou dans la mémoire par où s'engouffrait le nowhere.

Pendant les jours qui suivirent, il ne cessa d'examiner le problème sous tous les angles. Une chose était claire : la Deutsche Drug était impliquée dans sa mystérieuse maladie. Sinon, pourquoi son médecin de Rawaï lui aurait-il caché la vérité ? Bien sûr, il s'agissait d'un traitement expérimental, encore secret, et on n'était pas très fiers des résultats...

Avant de quitter l'hôpital, il avait subi tous les tests possibles, et aucun n'avait révélé des séquelles de sa pharmacothérapie. Selon le médecin attitré de la firme, la perte de mémoire était due à une profonde perturbation psychique, dont il avait perdu le souvenir. On a réussi à stopper le processus avec un juste dosage de métencéphaline, mais il demeure impossible de récupérer les souvenirs perdus.

Rien d'extraordinaire, sans doute, s'il fallait en croire les confrères et les consœurs venus lui rendre visite, sourires gênés et boîtes de chocolats allemands à la main. Une jeune employée lui avait même demandé s'il abusait du klong...

Le problème persistait. L'amnésie avait agi comme une rupture dans son continuum intérieur ; la sève des souvenirs ne passait plus, Axel se desséchait, et il n'osait pas en parler. Ni à Yumi (pourquoi l'embêter ? Je vais finir par lui communiquer mon nowhere), ni à Astrid (elle m'a assez questionné, celle-là !), encore moins à la Deutsche Drug (pas le moment de chercher des embêtements, à sept ans de ma retraite). Par bonheur un événement imprévu, pourtant secrètement désiré, vint éclipser cette période morose.

Il avait fini par s'en rendre compte malgré ses tentatives de dissimulation : Yumi n'était plus menstruée !

Axel sauta tout de suite aux conclusions : le ventre de Yumi retenait une partie de lui, le mystère de la vie était en branle ! C'était merveilleux, et si déroutant.

Il demeurait pensif, même s'il rêvait tout éveillé à leur vie à trois, et les silences de plus en plus longs de Yumi lui laissaient croire qu'ils étaient meublés de pensées analogues. L'enfant aurait-il les yeux bridés, apprendrait-il les deux langues de ses parents, deviendrait-il un Allemand au même titre que les autres... de pure race blanche ?

Il brûlait de lui en parler, mais l'expression songeuse de Yumi l'en dissuadait. Elle devait d'abord se faire à cette situation.

Les enfants... On disait qu'il n'y avait rien de plus naturel. Pourtant ils lui apparaissaient comme des êtres bizarres, des extraterrestres, ou simplement comme des primitifs doués pour le mimétisme. Ce n'était qu'en copiant leurs prédécesseurs qu'ils devenaient humains...

Et comment pouvait-on apprendre aux jeunes à s'adapter à ce monde invivable ? La tâche était énorme, mais Paradisc lui avait appris à concevoir l'avenir en intellectuel, à distance. Il fallait se persuader que l'enfant lui montrerait de lui-même comment retrouver le sens de... il verrait bien. Au jour le jour. Il renaîtrait avec son enfant, c'était décidé.

Un soir, Axel émergea du tourbillon de ses pensées : Yumi tardait à revenir à l'appartement. Elle était allée à son salon de conversation, une sorte de talkin'bar avec un maître de cérémonie spécialisé dans les nouveaux arrivants — surtout les arrivantes... — qui venaient gonfler le faux groupe bigarré des « Ethniques ». Axel l'avait même encouragée à améliorer son allemand ; il lui fallait apprendre à tromper l'ennui avec l'argot-vidéo, à babiller sur les finesses du dernier gadget autoréglable, de la pub « post-contemporaine » en passant par le cyberock, les shows hypnomystiques et les disquettes de prêt-à-tout-ce-que-vous-voulez...

Le parfum de Yumi flottait dans la pièce comme une menace diffuse. Trois drinks n'avaient pas suffi à détendre Axel. Il tournait en rond, imaginant le pire, Yumi frappée par une auto, ou enlevée par la petite pègre thaï, ou voulant retourner au pays, désirant l'enfant pour elle seule... Sans trop savoir pourquoi, il voyait l'enfant condamné... Au bout de la troisième heure d'attente, il se sentit autorisé à fouiller dans les papiers de Yumi.

L'écran-loupe de son minimémo lui fit découvrir qu'elle avait rendez-vous dans une clinique de grossesse.

Il téléphona aussitôt, bafouilla, s'expliqua, se

fâcha, tant et si bien qu'il finit par obtenir le résultat de son test.

Positif.

Son cœur se mit à battre follement. Sûr, l'annonce officielle de la maternité le réjouissait ; c'était la première fois qu'on lui en parlait, ça devenait réel ! Mais, en même temps, l'absence de Yumi l'angoissait davantage.

Positif, mais négatif...

Qu'est-ce qu'elle était en train de sous-entendre ? Axel revint à lui comme s'il avait été retenu au fond de l'eau :

— Tout va bien ? hasarda-t-il, avec une expression qui disait précisément le contraire.

La voix de la secrétaire se fit plus hésitante :

— Je suppose que oui... Elle a l'air bien décidée, elle ne devrait pas subir de contrecoup... Quelque chose qui cloche ?

— Oh, pas vraiment... Mais je me demande où elle est passée.

La secrétaire attendit un long moment avant de répondre, embarrassée ; elle n'était plus sûre de saisir la situation.

— Elle ne vous a pas dit qu'elle se rendait tout de suite à l'hôpital ?

— L'hôpital ? Je croyais que tout allait bien ?

— Vous n'avez rien à craindre ; les médecins de cet établissement sont des spécialistes en matière d'avortement.

Avortement ? !...

Il sentit ses jambes flancher sous lui.

Il s'appuya à la table du téléphone, bredouilla quelque chose et raccrocha. Le plancher tanguait. Axel se pencha avec précaution pour s'asseoir sur un tabouret, sans énergie, le souffle coupé.

... Rien à faire, il ne s'évanouirait pas. Il fallait envisager une réaction quelconque. Appeler l'hôpital. Jeter les bibelots sur le plancher. Téléphoner au service d'assurance-mariage. Avertir la police. Mais à quoi bon entreprendre des recherches ? Il ne la retrouverait jamais : une fois l'enfant disparu, la mère n'existait plus.

8

Non sans malice, on avait érigé le nouvel Eros Center au cœur de Berlin, là où autrefois se trouvait le Mur. Complexe, audacieux, avec des flancs de plastiverre coloré ondulant dans la nuit, le Palais des Plaisirs enjambait le Parc de la Paix et rayonnait comme une immense fleur de cristal qui déployait ses pétales miroitants, figés sous deux globes illuminés, tels deux énormes fesses transparentes, pulsant de plaisir au-delà des tristes toits de la ville. Les grandes surfaces molles chatoyaient de flashes cyberocks, invitant la population à se perdre dans les entrailles de l'édifice, où se combinaient et s'exacerbaient les nouvelles techniques de la jouissance. En tout, sept étages, comme autant de niveaux de plaisir graduel menant au faîte de la jouissance. Les trois premiers pour discuter — d'abord —, les trois derniers pour baiser — d'abord —, et entre les deux un étage de restaurants pour hésiter, séduire, s'exciter ou se gaver.

Aux deux premiers étages, pour faire bonne figure, on proposait une vidéothèque culturelle, des clubs sociaux et des talkin'bars. Depuis que le SIDA sévissait et que 79 MTS bien recensées circulaient en toute liberté, on devait s'en remettre aux agences de rencontres pour trouver des partenaires régulièrement inspectés par des médecins. Au troisième, des salons de rencontres d'un nouveau genre. Certaines clientes venaient y choisir un donneur de sperme aux caractéristiques génétiques conformes à l'enfant idéal dont elles confieraient la gestation à une mère d'emprunt. Une Asiatique de préférence, parmi celles qui détenaient le meilleur taux d'accouchements. A l'étage central, les restaurants interceptaient les clients avant ou après leur passage aux étages supérieurs, où il y en avait pour tous les goûts : programmations érogènes, studios de massages, holo-vidéos pornos, piscines parfumées, espaces de danse en apesanteur, appareils bioniques, body-building, relaxation totale, sex-shows, euphorisants variés, excitations biochimiques et jeux sexuels en tous genres. Enfin, sous les deux dômes de plastiverre gonflable qui ouvraient une percée lumineuse dans l'inévitable nuage de pollution, « le Septième Ciel » offrait aux clients fortunés le lupanar multisens qui assurait la réputation de ce haut lieu du plaisir.

Ce soir-là, Axel errait au premier étage, la démarche molle et les pieds traînants. Ses cheveux blondasses et mal entretenus ourlaient ses oreilles et une barbe de trois jours lui pigmentait le menton d'une poussière jaunâtre. Il marchait comme un zombi, bras ballants et tête penchée, sans un regard pour les réclames fluo, sourd aux *jingles* invitants, plus enclin à réfléchir sur la mode des talkin'bars qu'à entrer dans l'un d'entre eux. Un bavardage intérieur lui occupait continuellement l'esprit, comme s'il était coincé dans un talkin'bar mental. Bavarder pour déjouer l'insensé, se disait-il ; depuis qu'on a organisé des rencontres télévisées entre les meilleurs communicateurs des salons les plus concurrentiels, l'art de la conversation est devenu une préoccupation constante. On converse partout, dans les meetings, les talkin' et les briefings, pendant le travail et sans arrêter pour la pause-café, dans les rencontres de parents positifs, de divorcés anonymes, de loisirs désorganisés, de phobophobes imaginaires, avec son psychogiciel, avec son chien-chat, avec soi-même, sans relâche, les mots pour le dire, les mots pour mentir, toujours le mot pour rire, les jeux de mots pour oublier les maux qu'on ne dit pas, les gros mots, les beaux mots, les mots à en mourir. Les études et le travail se passent en discutant devant un écran, les talkshows font, défont et refondent l'actualité, l'Histoire devient des centaines d'histoires tous les soirs dans tous les talkin'bars de la Terre, on paie pour entendre parler d'au-delà, de sur-moi et d'en deçà, surtout de brillante façon, et il n'y a jamais assez de mots pour couvrir l'insignifiance qu'ils propagent. Il n'y a plus moyen de vivre sans devenir un fin causeur, un virtuose de la communication, un super-négociateur. Si bien qu'on paie cher pour s'abonner à des talkin'clubs réputés pour leurs beaux parleurs.

Autour d'Axel, des publicités tapageuses offraient en grande primeur des salons d'histoire érotique. Venez causer — et coucher — avec Cléopâtre, Klaus Kinski, Simone de Beauvoir, Monsieur Mars, Nina Hagen-II, Casanova Fellini ou Mary-Moon Mornow : tous des comédiens-historiens formés pour vous procurer à coup sûr une véritable sensation... « histérotique ».

Mais Axel parcourut les premiers étages sans détourner la tête, puis il flâna un moment au milieu des clubs de rencontres sélects, réservés à une élite détenant une carte de santé irréprochable. De nombreux abonnés, guidés par une psy-programmation, recherchaient une combinaison particulière de données médicales, psychologiques, sociales et génétiques inscrites dans l'ordinateur du club.

Du coin de l'œil, Axel aperçut une affiche vidéo qui promettait la femme idéale. Aussitôt il repensa à Yumi, à cette petite bête étrange qu'il avait cueillie aux abords d'un klong. Il lui avait donné l'Allemagne, et qu'est-ce qu'il avait reçu en retour ? Elle avait refusé de lui faire un enfant. Alors, pourquoi insister ? Paradisc ne pouvait pas lui proposer meilleur choix, et il n'avait plus le courage, ou l'humilité, de repartir de zéro ; il se voyait mal au milieu de ces apprenties-épouses, toutes fières de leur certificat sexuel, pur, aussi recherché que la virginité à d'autres époques.

Axel était hanté par le curieux comportement de Yumi : comment a-t-elle pu décider que mon rejeton ne méritait pas une chance de vivre ? Elle n'avait pas le droit, c'était inscrit dans notre formule d'entente : si elle n'était pas en mesure de me donner un enfant, je pouvais casser le contrat, trouver une mère plus efficace, une mère porteuse, une mère importée, une mère loueuse, une mère achetée, une mère donneuse artificielle, chromée, et il y aurait beaucoup d'autres modèles, toujours plus maternoïdes.

Avant de se forcer à haïr Yumi, il l'avait fait rechercher. Mais les policiers étaient catégoriques : pas moyen de la retrouver, même pas la peine d'enquêter. Au moins ils assuraient Axel qu'elle n'avait pas traversé les frontières. Tout laissait croire qu'elle s'était mariée comme beaucoup d'autres immigrantes, dans le seul but d'entrer en Allemagne.

Il ne pouvait pas l'accepter. Il devait comprendre pourquoi elle ne voulait pas de cet enfant. Pourquoi se séparer à cause d'une erreur ? Pourquoi pas une seconde chance ?... Axel ne cessait de remuer ses arguments à une Yumi qu'il imaginait repentante, prête à investir une seconde fois dans le grand rêve occidental, une Yumi inchangée, toujours enceinte.

Et pourquoi pas ? Elle ne s'était pas présentée à la fameuse clinique d'avortement. Les policiers avaient prétendu qu'elle craignait de se faire intercepter, mais Axel avait son opinion : une fois seule avec elle-même, avec son germe d'Allemand dans le ventre, qui sait si elle n'avait pas changé d'avis ?

Axel devint vite agacé par ces mauvais souvenirs, il décida de monter au Septième Objectif : s'avilir, se punir d'avoir gâché la chance de sa vie, se mêler à tous ces Allemands pure race qui préféraient s'amuser dans un pays exsangue au lieu de le partager avec des enfants et des étrangers. Là-haut, les prostituées aux robes vaporeuses évoluaient comme des anges ricanant de leur propre légèreté.

Dès le premier pas, son cœur palpitait. Seul, à demi soûl, il basculait dans un monde de fantasmes et de fumée, de jeux de lumières et de clairs-obscurs, dans un chaos de contrastes où tout était conçu pour exciter. Sous les éclairs trépidants des projecteurs multisens, il errait parmi les prostituées asiatiques en laissant planer un regard fasciné par les sourires incisifs, aux traits nets de la rancœur, les masques surréels des maquillages pastel, les robes aux courbes mouvantes, décolletées jusqu'au nombril et fendues jusqu'aux aisselles. Peu lui importaient les personnages au goût de carnaval, les petites tenues théâtrales, cochonnes ou insolites, Axel ne remarquait même pas le soyeux frou-frou des perruques orange, le galbe gélatineux des seins de plastiderme, les battements de paupières-papillons, les constellations de bijoux phosphorescents incrustés dans la peau dorée, les longs ongles de synthécouleurs miroitant comme des minitéléviseurs, ou les pubis rasés, tatoués de fontaines ruisselantes, de succubes enflammés ou d'arabesques fondantes. Même s'il sentait la

détresse tapie sous le tape-à-l'œil, l'alcool l'engour-
dissait, et un pressentiment insolite, plutôt une con-
torsion de la logique, toujours la même, lui disait
que ce soir-là, cette fois ce serait vrai, il croiserait
une autre Yumi.

Au petit matin, les réticences tombaient les unes
après les autres. Tant pis pour sa sœur qui croyait
que l'agence de mariage l'avait trompé. Tant pis
pour sa propre voix intérieure, ou celle de Paradisc,
jamais assez soûle, toujours prête à lui rappeler que
Yumi ne pouvait être à la fois épouse et prostituée,
pute et pure, occidentorientale et capitalocommu-
niste. Tant pis pour la logique, se dit-il la nuit où
il crut rencontrer Yumi, sans surprise, comme si
cette rencontre résultait de sa détermination.

Nourris par l'étonnante ressemblance, ses fantasmes travaillaient ferme ; il se plaisait à croire que
Yumi cherchait à se dissimuler sous une attitude
nonchalante. Mais son regard oblique la trahissait,
donnait du moins l'occasion d'élaborer un scénario
complexe en toute tranquillité. On fait mine tous les
deux de ne pas se reconnaître, se disait-il, pour le
plaisir de réinventer notre rencontre. En entrant
dans la chambrette n° 17, il était redevenu cet Axel
qui croyait encore à l'impossible rêve, coincé dans
un nowhere entre Berlin et Bangkok, le seul lieu où
il pouvait se retrouver.

La pièce, tout en trompe-l'œil, ressemblait à une
scène de théâtre noyée dans un rose bonbon fondant
— couleur lovedrink ! —, laquée de lumières ruisselantes, décorée de faux meubles stylisés et de vidéo-
tableaux d'ambiance. Avec les miroirs pour multiplier les angles, le moindre mouvement de l'œil faisait éclater les cloisons. Des caméras étaient
peut-être cachées derrière des miroirs sans tain,
derrière son propre reflet qui l'interrogeait avec

arrogance... Il leur montrerait, à ces obscurs enquêteurs délégués par sa parano, qu'il savait aimer une Thaï.

Pourtant, comme si cette Yumi réinventée lui permettait de se révéler à lui-même, il prit soudainement conscience de cette distance qui l'avait empêché de se livrer à son épouse. Cette impossibilité de coller à soi-même, tellement présente qu'il ne pouvait la déceler, elle venait d'un subtil sentiment de culpabilité, relié à tout ce que les Occidentaux avaient fait subir au tiers monde. En épousant Yumi, Axel cherchait imperceptiblement à se faire pardonner. Mais il avait perpétué l'exploitation du Sud par le Nord, il se sentait encore plus coupable... et ça l'incitait à donner encore plus d'amour.

... Axel reprit conscience au moment où il allait basculer dans un doux vertige, plongé dans le corps de Yumi, lorsqu'une impression insolite vint le troubler : à mesure que la jouissance montait, la femme se contorsionnait à la manière de Yumi, telle une fillette en proie à des sanglots qui ne peuvent pas éclater. Mais bientôt la certitude du plaisir l'emporta. Bercé par les vagues électrisantes qui lui aspiraient le bas du ventre, Axel semblait hypnotisé par ses mouvements de va-et-vient, infaillibles, comme si la danse de son bassin le soustrayait à ses pensées volages. Dans les reflets liquides du miroir doré, leurs corps enlacés, aussi lumineux qu'une pellicule au soleil, évoquaient l'image du couple parfait que dans ses souvenirs sublimés il formait avec Yumi en Thaïlande. Chaque pression de ses reins le ramenait dans le temps, toujours plus près de la Yumi idéale, contenue dans le carafon de potion magique, rose, coulant comme les couleurs de la chambre qui fondaient et se confondaient au corps ondulant de Yumi, la vraie Yumi !

Une chape de bonheur rose liquéfié l'enveloppait.

Sa liqueur séminale, à l'instar de la potion de Noï, avait métamorphosé la prostituée. Ses mains retrouvaient le corps qui leur manquait. Son sexe reconnaissait maintenant la chaleur de sa chair.

— Yumi! gémit-il, le visage ruisselant de pleurs et de sueur.

La femme secouait la tête, mais Axel ne savait si c'était pour nier, à cause de la surprise, ou sous la force de ses assauts répétés.

Elle attendit qu'il reprenne son souffle, puis elle parla d'une voix absente, apaisée, tout en jouant de l'index dans ses mèches blondes :

— Axel, tu m'as enfin reconnue !

C'était bien son mince filet de voix, menaçant toujours de s'éteindre. Il ne savait trop si elle faisait une constatation ou posait une question. Il était ahuri, dans l'impossibilité de penser aux circonstances incroyables de leur rencontre. De peur de voir s'évanouir la scène, il parla à voix basse et, malgré ses frissons d'angoisse, il lui semblait retrouver Yumi comme s'ils s'étaient donné rendez-vous la veille.

— Je t'aime comme tu es... je voudrais être ton client permanent, avoua-t-il avec une candeur soudaine, pressé d'aller à l'essentiel.

Yumi baissa les yeux et se pressa contre Axel.

— Oublie Berlin, oublie Bangkok, disait-il, ne pense plus à l'agence de rencontres ni au bordel. Nous sommes nulle part, il n'y a plus que toi et moi.

Ses paroles coulaient d'elles-mêmes, irréelles de justesse.

Il était si touchant, si désarmant, que Yumi craignait de devenir vulnérable. Tout à coup, elle eut envie de le blesser, comme pour vérifier le caractère bien réel de la rencontre. Son visage devint inexpressif, ses yeux sombres disparurent dans le mince interstice de ses yeux bridés ; elle devait frapper par surprise, et se préserver à l'avance contre la bombe d'émotions qu'elle allait lancer :

— Et le fantôme de l'enfant, on l'oublie aussi ?

Axel accusa le coup sans broncher, donnant l'impression que l'affaire était classée. Puis il parut étonné de ne pas y avoir songé plus tôt. Longtemps, il resta songeur, à se demander si ce n'était pas d'abord à lui-même qu'il cherchait si maladroitement à donner naissance, par bébé interposé...

— Pensons d'abord à nous, finit-il par dire d'une voix calme, méconnaissable.

— C'était une erreur, confessa Yumi. Je m'en suis rendu compte trop tard : il n'y avait aucune place pour un enfant. Nous étions coincés entre le SAP et la maternité parallèle, entre le mariage et la prostitution.

— Et quand on veut s'en sortir, continua Axel, on se fait accrocher par Paradisc ou on bascule dans le nowhere.

Tous deux échangèrent un sourire complice, pour partager la joie qu'ils éprouvaient à se moquer de leur passé. Puis le silence s'installa dans la chambre rose. Un silence bienfaisant, plein de sous-entendus qu'ils partageaient en spectateurs émerveillés, assistant à la sereine fusion de leurs pensées.

Ils étaient étendus sur le dos, nus et parfaitement détendus ; ils éprouvaient une douce satisfaction en respirant tous deux au même rythme, à pleins poumons, pour refaire le plein d'oxygène avant de plonger à nouveau. Leurs mains moites se serraient très fort, telles de petites bêtes pelotonnées l'une contre l'autre. Tous deux souriaient, convaincus que leur karma avait déjoué les savants calculs de l'ordinateur matrimonial. Ils se sentaient enfin libérés d'une obscure pression ; cette seconde rencontre, c'était la leur.

Axel débordait de bonheur, son corps vibrait au

contact de Yumi, une poussée de désir montait en lui. Yumi se lova entre ses bras et ils s'étreignirent longtemps, tandis que le monde s'effaçait autour d'eux. Puis le tempo de leurs ébats s'emballa, et ils furent secoués d'une vague de plaisir, presque insoutenable, comme s'ils débordaient de vie et de tendresse.

Pour la première fois depuis son arrivée en Allemagne, elle connaissait le bonheur. Ce nouvel Axel, il était le seul qui l'avait aimée pour elle-même, en toute connaissance de cause, et elle se sentait délivrée de cette torpeur qui l'avait engourdie pendant des jours et des nuits d'agitation et d'ennui.

Axel eut l'impression d'émerger d'un songe ravissant, tandis qu'il revenait à lui. Un homme neuf prenait possession de son corps, le vrai Axel Rovan, confiant et serein ; il avait atteint le fond de sa détresse pour rebondir à la surface et toucher une rive nouvelle, d'où tout lui semblait différent, léger, baignant dans une lumière exquise. Il ne s'était jamais senti aussi heureux depuis son premier mariage, mais il craignait maintenant de flotter dans un monde irréel, trop fragile.

Soudain — il le pressentait ! —, une voix autoritaire retentit dans un haut-parleur dissimulé. Axel fut saisi par une sensation aiguë de vertige ; il dégringolait, touché comme un oiseau en plein vol. Sur un fond de bruit de foule et de cyberock, la voix grasseyante d'un superviseur leur signifia que la rencontre se terminait dans cinq minutes. Cinq petites minutes... et Yumi perdit quelques secondes avant de se retourner vers l'intercom :

— Fais repartir le compteur, mon trésor : on remet ça une autre fois, lança-t-elle d'une voix enjouée. (Puis, constatant l'embarras d'Axel :) Cette fois, c'est moi qui paie, lui murmura-t-elle à l'oreille, la voix humide.

Axel était en nage. Son corps ruisselant, étendu de travers au milieu des draps froissés, aurait pu évoquer le cadavre d'un noyé rejeté sur une plage. Pourtant, un sourire de grande satisfaction lui illuminait la figure.

Toujours à voix basse, comme pour déjouer d'éventuelles oreilles indiscrètes, Yumi se mit à parler dans sa langue maternelle. Ou peut-être était-ce l'amour qui ramenait cette langue plus mélodieuse, même pour exprimer les pires désillusions :

— On s'est fait avoir tous les deux, disait-elle ; l'agence de mariage n'a eu qu'à jouer sur notre désir d'évasion.

— Mais on s'est découverts tels qu'on est vraiment, continua Axel, dans la langue de Yumi qu'il retrouvait par instinct : il fallait perdre nos masques pour nous retrouver.

— A quoi bon, on ne pourra pas en profiter. C'est maintenant l'Eros Center qui fait la loi.

— Tant qu'on est ici, pas plus.

— Tu connais de meilleurs endroits pour rencontrer une immigrée illégale ? Oublierais-tu que tu m'as fait rechercher par la police ?

Axel était désemparé ; il ne comprenait pas pourquoi, après ces moments de plaisir, elle paraissait si défaitiste. Dans un brusque sursaut d'impatience, Axel s'exprima à voix haute, en allemand :

— Tu devrais pourtant t'en souvenir : on peut quitter la prostitution.

— Pour mieux y retomber, tu le vois bien ! dit-elle en posant une main tremblante sur ses lèvres gonflées par la colère... Laisse-moi t'expliquer : le scénario de notre première rencontre était beaucoup plus travaillé qu'on pouvait s'en douter, je l'ai appris de Wu Zhiying, celle qui doit recruter des prostituées parmi les épouses thaï. L'agence de voyage-mariage contourne l'immigration pour fournir des Orientales à l'Eros Center. Les bordels de Bangkok spécialisés dans une clientèle germanophone, les pauvresses de la campagne thaï éduquées pour servir les riches citadins allemands, le lovedrink fourni à Noï par les laboratoires de la Deutsche Drug, la psycho-assistante de Paradisc chargée de te questionner sur ton amnésie, tous ces rouages s'intègrent au sein d'une organisation si complexe que je n'arrive pas à en saisir tous les mécanismes.

Le scénario-parano ! Axel crut d'abord que Yumi délirait : en passant d'un bordel de Bangkok à un faux mariage idéal puis à un bordel de Berlin, elle avait dû s'imaginer, sans doute sous l'effet de la drogue, que cet enchaînement de circonstances faisait d'elle la victime d'une vaste machination internationale... Mais le doute devenait contagieux, Axel se sentait entraîné dans un engrenage grinçant où s'assemblaient la solitude, le tourisme, le désir, le commerce, l'aliénation, l'exotisme et d'autres notions qu'il discernait à peine, et tout tourbillonnait dans le creuset des recherches pharmaceutiques.

— Qu'est-ce que tu as dit ? fit-il après un moment de stupéfaction, comme si le flot de ses paroles venait enfin d'atteindre ses centres nerveux. « Le lovedrink fourni à Noï par les laboratoires de la Deutsche Drug » ?

Axel se sentit défaillir lorsque Yumi lui expliqua que les laboratoires thaï de la firme allemande chargeaient Noï de tester certains aphrodisiaques chez les prostituées. La révélation semblait confirmer ce qu'il avait déjà soupçonné, inconsciemment.

Axel ne put réprimer un frisson. Le croyait-elle au courant des expériences sur les euphorisants à base de klong ? N'avait-il pas déjà entendu parler d'un mystérieux aphrodisiaque expérimental, aux effets secondaires indésirables ? Yumi en aurait-elle déjà fait l'expérience ? Serait-il entraîné dans une obscure conspiration, montée de toutes pièces par la Deutsche Drug ?

— Le klong ? reprit Axel qui n'en a pas entendu parler ? Drogue indéterminable, légale, incontrôlable, qui colle comme un fantôme aux bas-fonds de Bangkok, et quoi encore ? Bien sûr, je l'ai déjà essayé, il le fallait bien ; je sentais qu'en Allemagne on allait me poser toutes sortes de questions sur la drogue des touristes.

— Tu n'as pas eu peur ? On croit que dès la première expérience certains touristes ne peuvent plus se passer de klong. Tôt ou tard, il faut qu'ils reviennent à Bangkok.

— Pour dire vrai, l'effet m'a paru subtil. Je n'ai pas très bien saisi ce qui m'arrivait.

— C'est au moment de retrouver la monotonie du quotidien qu'on comprend l'effet pernicieux du klong... On pense même que le sevrage peut provoquer des réactions semblables au nowhere...

Pourquoi Yumi parlait-elle de ces problèmes ? Voulait-elle réveiller ses migraines ? Déjà une onde douloureuse lui martelait les tempes, et il n'arrivait plus à penser clairement.

Yumi semblait comprendre le malaise d'Axel. Elle se colla contre son grand corps froid et il se sentit réconforté, au point de poursuivre ses souvenirs lancinants.

Klong... klong... le mot lui résonnait dans le crâne. Pourquoi donc son esprit butait-il de plus en plus sur ce mot ? Pourquoi était-il hanté par sa crise initiale, à Rawaï, à tel point qu'il n'osait jamais y consacrer ses pensées ? Cette fois, cependant, peut-être parce que l'évocation ne venait pas de lui, il échappait en partie à la névralgie.

Yumi poursuivait, volubile comme jamais :

— Il n'y a pas si longtemps, la prostitution, les spectacles et les jeux plus ou moins illicites étaient en baisse. L'ombre des MST planait sur Patpong. Il fallait voir au plus vite ce qu'allait donner le nouvel aphrodisiaque à base de klong. Et le lovedrink risque de tout bouleverser, si j'en juge d'après notre expérience...

Elle semblait y revenir malgré elle, comme par compulsion, pour satisfaire un attrait morbide. Axel soupçonna que Yumi regrettait d'être tombée amoureuse de lui à cause du lovedrink. Ils n'osaient pas s'aimer sans penser que leurs sentiments étaient peut-être dus à un effet persistant de cette potion troublante. En même temps, il se demandait si le nowhere ne lui faisait pas élaborer tous ces scénarios...

— On croit que des chimistes du gouvernement ont mis au point le klong pour attirer les touristes et les garder le plus longtemps possible au pays, disait Yumi, les yeux dans le vague. A l'origine, il s'agissait d'une sorte de mauvaise herbe inoffensive, répandue en bordure des canaux et des rizières ; mais des agents secrets auraient déversé dans l'eau de Bangkok des centaines de litres d'un produit mutagène. L'opération a rendu l'herbe hallucinogène et elle se reproduit maintenant avec ses nouvelles propriétés.

Tout était calculé à la perfection. En principe, ce n'était pas une drogue ; la population avait donc le droit d'en consommer dans les rues de Bangkok, et c'était même le seul endroit possible, puisque le produit, très volatile, perdait ses propriétés hallucinogènes au bout de quelques heures. Le succès fut si fort que bientôt des milliers de touristes plus ou moins hébétés, obligés de venir savourer cet euphorisant sur place, promenèrent leur regard d'enfants émerveillés dans les rues colorées de Bangkok.

— Au bout du compte, dit Yumi avec une expression amère, au moment où l'âge allait m'obliger à quitter un milieu corrompu par le klong, l'agence Berlin-Bangkok m'offrait un lucratif mariage en Occident ! Mais, en même temps, en quittant le pays, je perdais forcément accès au klong.

Elle était donc droguée, constata Axel, sans la moindre amertume ; il était presque étonné d'accepter sa situation avec autant de facilité, maintenant que leur contrat de mariage n'avait plus de valeur, annulé par la fugue de l'épouse.

— Je vois, fit Axel avec empressement, trop heureux de se libérer des mésaventures de l'autre Axel, celui que l'agence de mariage avait si bien manipulé : c'est à cause du manque de klong que tu n'as pas pu t'adapter à l'Allemagne, ou plutôt à toi-même, à ta condition d'épouse.

— A Berlin, je dérivais dans un monde où je n'avais aucune place ; dans les talkin'bars, j'étais comme un fantôme flottant au milieu d'un *soap-opera* occidental que je suivais du temps de mon adolescence. Pourtant les gens que je croisais semblaient effacés, repliés sur eux-mêmes, aux antipodes des vedettes de la télévision. Pour trouver le contact, je n'avais plus que mon corps.

Axel était en proie à de sombres pensées. Le monde entier devenait à ses yeux une vaste machination destinée à flouer les pauvres rêveurs de son espèce. A voir l'expression amère d'Axel, Yumi crut qu'il la jugeait. Soudain, une impulsion obscure la poussa à le narguer :

— Tu aurais dû chercher ton exotisme à l'Eros Center, au lieu de vouloir ta petite Asiatique pour toi seul !

Axel parut secoué ; il baissa les yeux, comme pour riposter par un coup sournois :

— Et toi, qu'est-ce que tu fais de ton rêve ? Pourquoi as-tu refusé la vie à notre enfant ?

Yumi se dressa devant lui, le regard féroce ; elle

semblait soupeser une arme qui menaçait de lui éclater sous le nez. Ses lèvres sèches s'entrouvrirent, puis elle avala une grande bouffée d'air avant de répondre d'une voix chargée d'émotion :

— Quel enfant ? Pas d'avenir, pas d'enfant. C'est toute cette société moribonde qui a refusé l'enfant... Tu voudrais vraiment qu'une femme comme moi devienne la mère de ton enfant !

Tout à coup, une voix basse se fit entendre dans le dos d'Axel :

— Dommage, parce que le patron, lui, il ne le veut pas du tout.

Axel se retourna, voyant entrer un homme menaçant : chauve, la barbe en collier, l'œil torve et les lèvres boudeuses, il se déplaçait avec souplesse, comme un fauve en habit sombre, cravate blanche sur chemise fleurie, le corps ramassé, prêt à bondir. Il était suivi d'un fier-à-bras en blouson de cuir, le nez busqué, la barbe drue, avec un regard de poisson mort.

Offusqué, Axel se mit à hurler :

— Yumi est ma femme, vous n'avez aucun droit sur elle ; elle va sortir d'ici avec moi...

— Un autre tordu ! ricana le petit homme sans desserrer ses lèvres pâles. D'abord, cette femme ne s'appelle pas Yumi, ses papiers sont en règle et...

Oubliant qu'ils étaient nus, Axel voulut entraîner Yumi par la main. Sans se retourner, l'homme à l'habit sombre fit un petit geste du menton à l'intention de son comparse. Au moment où Axel allait franchir le seuil de la porte, il reçut le coup de poing à la base du nez.

Un grand craquement lui retentit dans le crâne. La vague de choc le secoua comme un pantin et l'explosion de douleur le fit défaillir. Un moment, il chercha à résister à la sensation de vertige qui lui tirait la nuque, il sentit les mains moites de Yumi qui le retenaient par le bras, mais les cloisons de la pièce semblaient se tordre, ses genoux fléchirent, la nuit se referma sur lui et une lourdeur soudaine le projeta sur le plancher, où il demeura, inerte.

9

Son passé, son pays, sa vie pourtant si bien struc-
turée, tout est soudain devenu incompréhensible,
comme les morceaux d'un puzzle qui changeraient
de forme et de place à mesure qu'on chercherait à
les rassembler. Et ces bribes de souvenirs tourbil-
lonnent comme des mouches autour d'un malade
tandis qu'il traîne son corps fiévreux dans les rues
grouillantes de la ville, avançant à pas d'automate,
faisant dodeliner sa tête pâle au-dessus de la foule
des petits marcheurs jaunes, toujours trépidants.
Dans la pénombre des quartiers louches, les assidus
commencent à reconnaître son visage émacié, marqué d'une douloureuse détermination. Sous la
tignasse d'un blond fané, son regard de revenant,
inquisiteur, fait fuir les prostituées qu'il examine
sans détour, cherchant à percer le secret de leur
théâtrale futilité. As-tu vu comme il nous regarde ?
Ces yeux bleu délavé, on dirait de la glace ! Non
mais qui c'est ce malade ? Drogué ? Maniaque ? Illuminé ? Pas du tout. On ne lui connaît aucun vice,
aucune malice. Je te dis, c'est un vrai fantôme !
ricane Aïa-la-garce à Billy-queue-de-cuir en chi-
quant son bétel la bouche en coin sous le Pepsi scintillant d'un panneau-vidéo. Il marche, il cherche, il
n'arrête jamais. Sourd aux quolibets, insensible à

la puanteur de l'urine et à l'odeur agressive des mets épicés cuisinés à la va-vite au coin des rues. Ce ne serait qu'une pauvre loque parmi tant d'autres sans-abris, il attraperait leur contagieuse bêtise s'il ne les évitait pas de façon systématique, tel un chien de race refusant de se mêler aux chiens errants. Parfois des gamins excités s'agglutinent autour de sa silhouette décharnée, et ils n'en finissent plus de lui proposer drogues, gadgets ou relations sexuelles en tous genres. Comment pourraient-ils comprendre qu'un Occidental apparemment dépravé ne soit pas prêt à payer pour un vice quelconque ? On dirait qu'il veut rester intègre en vue d'une noble mission, à la manière ridicule d'un héros du temps où la télé était neigeuse et sans relief, quand monsieur Blanc croyait qu'il suffisait de se boucher le nez pour échapper aux terribles émanations du tiers monde. Sa façon de marcher, bras ballants, tête déjetée, ses louvoiements pour fuir les combines, sa manie de naviguer au-dessus de la mêlée tout en scrutant les passants comme pour repérer un signe connu de lui seul, tous ses gestes semblent empreints d'une grâce insolite, relent d'aristocratie déchue. On le croit insensible à la déchéance des bas-fonds ; son esprit supérieur se détacherait de la misère où il promène son grand corps embarrassé. Il ne reste plus qu'à se moquer de lui, pauvre clown maquillé de torpeur, perdu dans un pays où la peur fait rire. Et les gamins de s'esclaffer sur son passage, comme des chiens aboyant avec affectation, trop heureux de trouver un farang plus minable qu'eux. Les lèvres tordues d'une grimace ironique, ils l'appellent *l'Allemand-qui-cherche-sa-femme-dans-les-bordels-de-Bangkok*, et l'étranger connaît son surnom, il l'apprécie, c'est tout ce qu'on lui donne, et ce n'est pas n'importe quoi : la longueur et la précision de la locution lui confèrent un aspect solennel, quasi mythique, en accord avec cette ville qui n'en finit plus de croupir, de grouiller, de proliférer, caricature infernale de la cité fabuleuse que suggère son nom véritable, le nom le plus long du monde : Krungtepmahanak-hornbowornratanakosindramahindrayutthayama-hadilokropnoparatanajdhaniburiromudomrajnivet-mahasatanamornpimarnavatarnsatitsakkayutthaya-vishnukarmprasit. « Cité des Anges, capitale éternelle de Bouddha, immense ville sainte, somptueuse cité ornée de bijoux du dieu Indra, siège du roi D'Ayutthaya... », ainsi de suite.

Mais les anges ont abandonné la cité aux démons. Pour y survivre, l'Allemand-qui-cherche doit consentir des tractations avec les faces-de-serpent qui lui promettent le plus grand des bonheurs, le retour de sa femme. Tous ces renifleurs de marks lui susurrent du Monsieur Rovan avec des manières trop polies pour ne pas cacher leur avidité. Car le parasitage va de pair avec la corruption, et Axel est bien conscient d'être à la merci de ses prétendus assistants. Quand il évoque leurs manœuvres, dans ses interminables monologues, Axel les rassemble dans une dénomination de son cru : « le quatuor-de-la-mort ». Il y a le médecin qui signe les formulaires officiels, attestant qu'une curieuse maladie infectieuse l'oblige à se faire traiter au pays ; un agent de l'ambassade, prêt à remplir les papiers destinés à l'assurance qui lui verse les trois cinquièmes de son salaire ; un avocat véreux, capable de s'infiltrer dans le milieu de la prostitution pour y retrouver la piste de Yumi, et une jeune prostituée apparemment en mesure de rencontrer sa femme, pourtant coincée dans un secteur inconnu de la prostitution.

— Vous comprendrez sans doute, lui avait expliqué la petite prostituée, partagée entre la méfiance et le désir d'aider Yumi : on l'oblige à se cacher pour éviter que des amis ou des obsédés ne veuillent la sortir de son milieu.

A l'instar des touristes fascinés par la fameuse dépravation de Bangkok-by-night, il avait l'impression d'avoir atteint le bout du monde. Il se serait laissé mourir sur place, plutôt que de revenir en arrière. Axel en était à se demander s'il ne cédait pas à un désir jusqu'à ce jour inconscient : se perdre dans l'univers qui avait perdu Yumi... Pourtant ses manières méthodiques ne l'avaient pas quitté, même s'il devait investir presque tout son argent et son énergie dans le quatuor-de-la-mort. Au total, l'avocat, le médecin et le fonctionnaire lui coûtaient les trois quarts de la somme offerte par sa compagnie d'assurances, et la petite prostituée lui bouffait tous ses espoirs.

Axel avait rencontré cette jeune femme, Ueang, dans un café-terrasse cosmopolite, rendez-vous des gagnants et gagnantes d'une sorte de loto sexuel fort couru dans les agences de voyages. Il lui avait confié son problème, comme à tant d'autres, et sa propre litanie était sur le point de le désespérer quand tout à coup il faillit flancher : dès qu'il prononça le nom de Yumi, le regard de la jeune Thaï s'alluma.

Ueang eut beau nier qu'elle connaissait cette Yumi, son empressement et son exaspération — ou sa peur profonde ? — ne faisaient que confirmer les doutes d'Axel.

Par la suite, l'Allemand avait poursuivi la petite de ses questions. Doucement, en lui racontant des anecdotes intimes sur la découverte de Berlin par Yumi, jusqu'au jour où, comme une bête apprivoisée, encore tremblante, elle avoua :

— Je l'ai revue une seule fois depuis son retour de Berlin... C'est tout juste si je l'ai reconnue : elle était blême et amaigrie. Et moi, j'étais trop surprise, je n'ai même pas pensé à la suivre ! J'ai dû me figer sur place, droit devant elle. Mais Yumi m'a croisée sans réagir, aveugle à tout ce qui l'entourait.

Droguée ? s'était tout de suite demandé Axel, sans toutefois soulever la question. Il ne fallait pas tout noircir, au moment même où sa présence à Bangkok prenait tout son sens.

Inutile d'inquiéter Ueang : le moment viendrait où elle pourrait lui en apprendre plus, quand ils seraient tous deux en mesure de maîtriser leurs émotions. Pour l'heure, ils n'avaient même pas besoin d'en parler pour comprendre que Yumi était embrigadée dans une organisation criminelle. Et la mafia de Bangkok ne pardonne pas. Il fallait prendre tout le temps nécessaire, ne pas commettre la moindre erreur. Tenter d'approcher Yumi trop vite pourrait provoquer sa disparition définitive.

Mais qu'est-ce qui permettait donc à une prostituée de son âge de travailler encore dans le milieu ? Ueang avait toujours évité de répondre à la question, sauf une nuit de grande pluie et de solitude où Axel avait joué avec finesse sur son désir de secourir sa meilleure amie.

— Elle travaille pour une organisation clandestine, je viens de l'apprendre en discutant avec Siripen. Yumi a dû faire mine de ne pas me reconnaître, quand je l'ai croisée dans la rue.

Siripen était une prostituée d'un certain âge, désireuse de rejoindre ce réseau. Elle avait mentionné à Ueang qu'elle devait couper tous les ponts pour travailler dans un nouveau genre de boîte. La jeune prostituée n'en paraissait nullement étonnée, mais Axel restait sceptique :

— Yumi a déjà quitté le milieu parce qu'elle était trop vieille. Comment pourrait-elle revenir à la prostitution ?

— Certaines drogues pourraient donner un pouvoir de séduction à une lépreuse, avait marmonné Ueang, en partie pour elle-même, avant de s'enfermer dans un mutisme inébranlable.

La drogue ! Le mot suffisait à lui faire peur. Il en circulait partout, et de toutes les sortes. Dans la foulée des lois permissives, certains laboratoires clandestins n'avaient pas tardé à combiner les ingrédients les plus divers, pour créer des produits douteux que la brigade des stupéfiants n'avait même pas le temps d'analyser et que les personnalités politiques prenaient bien garde de condamner. Pourquoi ? Parce que le klong attire des spécialistes de la recherche scientifique. Parce que le klong fait courir les touristes. Et parce que Bangkok est Bangkok.

Axel évitait tous ces produits. Déjà, son sens de la discipline le rendait imperméable à la drogue, et son espoir de retrouver Yumi lui donnait la vigueur nécessaire pour résister à toutes les tentations qui dansaient devant ses yeux hypnotisés. D'ailleurs il ne lui restait plus assez de marks pour se permettre quelque égarement.

Le quatuor-de-la-mort ne l'entraînait pas moins dans un cercle de dépendance aussi atroce que la drogue. Il devait payer tout son monde pour obtenir des réponses incomplètes, qui lui faisaient tenir le coup et le désespéraient tout à la fois, mais il continuait comme un obsédé, sachant qu'à Patpong la corruption est le seul moyen de faire bouger les choses.

Après ces journées harassantes à tourner autour des bars louches, Axel ne parvenait plus à trouver quelques moments de répit. Il avait des brûlures d'estomac, ne dormait plus, se nourrissait mal et remuait toujours les mêmes pensées sans issue. Au risque de passer pour fou, il se parlait sans arrêt, souvent à voix haute. Pour éviter le pire. Parce qu'il était seul, le seul qui ne chercherait pas à le tromper. Du moins s'efforçait-il de le penser encore.

Parfois, à force de s'isoler en lui-même, il assistait à la lente émergence d'images floues, provenant de son quotidien à Berlin. Un sourire rêveur accroché aux lèvres, il évoquait le tableau de bord scintillant de son synthétiseur multisens, l'écran grossissant de son minimémo ou les décorations tarabiscotées de ses meubles orientalisants. A la longue, les visions anodines de décors intérieurs ou de gadgets électroniques prenaient autant de place que les ruelles pauvres et populeuses où dérivait sa longue silhouette blafarde, tel un fantôme oscillant, prisonnier des lieux qu'il revenait hanter. Il ressentait un manque profond en même temps qu'un sentiment indéfinissable : comment comprendre que tous ces objets de consommation, pourtant impersonnels, éphémères, contribuaient à la formation de son identité ?

Tous comptes faits, la coloration de ses souvenirs ne lui importait guère, puisqu'ils le ramenaient toujours à la même impasse. C'était alors avec l'extrême précision de la hantise qu'il se souvenait des policiers allemands, froids et fonctionnels, quand ils lui avaient certifié que Yumi avait pris l'avion pour Bangkok. Scénario classique : comme elle était repérée, son organisation l'avait obligée à quitter le pays.

Dans l'ignorance de sa situation, un enquêteur lui avait jeté la vérité en plein visage :

— A cause des recherches entreprises par son mari, elle n'avait plus la possibilité de travailler en toute quiétude en Allemagne.

Eh bien, il allait récupérer Yumi au fond des klongs s'il le fallait ! En parfait naufragé du nowhere, rivé à la seule bouée qu'on lui tendait, il entretenait son scénario sans trop savoir s'il était amoureux, délirant, entêté, ou tout simplement accroché aux effets méconnus du lovedrink.

Et voilà comment il en était arrivé à errer comme un clochard, étique et chancelant, au milieu d'une foule menaçante. Il était là parce qu'il ne pouvait être ailleurs. C'était peut-être son orgueil qui le faisait marcher ; le refus d'admettre son erreur le perdait de plus en plus, la solitude alimentait son entêtement et, loin de la sécurisante Allemagne, il se repliait sur lui-même, dans un talkshow mental où il jouait tous les rôles, réduit au noyau de son obsession, s'en nourrissant, s'y perdant...

Au moins, ses démarches et ses scénarios incertains lui donnaient l'impression d'être habité par un destin. Un karma pour remplacer son psychogiciel. Son amour le stimulait, l'excitait, le faisait espérer, ou désespérer, mais toujours il luttait, il vivait, il entretenait sa passion selon un rituel insolite, comme certains drogués élaborent une fantasmagorie complexe autour de leur seule raison de vivre, et de mourir.

Sa drogue, il la prenait en lui ; elle ne lui ferait jamais défaut. Un sentiment inébranlable le guidait dans la cité des Anges pour y découvrir sa vérité. Atteindre le fin fond des bas-fonds, y retrouver Yumi et remonter le puits vers la lumière... Ces pensées magiques lui permettaient du moins de résister confusément à des dangers beaucoup plus grands, encore vagues. Pour le moment, il n'osait pas y prêter attention, même si le quatuor les lui rappelait de plus en plus, sans doute pour ne pas perdre sa poule aux œufs d'or. A l'ambassade, le bureaucrate qui le prenait en pitié l'avait averti que sa compagnie d'assurances doutait de son étrange maladie, vu son état stationnaire. Quant à l'avocat thaï, véreux comme il se doit, il exigeait des sommes scandaleuses, et Axel retenait à peine de quoi se nourrir de riz gluant et payer une chambre minable, ouverte à tous vents, qu'il gardait parce qu'il craignait de se faire tuer en dormant dans une ruelle.

Sophon était un jeune avocat pressé de réussir, déjà impliqué dans toutes sortes de combines louches. Obsédé par l'éventualité d'une guerre civile en Thaïlande, il s'empressait d'accumuler une petite fortune pour s'installer en Amérique. La sueur au front, les lunettes de travers, il semblait à bout de souffle, comme s'il n'arrivait plus à suivre ses trop nombreuses affaires. Au moins, Axel pouvait penser que l'homme de loi voulait régler son cas au plus vite.

Pourtant Sophon racontait n'importe quoi pour augmenter ses avances. Il y avait toujours de nouveaux intermédiaires, tout était remis au lendemain, et Bangkok elle-même survivait comme un moribond branché sur un respirateur, maintenue en vie par un marché artificiel. Au bout du compte, Axel continuait de payer par habitude.

Heureusement, Ueang ne lui demandait pas le moindre mark. Une nuit où Axel l'avait découverte en train de larmoyer, les yeux bouffis et le teint livide, elle lui avoua qu'elle agissait par reconnaissance pour Yumi, qui lui avait permis d'entrer dans le meilleur réseau de prostitution en ville. Elle avait été sans équivoque : Yumi faisait partie d'un mystérieux réseau, qu'elle-même ne pouvait infiltrer. Mais Ueang s'était ressaisie sur-le-champ, une sorte de réaction nerveuse la poussait à surmonter son propre désespoir pour encourager Axel. Il leur fallait sauver Yumi, c'était leur seule façon de garder la face.

Après quelques semaines de patience, Axel commença à la presser ; il en venait à réagir comme Sophon. D'ailleurs tout le monde évoquait l'imminence de la guerre. Les gens de la rue voyaient des complots partout, croyant l'armée sur le pied de guerre, et certains étrangers commençaient à fuir le chaos qui s'annonçait. D'anciens révolutionnaires, khmers rouges, viêts ou maoïstes, traversaient la frontière du Cambodge et essayaient de voler les terres des paysans thaï. Au Sud, des musulmans menaçaient de former un État indépendant pour profiter des ressources pétrolières. D'obscurs agitateurs faisaient du sabotage près de la frontière birmane. Et des millions de sans-abri envahissaient les abords fangeux de Bangkok, risquant à tout moment d'encercler la métropole dans une ceinture de révolte.

Ueang se moquait de ce climat d'incertitude, qui trouvait un terrain fertile dans la paranoïa d'Axel. Depuis sa naissance, elle avait eu quelques échos de certaines rébellions étouffées dans le sang, comme on entend parler de cataclysmes naturels dans la campagne lointaine. Pour elle, la guérilla était semblable à la température, avec ses hauts et ses bas, ses victimes et ses réfugiés ; elle s'inscrivait dans un cycle capricieux, contre lequel on ne pouvait rien.

— Un jour, plusieurs groupes révolutionnaires exploseront en même temps, disait Axel, et le gouvernement sera submergé.

Il parlait pour évacuer la peur que la tension politique provoquait. Il jugeait tout en fonction de ses chances de revoir Yumi, et, en définitive, il ne savait plus si un changement de régime servirait ses intérêts.

— Rien à craindre de ce côté, dit Ueang, pas plus concernée qu'une enfant insensible par une situation trop complexe. Les rebelles luttent les uns contre les autres.

— Pour l'instant, aucune coalition ne rassemble les divers groupes, reconnut Axel ; mais les forces de répression finiront par favoriser leur rapprochement.

— Les Thaï s'adaptent à tout, pour leur plus grand malheur...

— Bien sûr, approuva Axel. (A Rawaï, il avait beaucoup lu sur le pays : pendant la dernière Grande Guerre, la Thaïlande fut le seul pays à s'entendre avec les Allemands, les Japonais et les Alliés. Le pays plie mais ne rompt pas, et son système politique, si plein de contradictions soit-il, est de loin le plus démocratique de la région...) Mais aujourd'hui les envahisseurs s'infiltrent en douce, ils viennent de partout.

— Y compris de l'Allemagne ! glissa Ueang, le regard malicieux.

— Se faire envahir par des deutsche marks, ça peut se supporter !

— Les menaces de guerre me font penser aux saisons, poursuivait Ueang de sa voix égale, donnant l'impression qu'elle parlait effectivement de la température. Quand vient la période des pluies, on jurerait que les eaux vont finir par miner le pays. Puis les terres retiennent juste ce qu'il faut pour les rizières et les canaux finissent par rejeter le trop-plein d'eau.

L'instabilité du pays suit un cycle régulier, pensait Axel. Le niveau de l'eau, le niveau de la violence, tout fluctue et suit son cours, l'eau et le sang coulent, et la Thaïlande renaît dans la boue et la douleur.

Comme tant d'autres visiteurs qui se croyaient dans un paradis aux couleurs de klong, Axel aurait pu s'habituer à cette société mouvante. Mais les touristes commençaient à fuir le pays, et son avocat pressait le citron.

D'ailleurs le tarif des assurances montait en flèche ; certaines compagnies refusaient même d'assurer les clients hors de la nouvelle zone touristique, restreinte à certains quartiers de la métropole, et les patrons d'Axel, c'était fatal, menaçaient de lui couper son assurance-salaire.

Enfin, comme si toutes ces histoires avaient pu hâter les choses, Ueang lui déclara un jour qu'elle avait revu Yumi.

— Ou plutôt, c'est Yumi qui m'a contactée ; comme elle n'a pas encore trouvé beaucoup de clients, elle a consacré une pensée à l'Allemand-qui-cherche-sa-femme-dans-les-rues-de-Bangkok. Curieux, ta réputation lui a mis la puce à l'oreille. Elle s'est dit que cet obsédé d'Allemand ne pouvait être que toi !

10

Axel était le seul Occidental en vue devant la gare Hualampong, qu'une foule de touristes fréquentaient il n'y a guère longtemps. Il dissimulait maintenant ses cheveux blond filasse sous un large chapeau de paille et marchait le dos courbé, comme pour se mêler aux Asiatiques de petite taille. Sans arrêt, il jetait des coups d'œil dans toutes les directions, à la façon d'un chien famélique, craignant d'attirer les coups de pied. Une méfiance irrépressible lui disait qu'on en voulait à ses derniers marks.

Pourtant l'espoir aveugle de revoir Yumi l'invitait à se démener, au moins pour en avoir le cœur net. Des milliers de questions lui venaient à l'esprit, il réussit à en bredouiller quelques-unes, puis il réprima une envie folle de piquer une colère, tandis qu'Ueang lui répondait de façon allusive, pour l'empêcher de perdre contenance. Elle marchait à distance, sans tourner la tête vers lui, de peur que son souteneur ne la vît en train de perdre son temps avec un farang aussi débraillé, visiblement trop pauvre pour retenir ses services.

Oui, Yumi allait assez bien — c'était elle qui lui avait demandé de dire cela —, mais elle paraissait plutôt pâle, affaiblie, sans doute à cause d'une drogue expérimentale qu'Ueang la soupçonnait de prendre. Un de ces produits capables de transformer les prostituées en bêtes serviles, pour le plus grand plaisir de clients peu scrupuleux qui voulaient tout posséder, le corps, le langage et même la conscience.

Bien sûr, Yumi ne voulait pas rencontrer Axel ; elle était surveillée, Ueang ne pouvait en dire plus.

Chaque fois qu'Axel la retrouvait, la jeune prostituée cherchait à minimiser l'importance de sa découverte, comme pour lui signifier que Yumi n'était plus celle qu'il avait connue. Serait-elle perdue, était-il si dangereux de vouloir la rencontrer ? Peut-être Ueang parlait-elle de Yumi pour que son ex-mari pût enfin se détacher de cette femme idéalisée, peut-être déjà irrécupérable. Axel savait seulement qu'il devait la sortir de cet enfer, et Ueang devait lui dire où il pourrait la rejoindre.

— C'est impossible, lui avoua-t-elle. Yumi fait partie d'un réseau secret ; ses clients doivent passer par une filière pour la rencontrer, après avoir cédé une petite fortune. Si elle ne m'avait pas contactée, je ne l'aurais jamais revue.

— Pourquoi donc t'a-t-elle parlé de moi ?

Ueang sortit une enveloppe froissée de son pantalon bouffant et la lui tendit, tête basse, comme si elle lui remettait un colis piégé.

Axel la déchira plus qu'il ne l'ouvrit. Ses mains moites la retournèrent deux ou trois fois avant que ses yeux troubles ne puissent comprendre cette curieuse écriture en lettres inégales, méconnaissable. La missive était rédigée en un allemand invraisemblable, à croire que la lettre avait été écrite par un enfant.

Axel,
Je sé que tu me rechèche de puis long tan, je né pas en core réaji passe que tu peu mètre nos vies en

*dengé. Tu aurai du comprendre aprè notre rencontre
a l'Eros Center: plus tu t'aproche de moi, plus tu
m'oblije a fuir.*

*Minnant, je suis perdu, jamè tu pourra me rejoin-
dre, la drogue a fè son travaye, je suis plus la mème,
seuleman qune bète d'amour, un cor sans conscience.*

*Je sè que bien to la guère va éclaté. Fui pandan
qu'il en è encore tan: je tan prie, au non de ce que
nous aurion voulu vivre en sanble.*

Je t'ème, va tan!

Yumi

C'en était trop, il ne pouvait accepter de rebrous-
ser chemin, si près du but... Quand il consentit à
lever ses yeux larmoyants, Ueang était toujours là,
figée dans l'attente d'une parole. Tous deux
s'étaient arrêtés au milieu d'un trottoir achalandé,
sans voir les piétons qui les frôlaient, en jetant parfois un regard interrogateur dans leur direction.
Axel n'arrivait pas à déloger la boule d'émotion qui
lui obstruait la gorge; hébété, il n'émit qu'une
plainte d'enfant, puis son regard troublé revint de
lui-même à la lettre. Axel essayait d'imaginer Yumi
à partir de sa graphie malhabile, blessée; la moindre formulation l'inquiétait et son esprit fou partait
à la dérive, obsédé par des hypothèses toutes plus
atroces les unes que les autres: Yumi torturée, droguée, exploitée jusqu'à la limite ultime...
Pendant un moment, il donna à Ueang l'impression de plonger au cœur de sa douleur, à la recherche d'une réserve d'énergie vitale. Puis il se secoua
avec l'énergie du désespoir, comme un noyé au
moment de perdre conscience, et quelque chose se
rompit en lui, libérant une force insoupçonnée qui
le prit en charge. Son esprit tourmenté se mit à
fonctionner à plein régime, menaçant d'abandonner
son corps chancelant s'il n'osait le suivre dans ses

développements rapides : si Ueang ne pouvait lire l'allemand, elle ne connaissait pas le contenu de la lettre, il pouvait donc lui mentir, la faire parler, la forcer habilement à le mettre sur la piste de Yumi.

— Tu crois qu'elle pourra tenir le coup encore quelque temps ? demanda-t-il en reniflant, les yeux pleins d'eau.

Sur le trottoir, des passants se retournaient, essayant de deviner le drame qui pouvait immobiliser deux êtres aussi mal assortis. L'odeur de mazout émanant des camionnettes pétaradantes et la rumeur de la foule mouvementée semblaient étourdir Axel. Jamais Ueang n'avait vu un homme dans cet état. Dans son village, on avait déjà torturé des délateurs, et ils étaient morts sans broncher, les yeux secs. Il fallait donc que ce grand Allemand souffre atrocement, et elle ne pouvait pas le supporter ; la vue des larmes éveillait en elle un obscur sentiment maternel, elle était prête à tout pour les empêcher de couler, même à passer outre aux directives bien précises de Yumi.

— Le chao la ronge ; c'est une drogue qui rend inconscient... et obéissant comme un chien rivé à la voix de son maître.

Ueang prit Axel par le bras, comme un client, pour empêcher d'attirer l'attention des piétons ; elle le guida vers une ruelle moins fréquentée tout en se livrant par saccades, mue par un sentiment trouble, mélange de peur et de délivrance, à l'image de cette drogue qui libérait la conscience tout en la rendant dépendante. Le chao faisait partie de cette vague récente de drogues légales, à base de klong et de produits chimiques, conçues dans des laboratoires secrets.

Axel secouait la tête comme pour nier les révélations de la petite prostituée haletante, aux seins bondissants. C'était à croire que les bas-fonds de

Bangkok constituaient un vaste champ d'expérimentation pour mettre au point une génération d'hallucinogènes destinés à modifier la conscience. Seules les prostituées à leur déclin acceptaient de prendre du chao, pour le plaisir d'une clientèle maniaque ; elles semblaient alors hypnotisées par les directives de leurs clients despotiques. La drogue faisait d'elles leurs petits animaux savants, ou plutôt pervers, leurs marionnettes vivantes, leurs fantasmes de chair... Parfois, quand l'effet diminuait, elles se rendaient compte, comme au sortir d'un cauchemar indescriptible, que les clients avaient abusé de leur petite personne, mais la force de réagir leur faisait défaut. Et il y avait pire : souvent elles restaient marquées, les membres courbaturés, et il y avait une grande béance dans leur conscience. A la longue le chao les possédait, elles en avaient besoin comme un chien battu finit par désirer la violence. Comme un fou en vient à maltraiter le corps qui le tourmente. Il fallait qu'une voix étrangère les oblige à souffrir, sinon elles se sentaient abandonnées, impuissantes, et elles finissaient à la manière des chiens éperdus après la mort de leur maître.

Soudain Axel bifurqua devant deux policiers pensifs, plantés devant l'étalage d'un vendeur de klong ; même si Ueang s'exprimait en anglais, une peur insensée lui faisait croire qu'ils pourraient surprendre leur conversation.

— C'est bien ce que je pensais, mentit Axel, parfaitement conscient que son affliction troublait la jeune prostituée (il se sentait prêt aux pires bassesses pour profiter de son désarroi). Yumi ne l'avoue pas clairement, mais j'ai tout de suite compris : elle veut que je la sorte de là. Vite ! conduis-moi auprès d'elle.

Ueang se crispa, tout à coup méfiante.

— Pourtant, fit-elle, en proie à des sentiments déchirants, elle m'a fait promettre de ne rien te dire à son sujet. Yumi ne veut plus te voir, même si...

— Bien sûr ! s'écria Axel d'une voix brisée. Même si elle se meurt, elle est trop fière pour demander de l'aide. Elle ne voulait pas avouer sa faiblesse devant toi, nos relations ne concernent que nous. Après tout, elle est encore ma femme, et je suis en mesure de la comprendre mieux que toi. Je veux dire : différemment... Pourquoi crois-tu qu'elle m'écrit si elle ne veut plus me voir ?!

— Elle veut t'éviter de moisir ici à la recherche d'un fantôme, tu ne comprends pas ?

— Et toi, tu ne vois pas que le chao la fait délirer ? Elle n'a plus de volonté, cela saute aux yeux ; Yumi reproduit ce que le chao inscrit dans sa tête vide. Elle se meurt, et tu veux jouer l'indifférence ?

Ueang parut si troublée qu'Axel dut la retenir par le bras, pour l'empêcher de heurter une moto qui traversait le trottoir en quittant une entrée de cour. Ueang continua comme si elle n'avait rien remarqué :

— Elle mourra bien plus vite si tu veux l'approcher. C'est toi qui ne veux pas admettre l'évidence : elle leur appartient, corps et âme. Elle n'est plus rien sans le chao !

— Voilà pourquoi elle m'a écrit : pour que je la sorte de là. Dépêche-toi, ses tortionnaires la soupçonnent déjà de chercher à leur échapper. Il faut que je l'emmène loin d'eux, hors de portée, en Allemagne. Bientôt il sera trop tard, quand la guerre bouleversera tout le pays.

Axel devait paraître trop résolu, presque menaçant. Il s'en rendit compte aussitôt, son empressement lui faisait commettre une erreur : Ueang tenait à Yumi, c'était sa seule confidente. Toutes deux devaient se rencontrer en secret, Ueang ne voulait pas lâcher Yumi. Pourquoi ne pas en profiter ?

— Toi seule peux nous sauver, nous trois, reprit-il sur un ton grave, plus conciliant. Vous m'accompagnerez toutes les deux en Allemagne, tu vivras avec nous dans une grande maison blanche, tu seras libre, ce sera comme dans un film magnifique !

La proposition eut un effet immédiat, comme si Ueang l'attendait depuis longtemps.

— Il nous reste peut-être une chance, dit-elle sous le coup d'une impulsion ; je vais lui en parler à l'instant. Reste ici, je reviens dès que possible.

— Ueang ! soupira-t-il, le visage rayonnant d'une joie insupportable, tu seras tellement heureuse avec nous deux... Pendant ce temps, je m'en vais chercher trois billets d'avion. Destination Berlin !

Transportée par une confiance naïve, la jeune Thaï partit aussitôt, sans même se retourner, et ses petits pas nerveux la menèrent au milieu de la foule.

Axel prit une profonde inspiration et rentra la tête dans les épaules, déterminé à la suivre jusqu'au bout de Bangkok...

Emportée par l'espoir de jours meilleurs, Ueang marchait entre les passants affairés. Déjà, elle se réconciliait en pensée avec sa grande sœur d'adoption ; elle se voyait en train de la serrer dans ses bras, et toutes deux riaient comme avant, excitées à l'idée de refaire leur vie avec ce drôle d'Allemand. A Berlin, ils feraient un joli ménage à trois...

Pourtant sa joie lui semblait toute frêle, l'Allemagne était pour elle un pays rêvé, et elle se méfiait de la réalité. Berlin était-il une occasion de fuir, ou de s'enfoncer dans ses malheurs ? Pourquoi donc Yumi avait-elle quitté l'Allemagne si promptement ? Elle n'avait jamais consenti à en parler, comme si elle avait vécu avec son mari des événements qui n'avaient pas encore abouti, et qui devaient faire leur chemin à travers ses pensées tourmentées avant d'apparaître au grand jour.

Certains indices lui laissaient croire que Yumi était revenue ici contre son gré; Ueang avait cru surprendre quelques allusions à la difficulté de devenir une mère allemande, et au rôle qu'aurait joué Rovan dans son départ précipité de Berlin. Chose certaine, son retour ne s'était pas effectué contre la volonté de Noï: de toute évidence, l'arrivée de Yumi le rendait fébrile.

Le pharmacologue lui avait vite révélé qu'il appréciait beaucoup la sensibilité et la lucidité de Yumi, pour aller plus loin dans ses expériences sur les relations dites « totales » avec les clients. D'ailleurs Noï aurait bientôt besoin de nouvelles candidates, tout aussi souples. Comme toi! lui disait-il avec un sourire. Et Ueang avait fini par comprendre pourquoi le petit savant rondouillard la regardait toujours avec autant d'intensité, sans jamais rater l'occasion de lui présenter Yumi comme un modèle à suivre.

Et voilà qu'elle recommençait à craindre pour sa grande sœur. Il y avait trop de parties cachées dans sa vie. Dans quelle intention avait-elle abandonné un mari aussi amoureux pour revenir moisir ici? Yumi s'était-elle sentie déracinée? Tant qu'à se faire exploiter, elle aurait préféré le faire là où elle pouvait au moins trouver un certain réconfort, au milieu de ses semblables. Son mari ne comprenait pas que sa sollicitude étouffait Yumi. Comment aurait-il pu se douter que les pensées de son épouse restaient attachées à Bangkok, au klong qui poussait dans les entrailles du pays? Yumi elle-même ignorait à quel point elle était possédée par son milieu, surtout par Noï, déterminé à prendre tout ce qui lui restait de sain.

En un sens, Ueang était satisfaite de voir Axel la

forcer à entreprendre une sérieuse conversation avec Yumi. Elle ne la comprenait plus. Pourquoi donc Yumi lui avait-elle demandé de dire à son mari de ne pas chercher à la revoir, alors que ce dernier prétendait le contraire ? Décidément, ces deux-là se servaient d'elle pour ne pas se rencontrer ; mais peut-être espéraient-ils, par leurs manœuvres compliquées, se donner une chance de se revoir.

Tout à coup la jeune Thaï sursauta au milieu de la foule de piétons ; un peu plus et elle dépassait la ruelle d'accès au Clue-Club. Aussitôt elle contourna les devantures anodines de quelques boutiques et s'engagea dans une ruelle obscure, au pavé crasseux. Le changement de cap se fit si brusquement qu'Axel hésita un moment à la suivre. On n'aurait pu trouver meilleur endroit pour un guet-apens.

Des adolescents chétifs s'arrêtèrent de discuter devant une boutique, remarquant la présence de ce curieux farang à la mine de vagabond, les yeux hagards, la démarche nerveuse. Axel saisit quelques bribes de leur conversation : sous le chapeau de paille, mais oui, ce sont bien des cheveux blonds ! Ce type-là ne doit pas avoir beaucoup d'argent dans ses poches. Mais il n'est sûrement pas en mesure de se défendre...

Pour se soustraire à leurs expressions belliqueuses, Axel n'eut d'autre choix que de s'aventurer à son tour dans la ruelle enténébrée. Il longea une façade sans fenêtres, puis il déboucha sur une esplanade ensoleillée, une sorte de place intérieure, aux dalles inégales, lustrées par la saleté, avec des tas de déchets dans les recoins. Une odeur d'urine et de mets épicés lui montait au nez. Derrière les rares fenêtres, étroites et noyées d'ombres, Axel devinait des regards interrogateurs. Un chien se mit à japper dans une entrée de cour et Axel se retourna, juste à temps pour y voir entrer Ueang.

La maison décolorée où elle disparut se perdait au milieu d'un assemblage hétéroclite de bâtisses grisâtres. Un pâté de maisons en bois, étroites et collées les unes sur les autres, surmonté d'une pancarte discrète aux couleurs délavées, annonçant le Clue-Club, un talkin' bar privé. Suspendue de guingois sous le rebord d'une couverture rouge, elle aurait pu tout aussi bien être une vieille pancarte oubliée. Sans doute un tripot clandestin, pensa-t-il, voyant que la porte d'entrée était gardée par un Asiatique intimidant, les bras croisés sur sa poitrine musclée.

Axel dut se résigner à surveiller les allées et venues, bien caché derrière un monceau de déchets accumulés sur le bord de la ruelle. Pendant une heure d'attente, peut-être deux, il jeta des coups d'œil craintifs vers le club privé, examinant les clients qui entraient, surtout des Occidentaux à la mine renfrognée, au teint blafard, et quelques Asiatiques affublés de riches vêtements mal assortis, cheveux gominés, doigts couverts de bagues clinquantes, visiblement de nouveaux riches qui devaient leur ascension au trafic de la drogue, à en juger d'après leur démarche somnambulique et leur regard vitreux. Axel allait abandonner temporairement, pour faire part de sa triste découverte à l'ambassade allemande, lorsqu'il entendit des cris de femme en provenance du pâté de maisons.

Trois cris brefs, stridents, trahissant une douleur insoutenable.

La voix de Yumi ?

Contre toute évidence, il s'en persuada.

Ses idées confuses n'attendaient que ce signal pour enclencher un scénario tragique. Il s'imagina qu'Ueang avait parlé à Yumi, mais elle n'arrivait pas à se libérer. Même si elle ne pouvait plus supporter les turpitudes de ses clients.

Malgré les effets dévastateurs du chao, tout son être en révolte s'était manifesté à travers ces trois cris désespérés. Un appel au secours, à n'en pas douter.

Axel était incapable de retenir ses visions affolées : Yumi aurait deviné qu'il était à proximité, et elle avait tout fait, plus ou moins consciemment, pour l'inviter à réagir.

Il aurait imaginé n'importe quoi pour passer à l'action ; il n'en pouvait plus de moisir dans le dépotoir de Bangkok, pendant que des clients dégénérés vidaient Yumi de ses dernières forces. N'importe quelle intervention était préférable, même au risque de tout perdre.

Il entrerait !

Contre la plus élémentaire prudence, il se dirigea vers le portier impassible, un jeune Oriental portant fièrement un pantalon bouffant et une camisole rayée, les bras repliés sur un torse bombé, affichant des muscles de kick-boxeur, fins et fermes. Un instant, la scène qui s'annonçait lui rappela sa rencontre désastreuse à l'Eros Center de Berlin.

Une voix lui disait qu'il se heurterait à un mur, une voix affaiblie, à demi étouffée par la peur.

Il ne l'écouta pas.

D'autres voix plus pressantes lui suggéraient qu'Ueang s'était trahie. Il fallait profiter d'un dernier moment d'insouciance pour déjouer ceux qui retenaient Yumi.

Il aurait dû se méfier de sa propre insouciance, s'apercevoir que le portier le regardait arriver en fronçant les sourcils, avec une mine incrédule, fin prêt à se débarrasser de ce curieux clochard. Bien sûr, sa supplique incohérente ne le fit pas broncher ; planté devant l'épaisse porte de simili-teck, le portier lui signifia que les étrangers n'avaient pas accès à ce club privé.

Axel s'énerva, déclara qu'il voulait devenir membre. Tout de suite !

— Je connais une fille à l'intérieur, protesta-t-il avec entêtement ; elle m'a invité à goûter les effets du chao.

— Elle te fait marcher, ricana le fier-à-bras. Comment vas-tu la payer ?

Le portier avançait sur lui, menaçant. Axel se raidit, mais le jeune athlète le bouscula sans même décroiser les bras.

Offusqué, Axel fit un pas de côté.

— Une amie m'attend à l'intérieur, lança-t-il dans son emportement ; j'ai rendez-vous avec Yumi.

A ce nom, le portier s'arrêta net, une lueur de surprise dans le regard. Comme pour évaluer la situation, il resta silencieux, des plis sceptiques marquant son front fuyant. Puis il lui ordonna de l'attendre devant l'entrée.

Une fois refroidi, Axel ne tarda pas à comprendre qu'il avait vendu la mèche : Yumi travaillait sans doute sous un faux nom, et le portier devait se demander comment il pouvait connaître son identité. En apprenant qu'il avait un accent allemand, quelqu'un ferait le rapprochement avec son ex-mari, l'Allemand-qui-cherche-sa-femme-dans-les-bordels-de-Bangkok. Peut-être serait-il trahi par Yumi elle-même, sous l'effet du chao et de la surprise !

Sans attendre le retour fatal du portier, Axel recula pour reprendre son poste de guet derrière le tas de détritus. Une grappe d'enfants sales le regardèrent d'un œil incrédule, le sourire en coin, essayant de comprendre quelle sorte de détraqué pouvait bien s'intéresser à ces poubelles. On ne voit pas tous les jours un farang s'accroupir dans la saleté ! Ils étaient si étonnés qu'Axel dut leur faire signe de déguerpir.

De longues minutes s'écoulèrent... Le portier ne sortait toujours pas. Qu'est-ce que ça signifiait ?

Soudain, deux policiers firent irruption à un angle de la ruelle. Leurs petites jambes rapides jaillissaient comme des pattes de poulet de leurs bermudas kaki, amples et froissés. Ils marchaient d'un pas décidé, dans sa direction.

Une idée saugrenue lui traversa l'esprit : autant profiter de l'arrivée des policiers qui ne manqueraient pas de l'interroger sur sa présence insolite dans la ruelle. Il fallait les avertir que sa femme était captive de tortionnaires, là, droit devant. Avec un peu de chance, ils se retrouveraient nez à nez avec le portier !

Les deux policiers l'écoutèrent sans broncher, bras croisés et jambes écartées. Ils échangèrent un regard complice, puis un sourire malin, comme dans les films de karaté. Tout à coup ils arrêtèrent Axel au milieu de ses explications décousues. Sans aucun commentaire, ils profitèrent de sa stupeur pour lui passer les menottes.

Au moment où ils allaient l'emmener, le portier sortit en trombe, suivi de deux Asiatiques, apparemment habillés à la hâte. Le groupe stoppa net, bras ballants, voyant les policiers et leur prisonnier.

Axel s'apprêtait à les dénoncer quand il vit le sourire pleines dents du portier, puis son signe de tête en direction des policiers, discret, mais amical.

L'un des Asiatiques s'avança. Il portait un complet foncé, sans chemise et sans souliers. Dans un geste affecté, il tendit quelques sachets de poudre blanche à l'un des policiers, précisant qu'il pouvait en garder autant qu'il voulait.

— Possession d'héroïne, précisa-t-il à l'endroit du prisonnier. Ça te coûtera cher : tout ton argent, s'il t'en reste suffisamment, ou ta vie...

A l'intérieur du Clue-Club, Ueang traversa deux salons décorés à l'orientale, puis elle se pencha pour disparaître derrière un panneau de bambou dissimulé sous un tissu tendu négligemment entre deux grands paniers d'osier. Elle dut parcourir un long couloir tortueux dans les ténèbres, avant de déboucher quelques maisons plus loin dans un corridor discrètement éclairé, où donnaient des portes de chambre. Au moment où elle allait frapper à une porte, Ueang constata qu'elle était entrouverte. Son poing resta suspendu devant sa figure inquiète.

L'instant d'après elle sentait une présence derrière elle. Un bruit de respiration difficile. Sa tête pivota avec crainte, puis elle aperçut une femme de dos, immobile, en kimono élimé ; elle était appuyée contre la porte de la salle de bains, comme surprise par un malaise.

Le cœur battant, Ueang reconnut Yumi. Ou bien malade, ou bien étourdie. Encore une nuit avec un client qui l'aura vidée de ses rêves éveillés...

Au moment où Ueang voulut la soutenir par les aisselles pour l'aider à retourner dans sa chambre, Yumi se mit à rire en hoquetant comme une idiote ; elle esquissa un pas maladroit et s'effondra sur le carrelage, entraînant sa jeune protégée dans sa chute.

Surprise, Ueang resta étendue contre le corps sans réaction de Yumi. Elle se sentait à la fois choquée par le contact inattendu, par l'abandon obscène de son amie, et accablée par sa destinée inhumaine. Ce corps, cette enveloppe distendue, vidée du plaisir qu'il recelait, ce n'était déjà plus que le signe d'une mort prévisible. Ueang en frissonnait.

Après un moment de silence, rompu par le gémissement lointain d'une consœur au travail, Yumi émit quelques plaintes incohérentes puis caressa la tête d'Ueang qu'elle retenait sous un bras lourd, contre sa poitrine décharnée. Au plus profond de ses orbites bleuies, ses yeux vitreux brillaient étrangement, saisis par une vision intérieure. Enfin, elle se releva avec l'aide d'Ueang, puis elle lui adressa un sourire béat, sans se douter un instant que cette expression d'euphorie fatiguée suscitait plus d'inquiétudes qu'elle ne pouvait en dissiper.

Dès leur entrée dans la chambre, le regard de la jeune femme fut attiré par un dessin technique affiché au mur ; des indications sommaires y révélaient les différentes utilités des boutons et manettes d'un appareil électronique compliqué. Chaque fois, c'était plus fort qu'elle, Ueang éprouvait la désagréable sensation d'être trompée par cette machine qui brûlait les rêves de Yumi. Ou d'en être jalouse, ce qui l'irritait encore plus.

— Yumi, dit la petite femme, la gorge sèche, te rends-tu compte que cet instrument va finir par te voler ta vie ?

— Je n'abandonne que des illusions, quelques fantasmes frivoles qui se refont pendant la nuit... Tu sais bien que je ne les donne pas pour rien !

Yumi semblait épuisée, mais comblée de bonheur ; elle était allée jusqu'au bout de plaisirs insoupçonnables. Elle souriait sans arrêt, amusée par la tendre commisération de son amie. Elle donnait l'impression de se laisser aller sans retenue aucune, en toute conscience, et Ueang en était exaspérée.

Comment pourrait-elle convaincre Yumi de retrouver son ex-mari, ce vaincu pathétique, alors que Noï lui faisait découvrir des univers inimaginables, infinis, et des clients aussi exceptionnels que généreux ? Ueang était sûre d'une seule chose : l'intérêt hypocrite du pharmacologue, sa façon de considérer Yumi comme un filon intarissable, une source de matières premières qu'il exploitait de façon éhontée, à grand renfort d'appareils bioniques, comme s'il ne parvenait plus à gérer par lui-même la complexité des traitements neurochimiques qu'il infligeait à sa « protégée ».

— L'exploration de tes fantasmes t'accapare totalement, tu n'en vois pas les vraies conséquences pour ta santé, lança-t-elle d'un trait, en le regrettant aussitôt, blessée elle-même par la sévérité du constat.

Peut-être pour se réconforter, Ueang reprenait les mêmes avertissements inutiles. L'état pitoyable de Yumi lui faisait perdre tous ses moyens ; au lieu d'alarmer son amie, elle ne parvenait qu'à lui soutirer un faible haussement d'épaules.

— Tu verras bien, quand viendra ton tour d'accepter le traitement de Noï, suggéra Yumi : la découverte vaut bien l'épuisement momentané qui suit. Le bordel, c'est dépassé ; vive le cybordel !

Son éclat de rire, pitoyable, s'étouffa aussitôt dans un bruit de gorge. Ueang n'avait pas bronché.

— Pour le moment, je m'aperçois que Noï te considère comme un simple cobaye : quand tu auras suffisamment servi à tester ses combinaisons biochimiques, il ira trouver ailleurs des forces plus fraîches.

— Tu te trompes, continua Yumi d'une voix sans intonation, marquée par l'emprise du chao. Noï a besoin de moi, il ne peut pas recommencer de zéro avec une inconnue ; je suis une pionnière, je connais plus que quiconque les caprices de l'amour bionique.

— Quand tu en verras le bout, tu seras à l'article de la mort ; tes rêves n'auront laissé qu'une faible oscillation dans l'un de ces cadrans, dit Ueang en agitant une main en direction du dessin technique.

Soudain, les traits de Yumi se durcirent.

— Est-ce que je peux trouver mieux ? Je n'ai pas ton âge, ni tes seins de plastiderme. Mais mon expérience des hommes et de leurs fantasmes constitue une richesse que je peux toujours exploiter. Ce n'est pas un corps défraîchi que mes clients recherchent...

— C'est ton esprit, tes rêves. Ils te volent tes visions les plus intimes, et tu ne veux pas comprendre qu'ils en veulent toujours plus. Ils en deviennent drogués.

— Sûr, et c'est ça qui fera monter les prix !

Yumi éclata de rire d'une voix éteinte, en toussotant comme une malade.

— Jusqu'au jour où tu seras complètement parasitée.

— Tu ne saisis pas que j'ai une véritable mine d'or, là ! fit-elle en se donnant une claque bruyante sur le front. Nous avons tous un trésor qui attend d'être révélé au grand jour. Profitons-en avant que ce paradis intérieur ne soit balisé par des agences touristiques !

— Tu parles comme si déjà tes idées ne t'appartenaient plus.

— J'essaie de m'en sortir avec mes pauvres moyens. Tu aimerais mieux me retrouver comme ces anciennes prostituées, en train de végéter dans un bar minable, ou flottant dans un canal, battue, poignardée ou victime d'une overdose ? Crois-tu que j'ai le choix ?

— J'en suis sûre ! Tu as une seconde chance, si tu veux bien la saisir.

Yumi se redressa, un moment intriguée par l'apparente détermination de la petite.

— Jamais quelqu'un ne m'a laissé une seule chance sans essayer de m'exploiter en retour. Dis-moi quel est l'appât, je te dirai quel est le piège !

— Axel, murmura la jeune femme en baissant les

yeux, comme pour échapper à la colère de Yumi.

— Il s'accroche encore, celui-là ? Qu'est-ce qu'il veut, à la fin ?

— Toi, c'est bien évident.

Yumi chercha à relancer un rire fatigué, mais il lui resta bloqué dans la gorge. Puis son visage devint de glace.

— Pas d'appât, pas plus de piège, et ce pauvre tordu ne peut même plus m'acheter ! Quand donc va-t-il admettre que son histoire d'amour est terminée ?

— Après avoir lu ton message, il a insisté pour te rencontrer... J'ai dit qu'il se trompait, mais il m'a priée de te transmettre sa demande. Il veut te voir, rien qu'une fois. Ce sera la dernière, si tu le veux.

Avec une négligence manifeste, Yumi se mit à limer ses ongles. Tout à coup, elle planta son regard dans celui de la jeune femme :

— Tu as pris tes précautions pour ne pas être suivie au moins ?

— Bien sûr, s'empressa-t-elle de mentir.

Ueang parut surprise de cette suspicion. Elle imaginait mal le grand farang malhabile dans ces ruelles tordues où on sentait palpiter la peur. Pourtant, peut-on paraître aussi naïf sans dissimuler un brin de malice ? Quant à Yumi, elle n'ose pas trahir ses sentiments troubles pour son ex-mari. Sinon, pourquoi aurait-elle écrit son message en allemand ?

— Tu as peut-être raison, fit Yumi, les yeux brillants, comme si la jeune femme venait de lui suggérer une idée géniale. Après tout, la meilleure façon d'en finir, c'est peut-être de lui donner l'occasion de me découvrir, vraiment à fond...

Malgré sa grande maîtrise de soi, Ueang ne put dissimuler ses sentiments. Elle qui croyait secourir Yumi, elle craignait maintenant de provoquer la déroute de son ex-mari.

— Vas-y, ordonna tout à coup Yumi, sans lever les yeux ; va lui dire qu'il peut essayer le chao avec moi : quand il aura partagé mes fantasmes les plus fous, il aura si peur que je ne le reverrai plus jamais !

Cette fois encore, elle changea d'humeur sans avertissement ; son visage pâle s'éclaira et elle s'esclaffa de nouveau. Sa voix haut perchée frisait l'hystérie. Lorsque la jeune prostituée sortit, chassée par son rire grinçant, les échos continuèrent de la remuer comme les vibrations d'un gong. Enfin, ils s'éteignirent dans un triste decrescendo, à mesure qu'elle s'éloignait dans le dédale de corridors.

Des pensées douloureuses se bousculaient dans sa tête tandis qu'elle fonçait vers la sortie. Elle ne pouvait plus tolérer de voir sa protectrice réduite à cette situation de bête amoureuse, sexe et cerveau offerts, pénétrée par la drogue, la bionique et les pires maniaques de Bangkok, prête à céder sa conscience pour survivre parmi ses tortionnaires. Ueang craignait désormais de suivre l'exemple de Yumi, entraînée par la force d'un capricieux karma. Dans ses efforts malhabiles pour tout concilier, elle risquait de provoquer la perte de son seul sauveur possible.

Sûr, cet homme n'était pas comme les autres : ou bien il était inconscient, ou bien il faisait flèche de tout bois. Même s'il semblait végéter dans les bas-fonds de Bangkok, il gardait la tête bien haute, dans l'espoir touchant que sa force de caractère viendrait à bout des obstacles, selon une conviction inflexible qui finissait par se répandre autour de lui. A tel point qu'Ueang en était transformée.

La jeune femme le constatait : elle avait toujours évolué en fermant les yeux, en rêvant qu'un capitaliste charmant l'emmènerait dans son châteaubungalow au milieu d'un grand pays blanc... Elle aurait dû comprendre plus tôt que son prince ne pouvait être qu'un marginal, en apparence pitoyable, mais doué d'une générosité hors du commun. Seuls les plus pauvres des princes peuvent vibrer au diapason des courtisanes...

Elle en était là dans la cavalcade de ses pensées quand elle s'aperçut que l'excitation régnait à la sortie du Clue-Club. Le patron, vêtu d'un habit passé à la sauvette sur son corps nu, rigolait avec le portier et un de ses adjoints. Tout à coup il l'interpella :

— Tiens ! Voilà l'amie de l'autre. Écoute, susurra-t-il avec des manières de serpent, le regard menaçant comme un revolver : tu ne connaîtrais pas un farang minable, blondasse et mal fagoté ? L'Allemand-qui-cherche-sa-femme...

La question la prit d'abord au dépourvu, puis l'obligea à mentir avec une assurance toute relative. Mais le patron se souciait peu de la vérité :

— Tu diras à ta copine qu'il a trouvé.

— Il a retrouvé sa femme ?

— Pas tout à fait... Il a trouvé la mort !

Puis il s'appliqua à ricaner.

Ueang fit mine de ne rien comprendre, elle haussa les épaules et continua son chemin pour disparaître rapidement dans la pénombre de la ruelle. Mais elle ne savait où aller, elle ne savait plus que maudire sa naïveté, son empressement et cette fausse désinvolture qui la protégeait si bien qu'elle passait à côté de tout.

11

L'homme était nu, seul dans la nuit poisseuse, pataugeant dans un univers en décomposition. Des mottes indéfinissables se dérobaient continuellement sous ses jambes en coton. Chacun de ses pas, résultant d'un calcul pitoyable pour extirper un pied sans enfoncer l'autre, lui donnait l'impression qu'il s'enlisait davantage dans la mixture de vase et d'immondices.

Seul moyen pour se mouvoir : une pelle, de plus en plus lourde, qu'il devait arracher aux ventouses de la boue. Pas un moment de répit. Il était obligé de remuer sans arrêt pour se maintenir à la surface du margouillis, en compagnie des insectes qui lui bourdonnaient aux oreilles. Des nuées étourdissantes, attirées par les miasmes délétères, excitées par l'odeur acide de la sueur et de la peur.

Le va-et-vient de la pelle libérait des gargouillements étouffés, le moindre faux pas déclenchait un chapelet de clapotis, tandis que des éclaboussures de vase tiède, obscènes, lui coulaient sur les cuisses comme des sangsues boursouflées. Des gaz fétides lui picotaient le nez, le forçant à respirer par la bouche, les mâchoires crispées, mais l'atmosphère toxique lui brûlait la gorge et les poumons, et il craignait de se dissoudre dans la *mouruang*.

C'était le nom qu'avaient donné au marécage les

pauvres loques thaï qui, paraît-il, réussissaient à y survivre.

Axel s'était fourvoyé royalement, et il s'empêtrait dans son erreur. Il n'y avait pas de fond pour lui permettre de prendre pied et de rebondir plus fort, comme un homme neuf. La belle illusion ! Il s'enfonçait dedans, son corps sans force sombrait dans le dépotoir thaï.

La notion du temps, son identité en lambeaux, l'organisation laborieuse de ses pensées effarées, tout semblait se désagréger dans l'odeur putride, et ses méditations malades étaient des déjections qu'il devait rejeter loin de lui, à grands coups de pelle, pour ne pas se laisser distraire.

Soudain, comme si son outil avait heurté un récif à fleur de vase, Axel s'arrêta net, au risque de couler. A quelques mètres — était-ce possible ? —, des éclats de rire insolents crevaient la nuit.

O bonheur ! O douleur ! Il y avait donc des humains capables de ricaner en de tels lieux ?

Pétrifié de stupéfaction, il attendit que la boue se refermât sur son ventre, comme les pétales poisseux d'une fleur carnivore sur la carapace d'un insecte... Soudain il lança un cri animal. Une impulsion vive le poussa à pelleter avec des gestes de forcené, riant de rage, serrant les dents comme sur une proie vitale. Ses longs bras décharnés s'agitaient follement, comme s'il nageait dans la noirceur, et ses muscles fibreux tressautaient, brûlants de fatigue. A grands coups redoublés, il repoussait la vase et la nuit et la peur.

Quand il fut assez près pour permettre aux voix de couvrir les bruits de pelle, il perçut des syllabes, puis des mots d'argot thaï, puis le pire langage ordurier qui soit, dirigé contre lui. Et il osait s'en réjouir !

Son esprit en ébullition se mit à fonctionner à

folle allure; il choisit les mottes les plus fermes pour se façonner un passage chancelant en direction des railleries salutaires.

Il n'était pas seul, on pouvait donc survivre — et même en rire! Malgré la pénombre, le plateau où les railleurs se maintenaient au-delà du marécage lui apparaissait déjà comme un îlot paradisiaque, et il pelletait à s'en étourdir, goûtant même les remarques blessantes, dans son refus de penser qu'il se lançait peut-être vers un danger encore plus grand.

«La mouruang ou la mort! La mouruang ou la mort!» criaient les Thaï, comme pour scander ses larges mouvements de rameur. Et ces paroles sifflaient comme des coups de fouet qui l'aidaient à se cambrer quand la pelle semblait aspirée par une crevasse.

Ses pieds allaient toucher la terre ferme lorsque dans sa hâte il fit un faux mouvement. Son outil glissa sur une saillie visqueuse et bifurqua dans une strate oblique. En un rien de temps, il fut projeté face contre vase. La flaque le gifla dans un grand bruit mouillé. Il dut se débattre comme un insecte renversé sur le dos pour s'arracher au baiser de la boue, mais une vague le submergea, le faisant piquer la tête la première dans ces eaux glauques où ses membres gourds ne trouvaient nul point d'appui.

Affolé, il s'imagina que des masses d'immondices vivantes s'agrippaient à lui pour le retenir au fond de la fange. Dans un moment de panique, il faillit ouvrir la bouche lorsqu'il sentit des griffes enserrer ses chevilles. Un instinct douteux l'invitait à plonger dans la bourbe pour se réfugier au sein du marécage. Seule une intuition ultime lui fit comprendre qu'on cherchait à le sortir de la gueule immense de la mouruang.

Dès que son torse émergea à l'air libre, il se rua sur les tiges qu'on lui tendait, qu'il devinait dans une bulle de lumière irréelle. Ses oreilles bouchées ne percevaient plus les cris des Thaï, un sixième sens guidait ses mouvements. Malgré la torpeur qui le paralysait, il agrippa un crochet, se recroquevilla, et se laissa tirer à la manière d'un poisson épuisé, réduit à suivre l'hameçon qui le torture.

Des mains essayèrent de saisir son corps visqueux. Au moment où le marécage allait le vomir sur la plage, un fantasme effroyable le fouetta : il était un nouveau-né, nu et gluant, au bout de son cordon ombilical, et des mains menaçantes l'arrachaient à sa mère la mouruang !

La peur le fit respirer à nouveau. Des globules de boue lui éclatèrent aux commissures des lèvres et l'air siffla à travers sa gorge.

Des mains osseuses, affairées comme de petites bêtes nocturnes, lui nettoyaient le nez, la bouche, les yeux, puis un jet de liquide brûlant le débarrassa de la couche qui lui recouvrait la face. Ses yeux s'ouvrirent comme des plaies infectées. Dans une traînée de lumière jaillie de nulle part, il aperçut une multitude de masques jaunâtres où coulaient des reflets de feu. Son esprit désemparé mit un bon moment avant de décoder tous ces rictus déments, vacillant sous la lueur agitée d'une lampe à huile.

Le dégoût marquait les visages tordus : nettoyée par le jet d'urine, sa peau blafarde inspirait le plus grand mépris. Partout autour, les voix grinçaient, grognaient.

— Quoi?! ce n'est qu'un farang !
— Un cochon d'Occidental !
— Une crotte blanche !
— Autant le retourner à la vase ! conclut une voix éraillée, comme si elle lui résonnait dans le crâne.

Un grand frisson secoua Axel, puis il sentit qu'un flot visqueux lui éclaboussait la poitrine ; sa bouche de poisson suffoquant vomissait à grands coups.

On le laissa tomber comme une carcasse infectée puis la lumière chancela, comme avalée par la nuit. Axel perdait conscience, la terre ferme se dérobait sous son corps inerte.

Des êtres informes fixaient avec méfiance les mèches de cheveux dorés, insolites, dressés à travers la calotte de vase violacée. Personne n'avait d'égards pour Axel qui suffoquait dans l'odeur nauséabonde, les yeux ouverts d'étonnement au milieu d'un masque visqueux, la bouche comme un trou dans la boue.

Un coup de pied dans les côtes l'extirpa de sa torpeur.

Puis un genou osseux lui heurta la mâchoire, l'obligeant à se redresser brusquement. Il était nu comme un ver gainé d'une enveloppe terreuse, au centre d'une grappe d'Asiatiques vêtus d'un pagne ou d'une culotte en lambeaux. Ils étaient agglutinés comme des animaux dans la pénombre, sur un plateau humide qui émergeait à peine du marécage.

Tout autour, Axel aperçut un réseau de monticules et de canaux aménagés à l'intérieur d'une plantation de riz. A intervalles réguliers, des pousses dressaient leur tête verdoyante dans la lumière cendrée. Bientôt le soleil matinal parut danser parmi les vapeurs fétides qui s'échappaient de partout. Une clarté rosâtre flottait sur un champ d'épuration ceinturé de barbelés. Au loin, dans la direction d'un groupe de baraques et de bâtiments de bois gris, un oiseau lança un cri lugubre.

Des prisonniers encerclèrent Axel en discutant de son sort, les dents serrées dans un rictus peu rassurant. Ils ne savaient toujours pas s'ils devaient faire travailler ce pâlot ou le replonger dans la mou-ruang. Soudain quelqu'un lui versa tranquillement un seau d'eau limoneuse, comme un paysan lave une vache pour examiner sa peau.

Malgré la situation sordide, Axel éprouva un certain sentiment de confiance : pour le moment, ils se contentaient de parler. Mais il prit bien garde de ne pas manifester ce mince soulagement, de peur de les provoquer.

On ne donnait pas cher d'un farang qui avait mérité le sort réservé aux Asiatiques les plus récalcitrants. En même temps, on le respectait d'une certaine manière, ce pâlot devait être leur égal, puisqu'on l'avait envoyé chez eux.

Devant tant d'hésitations, un prisonnier hargneux suggéra de le violer :

— Autant en profiter pendant qu'il est encore vivant, lança-t-il en grommelant comme un animal exaspéré.

L'homme était nu, prêt à passer à l'action. Depuis un moment Axel combattait une fascination morbide pour ce courtaud au crâne rasé, à la peau flasque, adipeuse, aux replis couverts de tatouages flétris. Sans doute un ex-obèse, qui se croyait encore imposant. D'un geste provocant, il agitait un pénis boursouflé de pustules empourprées.

Tandis que d'autres prisonniers faisaient valoir leur droit à l'utiliser comme esclave, Axel le fixa sans réagir, à bout de souffle, comme un étranger venu de trop loin pour éprouver la moindre peur. Il comprit bientôt que ce prisonnier se livrait à une pratique répandue chez certains obsédés du camp : enfoncer sous la peau du pénis des boulettes de métal à l'aide d'un stylet aiguisé, de manière à lui donner du volume, pour favoriser la friction, et jouir de la douleur ainsi provoquée.

Heureusement un prisonnier autoritaire le força

à tenir ses distances. Malgré ses jambes bancales, aux genoux cagneux, et ses épaules en forme de bouteille, il semblait menaçant. Axel remarqua aussitôt le maigrichon, semblable aux autres, le teint maladif, l'œil torve, mais sa voix gutturale et son élocution particulièrement saccadée imposaient le respect :

— C'est le seul farang dans ce trou puant, fit-il en gratifiant Axel d'un regard vitreux qui sembla le traverser. Voyez-moi donc ce spécimen : tout neuf, ruisselant comme un enfant naissant, la peau rose, sans trace d'aiguille, pas même celle d'un tatoueur. Un original, je vous dis ! Ça vaut son pesant d'or.

— Personne ne le connaît, il ne fait partie d'aucun gang, rétorqua un prisonnier en train de l'examiner sans détour, comme un vulgaire produit de consommation soupçonné d'un vice de fabrication.

— S'il fait partie des purs, dit un prisonnier qui collectionnait des plaies autour des orifices, qu'est-ce qu'il fabrique parmi nous ?

— C'est peut-être une sorte d'espion, chuinta un type maussade.

— Mais qu'est-ce que c'est, à la fin ? lança un jeunot, comme captivé par une bête curieuse.

— Sûrement une grosse tête, laissa tomber celui qui avait enclenché la discussion. Je ne vois qu'un seul motif pour jeter un farang parmi nous : « opinions politiques ».

Un de ses compagnons se mit à hurler au milieu des acquiescements généraux :

— Les gardiens croient qu'on va se débarrasser de lui, ils veulent nous laisser accomplir les basses tâches, ensuite ils s'en laveront les mains.

— Si les autorités veulent l'écarter, c'est qu'il représente un danger, continua le leader du groupe, et s'il représente un danger, c'est notre allié. Il doit avoir des appuis, des amis qui peuvent payer, ou nous rendre service... Laissez-moi voir ce qu'on peut en tirer.

L'homme à la voix grave, étonnante pour un être aussi frêle, commença par lui propulser un jet de salive sur les pieds. Sans doute pour impressionner les siens, pour se faire pardonner d'adresser la parole à un sale farang. Son anglais rudimentaire ne l'empêcha pas de parler avec beaucoup d'assurance :

— Tu connais la loi : « collabore ou crève ». Si tu veux subsister ici, qu'est-ce que tu proposes en échange ?

Axel prit bien garde de ne pas trahir ses craintes. Même si on l'avait longtemps tenu à l'écart, dans un secteur occupé en majorité par des Occidentaux soupçonnés de s'enrichir aux dépens des Thaï, il connaissait bien la mentalité du milieu. Dès le premier test, il fallait faire valoir sa force, sinon on ne valait guère mieux qu'une poule blessée au milieu d'un poulailler.

D'abord, leur montrer qu'il parlait leur langue ; ils l'apprendraient tôt ou tard, et alors ils se sentiraient trompés. Sa connaissance de l'argot était d'ailleurs le premier moyen de gagner leur confiance :

— Je suis comme vous tous, déclara-t-il au leader dans une langue moins massacrée que son anglais, mais qu'il utilisait avec beaucoup moins d'aplomb. Je ne suis coupable de rien.

Ils restèrent décontenancés, subjugués par l'idiome thaï. Des chiens encerclant un chat qui se met à japper !

— On connaît la chanson, ricana une voix dans son dos. Dis-nous au moins de quoi tu es accusé.

Axel crut bon de ne pas mentionner le chef d'accusation officiel : trafic d'héroïne. Comme ils s'étaient déjà aperçus qu'il ne se shootait pas et qu'il ne faisait partie d'aucun réseau, cela ne ferait que compliquer la situation.

— On n'a rien à me reprocher... (puis il crut trouver un argument capable de les toucher) si ce n'est d'avoir épousé une Thaï.

Des murmures sceptiques circulèrent autour de lui. La surprise passée, quelques remarques désobligeantes fusèrent.

— Voleur de femmes ! cracha un masque de haine.

— Au contraire, fit Axel sur le ton le plus poli qui soit : je me suis donné à elle. Nous voulions vivre ici, en Thaïlande, mais ce gouvernement pourri nous a séparés.

Des grognements incrédules se répandirent dans le cercle des curieux. Malgré leur mine renfrognée, la naïveté apparente du farang semblait les toucher. L'interlocuteur d'Axel ne laissa transparaître aucun sentiment, même si tous devinaient son hésitation.

— Qu'est-ce que tu lui as fait ? demanda-t-il sur un ton neutre.

— L'amour. Rien que l'amour.

Même ton, qui fit taire les murmures.

Les Asiatiques semblaient pris au dépourvu, comment pourraient-ils lui reprocher une telle action, avouée de surcroît avec pareille candeur ? Un silence inquiétant continuait de planer. On n'entendait plus que les cris stridents d'un groupe d'oiseaux noir pétrole, sautillant près d'une sortie d'égout.

Axel craignit le pire : faute de comprendre, ils croiraient que ce curieux farang se moquait d'eux. Dans l'incertitude, ils réagissaient souvent avec fureur.

— J'avais épousé une prostituée sans trop le savoir, improvisa-t-il avec précaution. Je l'aimais...

Pourtant elle s'est vite esquivée, de peur que je la rejette en apprenant la vérité. Bien sûr son maquereau s'en était servi comme appât ; il voulait me faire payer pour revoir ma femme. Mais il m'a vite laissé tomber, quand il a constaté que je n'avais plus assez d'argent pour la sortir de son milieu, précisa Axel pour bien montrer qu'ils ne pourraient tirer le moindre mark.

En fin de compte, les Asiatiques paraissaient déçus, mais toujours menaçants. L'histoire, trop pathétique, risquait d'irriter les plus durs.

— C'est un con ! lança tout à coup une voix de crécelle.

— Dans ce cas, je l'encule, conclut le prisonnier à la verge bardée de métal.

Autour de lui, les dents gâtées se découvraient en guise de sourire. Axel prit bien garde de ne pas perdre la face, le moindre tressaillement aurait déclenché le massacre. Le mauvais traitement qui s'annonçait lui fit penser à une idée inattendue :

— Ce serait dommage, fit Axel d'un ton faussement détaché, en baissant les yeux devant l'obsédé : ton engin bousillerait ma provision de plaisir.

Puis il dirigea une main tremblante entre ses fesses, y fourragea du pouce et de l'index. Le silence pesait, Axel sentait qu'il jouait sa vie. Il s'imaginait déjà en train de crever dans cette position grotesque, la main aux fesses. Enfin, il put sortir une capote nouée sur une bouillie verdâtre.

— J'ai là quelque chose de bien meilleur pour vous tous : ma dernière réserve de klong.

L'espace d'un instant, les prisonniers se regardèrent comme des abrutis, avec des grimaces d'incrédules. Axel restait figé, sa capote à la main, réprimant une envie folle de plonger dans le marais pour en finir au plus vite.

Tout à coup le prisonnier au pénis blindé fut

secoué de spasmes nerveux. Il hoqueta, tordant sa bouche de poisson sorti de l'eau, puis, comme dans un film mal postsynchronisé, le son fit irruption, un miaulement de chat hystérique, suivi d'un furieux glapissement.

A voir la mine des autres, Axel comprit qu'il se tordait de rire. Peu à peu, toutes les figures se déridèrent, des cascades de rires dissonants se répandirent, et bientôt seul Axel resta inexpressif, incapable de réagir. Pas de doute, ce brusque accès de gaieté allait se transformer en explosion de violence.

Son interlocuteur réussit enfin à réprimer son rire convulsif. Les épaules encore tressautantes, incapable de reprendre son souffle, il lui indiqua du doigt les surfaces cultivées au-delà du marais. Tandis que l'hilarité générale redoublait, Axel distingua enfin la végétation folle qui couvrait les abords des canaux. Du klong ! Tout frais, à portée de la main. Il y en avait assez pour faire halluciner une armée entière !

Une bouffée incontrôlable lui chatouilla le nez. Axel s'esclaffa à son tour, entraîné par la nervosité générale. Les larmes aux yeux, la morve au nez, il hurlait comme les autres, trop heureux d'amuser ces durs de durs qui auraient pu lui fourrer la tête dans la capote. Sans craindre de perdre la face au milieu de l'hystérie générale, il pleurait de joie.

Quelques prisonniers roulèrent de gros joints bourrés de klong, le chef du clan lui en planta un dans le bec et Axel pompa avec une mine songeuse. Aussitôt une sensation mitigée de réconfort l'envahit, mais en même temps la drogue lui révélait sa situation désespérée. Comment ferait-il pour rejoindre Yumi, maintenant qu'il était enfoncé jusqu'au cerveau dans la mouruang ?

Le petit homme à grosse tête ronde, presque un nabot, hésitait devant les écrans vidéo où défilaient les femmes du Clue-Club ; la plupart paraissaient d'un certain âge, plutôt défraîchies, malgré le maquillage et l'éclairage tamisé. L'homme d'affaires était l'indigne descendant d'une longue lignée de commerçants spécialisés dans l'import-export. Il avait entendu parler des relations transpsy par un abonné du club, un marchand de riz plus riche que lui, et il se sentait obligé d'essayer ce nouveau genre d'excitation illicite.

Devant ses appareils électroniques, Noï l'observait du coin de l'œil, attendant le moment d'intervenir en douceur. Il se faisait un devoir d'initier certains clients prestigieux, lesquels devaient lui attirer d'autres clients. Le bouche-à-oreille, rien de mieux pour se gagner une clientèle sans attirer les empêcheurs de tourner en rond.

— Songez-y, monsieur Tche-Houa : vous allez vé-ri-ta-ble-ment explorer le corps d'une femme, de l'intérieur et dans son entier, jusque dans les moindres replis de ses hémisphères cérébraux... Tout ceci est le sublime aboutissement de siècles et de siècles de quêtes amoureuses. L'homme ne veut plus posséder la femme, il veut pénétrer ses rêves ; il veut devenir femme.

— Prendre sa place ? grinça le Chinois avec une moue hautaine.

Noï fit la sourde oreille, en parfait passionné :

— Grâce aux relations transpsy, vous serez dans sa tête, en pleine possession de ses moyens, désormais VOS moyens ! Vous serez cette femme ! Et vous découvrirez alors tout un autre monde ! Vous aborderez enfin ce qui a fait rêver des milliards d'hommes : un trésor inépuisable, un paradis insoupçonnable, d'où ils ont toujours été rejetés, si ce n'est pendant quelques secondes d'orgasme.

— Tout ça endormi dans les bras de votre machine ? susurra aimablement monsieur Tche-Houa.

— Oh, le Transphère « T » n'est là que pour se faire oublier.

Le Chinois devint songeur. Économe de ses gestes, le regard coulissant et le débit saccadé, il faisait très néo-dandy, surtout avec sa douzaine de moustaches à la Dali, hérissées autour de sa belle petite gueule de chat, qu'il ouvrait uniquement pour lancer des remarques désobligeantes.

— Votre espèce de machine-à-voyager-dans-le-mental, passe encore : si on a pu la fabriquer, on doit sûrement y voir clair. C'est plutôt l'utilisation de la drogue qui m'embête. Je me demande si on visite un univers mental... ou une vision provoquée par la drogue.

Noï parut offusqué, puis il se montra bon joueur.

— Vous n'avez qu'à essayer le chao, vous verrez bien la différence.

— Dites-moi, cher ami, qui mène l'aventure ? Le chao, la prostituée droguée au chao, ou le client de la prostituée droguée au chao ?

— Pourquoi avoir peur du chao ? Ce n'est qu'un dérivé du klong enrichi de psychotropes, un produit pour inviter la prostituée psychique à ouvrir toutes grandes les portes de son subsconcient. Il faut y voir un instrument de libération mentale...

— Ou d'asservissement ? On dit que le chao prive les filles de toute autonomie.

— Et si je vous disais qu'elles s'amusent comme des folles de sentir un client se trémousser dans leurs images mentales les plus intimes ?... En fait, le chao joue le même rôle que la cyclosporine chez un receveur d'organe greffé : il empêche le système psychique visité de rejeter la conscience de l'intrus. On peut alors explorer en toute liberté le cerveau de la personne sous l'emprise du chao.

— Bref, on utilise une personne droguée pour se droguer !

— Le chao ne vaut pas plus qu'un lubrifiant dans un moteur, soupira le pharmacologue. L'important, c'est le véhicule bionique, le Transphère « T », et les paysages psychiques qu'il révèle... Vous devriez plutôt jeter un coup d'œil au bas de l'écran, conseilla Noï. Voyez l'indice de compatibilité ; c'est informatique, automatique et sans douleur. Le télétexte d'accompagnement vous révélera également les caractéristiques du voyage mental offert par chacune des candidates.

— On verra bien, laissa tomber le Chinois sans desserrer les dents. A défaut d'Occidentales, vous n'auriez pas une femme qui a voyagé un peu ?

— Bien sûr, s'empressa Noï. Les femmes que vous apercevez à l'écran numéro cinq connaissent bien l'Europe ou l'Amérique. La plupart d'entre elles ont déjà été mariées à des étrangers.

— Celle-ci, indiqua le Chinois : si j'en juge par l'expression de son regard fatigué, elle doit en avoir long à révéler.

Noï parut agacé. Celle-là était Yumi.

Le moment ne pouvait tomber plus mal. Noï croyait avoir suffisamment plongé dans l'univers intérieur de Yumi pour prévoir ses moindres réactions, et pourtant son attitude défiait toute compréhension : depuis que son ex-mari avait disparu, Yumi était d'une humeur massacrante.

Mais les circonstances se prêtaient mal à ce genre de réflexions ; le Chinois semblait soupçonner ses réticences.

— Vous avez l'œil juste, fit Noï pour amadouer le client. Cette femme a déjà vécu à Berlin, mais son mariage avec un Allemand a mal tourné. Son univers mental me paraît plutôt complexe, ou déroutant. Pour débuter, je me demande si...

— Pas moi, coupa le Chinois avec une perversité manifeste. Je veux connaître cette... Yumi.

Tche-Houa avait vu son nom au bas de l'écran ; il s'affairait maintenant à lire sa fiche signalétique. Sceptique, Noï se demandait si le Chinois n'avait pas déjà entendu parler des qualités de Yumi, des couleurs incomparables de ses paysages psychiques. Peut-être la croyait-il toujours en possession de ses facultés exceptionnelles...

Noï connaissait bien ce genre de marchand chinois, têtu et méfiant. Ils sont sûrs que tout le monde veut les tromper ; même quand on cherche à les aider, ils persistent dans leur aveuglement. S'il y avait pensé plus tôt, Noï lui aurait recommandé chaudement le choix de Yumi ! Il s'y employa malgré tout.

— Eh bien ! si vous ne craignez pas de découvrir une femme de caractère, je ne saurais vous recommander meilleur choix.

— Conduisez-moi vite auprès d'elle, ordonna le petit homme obtus.

— Très bien, monsieur, fit Noï sur un ton qui évoquait pourtant le désagrément. Installez-vous à votre aise dans la cinquième cabine, je vais vous la chercher à l'instant.

Tout en maudissant son client et cette fameuse « femme de caractère », Noï dévala le corridor en direction des chambres. Parvenu devant la porte de Yumi, il frappa, n'obtint pas de réponse. Il tourna la poignée, sans résultat ; la porte était fermée à clef. Comme il avait bien fait de venir la chercher en personne ! jugea-t-il en sortant son passe-partout.

La porte pivota d'un coup sec et heurta le mur avec fracas, sans faire réagir Yumi.

Elle était allongée sur le lit. Toute habillée. Immobile. Les yeux grands ouverts.

12

Le travail était aussi absurde que nécessaire. Il fallait entretenir de fragiles canaux pour doser soigneusement les divers apports de « solide » et de « liquide », travail toujours à recommencer, puisque le terrain plat et marécageux ne cessait de glisser sur lui-même, telle une vaste plaie refusant de guérir. Objectif quotidien : maintenir le précaire écosystème des rizières qui devaient alimenter les quelque trois mille prisonniers du camp. Une rivière au cours incertain, perdue dans la plaine où s'étendaient les diverses sections clôturées du camp, fournissait la principale partie du liquide, complétée par les égouts du camp, lesquels contribuaient également à l'apport de solide, sous la forme d'ordures, à rejeter, et d'excréments, à utiliser comme engrais, quand on réussissait à les retirer du limon qu'il fallait draguer le long des canaux d'irrigation.

Une seule journée de chômage et la mouruang aurait tout recouvert, y compris le plateau central que les condamnés aux travaux forcés devaient renforcer sans relâche, en prévision des jours de pluie. Armés uniquement de pelles rondes, les éboueurs pataugeaient comme des pourceaux dans la boue, unissant leurs efforts pour canaliser l'eau limoneuse entre les frêles remparts de terre friable, menacés à tout moment par les embâcles.

Impossible de pelleter au petit bonheur ; même si les prisonniers étaient des individualistes forcenés, très souvent animés par des rivalités féroces, ils devaient tous agir avec cohésion, en acceptant les ordres d'une poignée de spécialistes improvisés, qualifiés ironiquement de « maîtres emmerdeurs », aussi longtemps qu'ils ne commettaient pas de bévues. Sinon on n'hésitait pas à les précipiter la tête la première dans leur désastre.

Certains d'entre eux avaient acquis une notoriété égale aux tonnes de boue qu'ils avaient déplacées. Après certaines moussons, quand la mouruang menaçait de déborder sur les baraquements des environs, ils obtenaient l'aide bénévole de centaines de prisonniers conscients de devoir leur riz quotidien aux éboueurs. Le temps de refaire les canaux pour évacuer le surplus d'eau, et les condamnés du marécage reprenaient leur place d'honneur au milieu du *Pongketong* — quelque chose comme « l'anus de Pongket », baptisé ainsi en l'honneur du commandant qui en avait eu l'idée. La santé du camp tout entier dépendait de ce qui était à l'origine un affreux système de torture collective.

Le nom était particulièrement bien choisi : comme l'anus de chaque prisonnier était la seule cachette personnelle où loger ses drogues et son argent de poche, l'anus du camp était également l'endroit où on pouvait trouver tout le klong désiré, l'unique richesse provenant du camp, si bien que les condamnés à la mouruang avaient une monnaie d'échange quand ils en sortaient pour revenir dans les sections conventionnelles, les intestins bourrés de capotes gonflées de klong concentré.

Le klong, la drogue-pour-tous, devenait au camp un objet de toute première nécessité. Bien sûr il n'avait pas la même valeur que l'héroïne et ses sous-produits douteux, surtout le dangereux *brown sugar*, fort répandu chez les caïds du milieu qui entretenaient leur clientèle doublement captive. La poudre, provenant des rafles exercées par des policiers complices, coûtait aussi cher que la nourriture de bonne qualité, l'une comme l'autre devant être importées de l'extérieur par l'entremise de matons, souvent même des gradés, qu'il fallait récompenser. Contrairement à la neige, le klong possédait toutes les vertus : il n'entraînait aucune dépendance physique, on le trouvait partout à prix abordable, il pouvait remplacer la sempiternelle bouillie de riz insipide servie par les matons qui crachaient dedans, et les infusions de klong mêlé au bétel éloignaient les maladies. Mieux encore, on pouvait prendre en toute tranquillité ce produit légal, sans obligation de graisser la patte des gardiens.

Le plus souvent, Axel résistait à la tentation des drogues. Sa paranoïa latente, à demi repoussée par l'excès de travail, suffisait à colorer son quotidien. S'il voulait saisir la moindre chance de faire réviser son cas, il se devait de rester lucide, même si aucune perspective intéressante ne se présentait. Pour garder le moral, il consacrait toute son attention à sa condition psychique.

Un jour sa patience fut récompensée. Il avait enfin trouvé l'appui qui lui faisait défaut, le seul genre de pression capable d'infléchir la direction du camp : une aide extérieure, politique et financière. Sa sœur était venue à Bangkok pour le sortir de là, un maton lui avait livré quelques messages de sa part. Mais l'intermédiaire avait vite augmenté le tarif, à un point tel que Barbara avait cessé de communiquer avec lui. Au moins, il savait l'essentiel : Barbara était en contact avec l'ambassade allemande, où certains diplomates avaient leurs entrées au gouvernement thaï. Les autorités ne pourraient

pas remettre indéfiniment sa libération au lendemain, ce n'était plus qu'une question de temps.

On disait que les prisonniers allemands bénéfi-
ciaient d'un traitement de faveur, parce que les
diplomates germaniques favorisaient l'injection de
millions de marks dans l'industrie thaï. D'ailleurs,
Axel avait appris que la Deutsche Drug s'occupait
de son cas. Mais pourquoi tardait-elle à le sortir de
là ?

Par bonheur il pouvait compter sur la volonté à
toute épreuve de Barbara. Cette seule certitude lui
permettait de marcher la tête haute, comme s'il
refusait de sentir les émanations de la mouruang.
Et les prisonniers thaï, pressentant la force intérieure de ce curieux farang, apprenaient à le considérer. A la façon d'un animal qu'on tolère s'il garde
ses distances.

Même dans les pires moments de ses démarches
infructueuses auprès des autorités du camp, Axel
nourrissait toujours l'espoir de repartir en Allemagne avec Yumi, pour y refaire sa vie sur une base
plus solide. Son unique drogue, du moins au début,
avant que la répétition de sa tâche n'ait menacé de
le transformer en zombi, c'était Yumi. Son souvenir
revivait de jour en jour, comme revigoré par le mauvais sort qu'il subissait. Axel conservait soigneusement l'espoir que son amour lui permettrait de
survoler la corruption et la déchéance partout
répandues. Chaque soir, quand le travail l'avait vidé
de ses tensions, il rêvait à elle, les yeux grands
ouverts ; il entretenait une romance chimérique,
bien sûr, mais il savait aussi que seules ses évoca-
tions, si colorées fussent-elles, pouvaient lui permettre de s'élever en esprit au-delà du merdier,
comme les émanations qui montaient dans la
lumière nuancée du crépuscule. Il n'avait pas
besoin de produit chimique pour se donner con-

fiance en lui-même, son entêtement suffisait. Lui, Axel Rovan, il avait mis quarante-trois ans pour fonder un foyer avec la compagne idéale ; ce n'étaient pas quelques mois de misère dans un camp de troisième ordre qui le feraient changer d'avis.

C'était du moins ce qu'il pensait, dans les premiers mois, quand il croyait au pouvoir de sa sœur...

Il prit finalement l'habitude du klong, en guise de médicament, se dit-il, parce que le bétel qu'il mâchait lui donnait mal aux gencives, et que ses dents ébranlées par de multiples carences vitaminiques menaçaient de tomber. Puis il fut incapable de s'en passer : c'était le klong ou le retour du nowhere, qui attendait la moindre faiblesse pour s'infiltrer en lui. Ses recherches intensives dans les bas-fonds de Bangkok avaient éloigné ses troubles psychologiques, mais la routine du camp constituait un terrain fertile pour se triturer les méninges. Axel mâcha bientôt du klong du matin au soir. Pour oublier la dépendance qu'il entretenait. Pour ignorer l'insuccès de sa sœur, et des diplomates allemands, et du quatuor-de-la-mort, et de la Deutsche Drug.

Qu'est-ce qui pouvait donc expliquer l'échec de cette multinationale soi-disant si puissante ? Axel en était venu à se demander si la Deutsche Drug n'avait pas intérêt à le laisser moisir dans le camp de prisonniers... Se pouvait-il que les patrons, en apprenant le motif de son arrestation, l'aient soupçonné de participer au trafic d'héroïne ?

Peut-être le soupçonnaient-ils depuis longtemps, depuis ses curieux problèmes à Rawaï... Le nowhere, l'amnésie, le retour forcé à Berlin, toutes les circonstances de cette affaire prenaient des dimensions menaçantes chaque fois qu'il parvenait à y penser. A coup sûr, ils s'imaginaient qu'il avait découvert des choses inavouables dans les bureaux de la direction à Rawaï. Les fortes doses de klong lui permettaient maintenant de déjouer partiellement ses fameuses migraines, mais la drogue éveillait ses fantasmes, et il déployait ses images mentales dans le vide vertigineux, comme pour combler la grande faille temporelle que l'amnésie avait ouverte dans son continuum.

Une chose devint évidente : sans recours au klong, il ne pouvait plus rêver à Yumi. Parfois il se demandait si son fantasme avait encore quelque rapport avec la vraie Yumi. Une acuité nouvelle, comme certains psychopathes en font l'expérience, lui faisait percevoir l'ironie de la situation : recourir à la drogue pour évoquer une fille qui l'avait laissé tomber pour se droguer ! Le klong lui permettait peut-être de mieux comprendre sa situation, mais il le rendait insensible, comme si tous ses malheurs concernaient un autre Axel Rovan, dans un film qui retenait son attention tout en le laissant indifférent. Un prisonnier comme tant d'autres, si ce n'étaient ses cheveux blondasses, décolorés comme de la paille, sa barbe grisonnante par endroits, son long nez mince et ses fesses pâles, à la peau squameuse, là où les os faisaient saillie. A cause du soleil et de la sueur qui lui brûlait le front, il plissait continuellement les yeux, et plus personne n'y remarquait une goutte de bleu.

Le temps ne comptait plus. L'afflux régulier d'eau boueuse, d'immondices, de riz gluant et de klong rythmait les jours et nivelait les désirs. L'inlassable déroulement de la monotonie quotidienne qui le séparait de Yumi s'étirait à l'infini dans les méandres du klong...

Sans la drogue-pour-tous, le camp se serait écroulé. Le fluide vital circulait partout, chez les prisonniers autant que chez les matons. L'herbe folle tirait sa force des immondices collées aux canaux, une mystérieuse alchimie transformait la mouruang en source d'énergie, et le klong devenait le sang qui faisait battre le cœur du camp, entretenant tout juste assez de magie pour tenir le coup.

Quoique faiblement, Yumi respirait. Elle semblait engourdie par une étrange léthargie.

De ses doigts boudinés, Noï lui ouvrit une paupière cireuse. Un réseau de veinules violacées convergeait vers l'œil révulsé, telles de fines fibrillations, faisant fuir les rêves fous.

Tandis qu'il se redressait, Noï avisa trois petites enveloppes, ouvertes, jetées sur la table de chevet.

Elle s'était bourrée de chao.

Trois gifles et quelques pincements plus tard, Yumi s'éveillait en marmonnant. Dès qu'elle ouvrit les yeux, Noï s'emporta, voulut lui faire la leçon, mais la colère le fit bredouiller à son tour.

Quand elle crut le reconnaître, Yumi réagit par instinct, elle se dressa comme un automate, se déclarant fin prête. Sa voix pâteuse, chargée de sommeil, semblait provenir d'aussi loin que ses rêves embrumés :

— Donne-moi une des capsules dans le tiroir, là, dit-elle en agitant un index en direction de la fenêtre. Ça suffira pour que je me traîne jusqu'à la cabine.

— Dans quel état ?

— Qu'est-ce que ça peut changer ? Je serais morte que tes clients continueraient de me farfouiller dans les méninges !

Noï lui adressa un regard perplexe, saturé de sentiments troubles. Mais Yumi détourna les yeux. Dans le grand miroir mural, son double lui renvoya son triste reflet, deux fois plus vieux que l'image mentale qu'elle entretenait. Elle avait le teint cireux, la peau comme du cuir, et ses yeux minces, sans reflet, faisaient penser à ces perles de plastique dans un visage de poupée. Yumi ne voyait que ses pommettes, trop saillantes, comme si elle avait reçu des coups de poing sur les yeux. Après un grand soupir, elle se mit à retoucher son maquillage.

Noï marchait de long en large. Pourquoi se moquait-elle encore de ses inquiétudes ? Comment en étaient-ils arrivés à ces relations tendues ? Il avait tout fait, croyait-il, pour améliorer son imagination instinctive, pour en faire une vedette des relations transpsy. Il l'avait aidée à développer au plus haut point ses paysages mentaux, tout en les rendant accessibles à n'importe quel client. Les fantasmes de Yumi étaient reconnus, les maniaques du milieu ne tarissaient pas d'éloges : plus riches que des tableaux chatoyants, plus sensationnels que des clips, doublement plus saisissants que les pâles expériences de la 3-D !

Lui, l'humble pharmacologue, il l'avait formée pour entraîner les clients les plus raffinés dans des aventures, des drames, des comédies qu'elle pouvait maintenant improviser sans tarir. Yumi était en quelque sorte son œuvre d'art vivante. Le jour où on pourrait enregistrer les expériences transpsy, le monde entier découvrirait la richesse inouïe de ses images mentales...

En attendant, elle s'appliquait à tout gâcher. Pourquoi ?

Il ne le saurait pas maintenant. Il fallait vite gagner la cabine numéro cinq, et Noï dut soutenir Yumi dans le corridor où elle marcha avec défiance, longeant le mur comme une ombre fuyante.

Tche-Houa ne lui jeta qu'un coup d'œil, puis il s'allongea. Tant bien que mal, Yumi s'installa dans le second fauteuil, de l'autre côté de l'appareil bionique. Noï sortit de sa poche le comprimé de chao et le tendit à Yumi.

— Est-ce nécessaire ? demanda le Chinois.

— Pour vous assurer de son entière disponibilité. Le chao privera Yumi de toute autonomie. Sinon, elle pourrait profiter des circonstances pour vous entraîner dans son univers mental. On a déjà surpris des filles en train de convaincre leur client de les épouser, ou de leur céder des fortunes...

Noï coupa court aux commentaires, jugeant qu'il allait inquiéter l'homme d'affaires. Sans transition, il s'affaira à la mise au point du Transphère « T », dans l'espoir que le client ne lui poserait pas de questions sur le fonctionnement complexe de la connexion céphalique.

Deux conduits tubulaires partaient de l'appareil bionique et pendaient en direction de chaque fauteuil. En un tournemain, Noï en brancha un au crâne de Yumi, puis, avant de procéder à la même opération avec le client, il fourragea dans ses cheveux pour vérifier au préalable l'état de son ouverture toute récente. A peine plus grosse qu'une tête d'épingle, cerclée d'un rebord métallique, elle semblait respecter les normes. Comme cette connexion était toujours pratiquée par des neurochirurgiens recommandés par le Clue-Club, il n'y avait en principe aucun problème, mais la plupart des clients voulaient être rassurés. Alors Noï les rassurait.

L'installation se déroula sans le moindre pépin, en dépit de la méfiance du Chinois et du caractère maussade de Yumi. Le maître de cérémonie régla quelques boutons, des aiguilles commencèrent à osciller dans leur cadran lumineux, supervision électronique, sécurisante, et Tche-Houa ferma les paupières comme un enfant fourbu, tandis que Yumi glissait à nouveau dans l'engourdissement du chao. Non sans malice, Noï pinça une joue de Tche-Houa ; il était bel et bien inconscient — et il se réveillerait avec un bleu étrange sous l'œil droit.

Au lieu de quitter la pièce exiguë, le pharmacologue s'appuya contre un mur, le regard fixé sur le visage pâlissant de Yumi. Lui aussi, il se sentait défaillir. Une obsession, toujours la même, revenait le hanter : il éprouvait l'envie irrésistible de déloger l'esprit obtus du client de la conscience de Yumi. La tentation devenait de plus en plus forte ; il aurait aimé se lover au plus chaud de ses fantasmes, se perdre en elle une fois pour toutes. Bientôt elle serait trop affectée par tous ces clients qui altéraient son univers mental. Déjà, ils ne lui laissaient que le goût amer de la paranoïa.

Pour détourner son attention, il songea de nouveau à goûter au chao. Comme par hasard il avait une capsule dans le fond de sa poche gauche, toute lisse, d'aspect inoffensif, et si tentante. Pourquoi s'en priver ? Les affaires allaient bien, le Clue-Club attirait de plus en plus de clients, on parlait même d'ouvrir d'autres boîtes semblables, et... sans trop s'en apercevoir, il avala la capsule.

Noï entrevoyait un monde où on profiterait en toute liberté des relations transpsy, et les esprits de tout un chacun se retrouveraient dans la conscience des autres, des têtes fortes recèleraient des milliers de consciences, y compris celles d'individus trépassés, et la conscience humaine, multipliée, enrichie des expériences les plus diverses, deviendrait une galaxie psychique, transtemporelle, la conscience de l'humanité tout entière continuant de vivre et d'évoluer de milliards de façons en chacun des êtres humains...

Puis son regard surprit le regard perdu de Yumi étendue devant le Transphère « T », et sa vision euphorique disparut subitement, des idées noires revinrent le hanter, et Noï se demanda bientôt si

Yumi pourrait tenir le coup jusque-là. Fasciné par la pâleur de son visage lunaire, il s'assit sur une petite chaise de bois. Sans la quitter des yeux, bercé par la douce suggestion du chao, il commença à dériver dans ses souvenirs.

Au début, Yumi était toute fraîche, toute naïve, elle développait ses fantasmes comme un enfant. Le cobaye idéal... Elle avait confiance en lui ; il n'était pas un petit pusher ordinaire, c'était un professionnel, un scientifique, œuvrant pour une grosse société pharmaceutique. « Un explorateur à la conquête des grands espaces psychiques », comme il le disait lui-même en se tapant sur la bedaine.

Il avait toujours été impressionné par la grande sensibilité de Yumi, mais les nouveaux produits de la Deutsche Drug commençaient à brûler ses facultés mentales. Il l'avait même encouragée à quitter Bangkok pour échapper au klong. Il l'aimait trop, à sa manière, pour assister à sa déchéance.

Elle était en Allemagne quand les chercheurs de Rawaï avaient enfin réussi la synthèse du chao. La Deutsche Drug n'était pas la seule dans le coup, des associés avaient mis au point l'appareillage bionique servant aux relations transpsy, et il y avait des concurrents sur une piste analogue. La compétition menaçait de devenir féroce, la Deutsche Drug n'avait même pas le temps d'obtenir une autorisation. Ses patrons lui avaient demandé de tester le Transphère « T » sans tarder.

A l'époque, les chercheurs parlaient de rapports transcérébraux, altérophiles, ou bi-psy. L'impossibilité d'opter pour une appellation contrôlée était sans doute un signe éloquent des nombreuses possibilités du phénomène. Déjà, les spécialistes des laboratoires parlaient de décoder la biochimie de la pensée, quand ce n'était pas d'espionnage psychique, ou de radiodiffusion mentale.

Noï saisit aussitôt les enjeux ; dans l'intention de tester le produit, il entreprit des recherches pour retrouver le meilleur sujet qu'il eût connu : Yumi. Par bonheur, elle venait de quitter son mari ; elle s'ennuyait alors dans un bordel allemand. Noï avait déjà des relations dans les échelons les plus élevés de la prostitution internationale, et il en profita. Sans que Yumi ne pût jamais s'en douter, il la fit revenir à Bangkok.

Elle semblait éperdue, à bout de ressources, lorsqu'il la cueillit à l'aéroport de Bangkok, comme un maquereau recrute une petite paysanne solitaire, à peine descendue dans un grand centre urbain. Il n'eut même pas besoin de la cuisiner, elle sauta sur la proposition qu'il lui fit. Au lieu de vendre pour presque rien un corps qui n'avait plus guère d'attrait, Yumi se laissa séduire par une nouvelle forme d'exploration.

Dès leurs premières expériences, le pharmacologue retrouva la grande disponibilité de son cobaye préféré. Yumi livrait ses fantasmes sans retenue, comme si elle désirait depuis toujours qu'on pénètre dans son univers intérieur. Noï, alors le seul à explorer sa conscience, craignait même de rester prisonnier de ses paysages psychiques. Souvent, il ne savait pas s'il agissait par souci professionnel ou simplement par amour de la plongée cérébrale, pour jouir d'une envoûtante imagerie mentale. Pendant longtemps, il se demanda si Yumi n'était pas devenue une drogue pour lui, puis leurs pensées respectives devinrent si intimement liées que tous leurs sentiments se confondirent, le plaisir avec la sensation de frôler le danger, la découverte d'un univers vierge avec le sentiment de le corrompre. Son exploration l'amenait dans un monde ravissant, indicible, qui lui procurait une satisfaction incommensurable, comme c'est toujours le cas lorsque le plaisir propulse la conscience au-delà de la triste enveloppe charnelle. Pas plus que l'expérience amoureuse, on ne décrivait un voyage transpsy; on le vivait, on en jouissait, on en voulait toujours plus.

Après une période où la maîtrise de ses recherches faillit lui échapper, Noï apprit à régler les appareils pour retrouver son chemin dans la biochimie complexe du cerveau. Il n'épargna aucun moyen pour cartographier par ordinateur les différentes configurations psychiques de sa « patiente ».

Une fois rassurée par le caractère systématique de ces incursions cérébrales, Yumi prêta ses fantasmes à des plongées prolongées. Noï parvint un jour à passer vingt-quatre heures dans les pensées de son cobaye.

Un jour dans la vie d'une femme : un moment historique, perdu dans la moiteur de Bangkok...

Noï était devenu un autre, mieux encore, une autre. Il était elle. Son regard neuf découvrait un monde transformé, du détail le plus insignifiant jusqu'à la vision globale de la réalité. Noï exultait à la pensée qu'un jour chacun découvrirait autant d'univers qu'il y a de personnes sur la Terre.

Du coup, sa vie en fut radicalement transformée. Quand il s'était vu lui-même à travers les yeux de Yumi, à distance, il avait perçu pour la première fois ses immenses possibilités. Au lieu de suivre les directives de la Deutsche Drug, Noï constatait qu'il pouvait désormais voler de ses propres ailes...

Il était obnubilé par son projet, la déchéance de Yumi échappait à son attention.

Elle dépérissait pourtant à vue d'œil. A la longue, les centres névralgiques de sa personnalité avaient abdiqué au profit de l'intrus. Yumi n'avait plus de secrets, et Noï découvrit un jour qu'un autre homme habitait les pensées intimes de sa chère Yumi.

Quoi ? Cet Allemand lamentable, qui renifle les bas-fonds de Bangkok comme un chien maladif ?

Pourquoi restait-elle accrochée à ce misérable ? Ce farang ne devait représenter qu'une simple diversion dans sa vie de prostituée : l'équivalent d'un passeport qui n'avait mené nulle part ! Pourquoi persister dans ce rêve sans issue, sinon par faiblesse ?

Puis il crut comprendre. Si cet Allemand prenait de plus en plus d'importance dans les fantasmes de Yumi, c'était à cause de lui, Noï !

A force de plonger dans l'univers mental de Yumi, il avait dû lui dévoiler ses arrière-pensées. C'était fatal : on ne découvre pas une femme sans se dénuder. Pendant que ses ordinateurs enregistraient les données de son profil psychique, Yumi décelait ses véritables motivations de chercheur : la première ambition du pharmacologue était d'offrir au monde des hommes ce que les femmes n'avaient jamais partagé : leur identité, leur unicité, cette autre façon d'être au monde.

Yumi n'était plus qu'une source de rêves, un gisement de fantasmes, qu'il épuisait systématiquement. Elle lui en voulait sûrement. Mais Noï l'habitait si souvent qu'elle ne parvenait plus à voir clair dans ses propres pensées... Même après les relations transpsy, le fantôme mental du pharmacologue, tenace, continuait de hanter sa conscience.

Un jour, après une déficience du Transphère « T », Yumi plongea dans un profond état d'abattement. Pour la première fois, elle dut prendre une période de repos. Sans relations transpsy, sans Noï pour troubler ses pensées. Alors elle commença à soupçonner l'étendue de son emprise sur elle. Sous prétexte de recherches scientifiques, il ne désirait qu'une chose : ouvrir des sentiers merveilleux dans sa forêt neuronale, au risque de s'y perdre !

Yumi émergea lentement de ses rêves ; elle restait lointaine, elle n'était plus la même. Dès que Noï fit de nouveau allusion au Transphère, Yumi devint songeuse, parla de certains de ses anciens clients, du temps de madame Lee ; elle lui rappela les plus maniaques, prêts à tout pour ne pas quitter son lit.

— Des marathoniens du sexe ! J'ai toujours cru qu'ils voulaient dépasser les limites de la nature, pour se perdre réellement en moi... C'est ce que tu es en train de réussir, mon cher Noï.

— Raison de plus pour se lancer en affaires dans les... cyberdels ! Présentées comme une communion totale, les relations transpsy pourraient prendre le relai d'un sexe défaillant, poussé au bout de ses limites.

Plus Yumi voyait clair dans les motivations de son explorateur, plus elle abdiquait. Sous l'emprise d'une fascination perverse, curieuse de se découvrir elle-même à travers le jeu transpsychique de Noï, elle voulait savoir ce qu'il ferait de son corps, et de ses pensées épuisées. Il était tellement plus facile de se considérer comme son objet, de le laisser se frayer un chemin dans son embrouillamini mental ! Lui, au moins, il donnait l'impression de savoir où il allait !

Yumi devenait la chose de Noï, le film vivant où il se regardait. Les pensées de Yumi ne vivaient plus que par lui, pour lui. Son cerveau ne semblait fonctionner vraiment qu'au moment où la présence de Noï réactivait ses neurones. Elle en dépérissait, ses forces l'abandonnaient, elle était sur le point d'abdiquer.

L'un et l'autre, chacun à leur façon, devenaient la partie vitale d'une entité qui prenait forme et les guidait sans leur pleine participation. Possédant et possédé, ils n'existaient plus que pour communier dans un curieux partage de joies et de douleurs, mais cette union n'échappait pas au rapport de force, et c'était toujours l'un, Noï, qui l'emportait au détriment de l'autre, Yumi, coincée sous les assauts psychiques de l'explorateur.

Puis vint le moment fatal où Noï ne put pénétrer qu'une pensée sans support, sans corps pour l'alimenter. Son désarroi n'y changeait rien : l'évolution de leur symbiose suivait une courbe descendante. Fallait-il donc parler de voyage à sens unique, ou de vampirisation ? Chose certaine, le Transphère « T » l'incitait à continuer les recherches, à se rendre jusqu'au bout de l'univers-Yumi.

Bientôt, il dut se l'avouer, il lui était impossible de se détacher de sa partenaire. Il se faisait lui-même l'impression d'une sangsue collée à une bête malade ; il affaiblissait sa victime tout en la soulageant de son infection, et il s'empoisonnait tandis qu'il s'en abreuvait. Les images mentales de Yumi, même assombries, faisaient désormais partie intégrante des siennes. Au lieu de leur révéler un univers infini, les relations transpsy les entraînaient maintenant dans un cercle vicieux. Comme deux serpents en train de s'entre-dévorer, ils se détruisaient et se nourrissaient mutuellement.

Aucun des deux ne possédait l'autre. Tous deux étaient possédés.

Au jeu de la possession, le chao et le transpsy l'emportaient...

Tout à coup, à travers les mirages du chao, Noï perçut une présence étrangère dans la cabine. Les pensées encore tourbillonnantes, il vit qu'Ueang était devant lui, en train de secouer Yumi.

Tche-Houa était encore inconscient, branché au dispositif bionique comme un malade relié à un appareil de survie. Mais Yumi avait ouvert les yeux. Son conduit tubulaire pendait au bout de son fauteuil.

— Yumi, répétait Ueang, oscillant entre la crainte et l'enthousiasme ; j'ai retrouvé la piste d'Axel !

Yumi battit faiblement des paupières. Ses lèvres exsangues esquissèrent un sourire las.

— Où ? gémit-elle dans un faible soupir. Je veux le voir.

Ueang baissa les yeux, démunie.

— On ne peut pas le rencontrer, du moins pas pour le moment... Mais il ne risque pas de s'en aller...

— Où ? reprit Yumi, comme si elle n'avait plus de force que pour s'accrocher désespérément à cette question.

Ueang tourna la tête, effrayée par la réaction qu'elle allait provoquer.

— C'est un officier responsable d'une prison qui m'en a parlé. Il a remarqué un curieux farang, l'Allemand-qui-cherche-sa-femme...

— Où ? s'emporta Yumi, incapable de décrocher.

— Quelque part dans un camp... murmura Ueang. Dans le Pongketong !

Yumi se fit statue, le regard tourné vers l'intérieur, perdu dans le monde silencieux des rêves de chao.

L'anus de Pongket était bien connu. Aucun farang n'en était jamais sorti vivant.

Ueang lui tendit une main pour la réconforter, mais son visage restait pétrifié dans une expression lunaire. Elle ne pouvait détacher ses yeux des cadrans affolés du Transphère « T ».

13

Seule la constance de la douleur rendait les journées tolérables, qui finissaient par passer sans histoire, toutes aussi pénibles les unes que les autres.
Au moins le travail était-il assez pénible pour favoriser la solidarité. Contrairement aux prisonniers
paranos des sections régulières, les condamnés du
Pongketong pouvaient compter les uns sur les
autres. C'était une question de survie ; les maillons
de la chaîne devaient tenir le coup sans exception,
si on voulait se débarrasser du travail ; alors on terminait les journées en s'allongeant sur le plateau
central, dans les vapeurs de klong, à écouter la
radio tonitruante, insensibles aux habituelles menaces de guerre. Avant de sombrer dans un sommeil
de plomb, Axel se faisait philosophe. Comme un
chien persiste à ronger un vieil os.

Axel avait vite oublié la vision simpliste de sa *des-
cente aux enfers*. Pas moyen de toucher le fond et
de rebondir comme un homme neuf. Le véritable
enfer, c'est de s'habituer à l'enfer, d'y vivre sa mort
quotidienne. Comme le disait un champion des
embâcles, « le fond de la boue, c'est toujours de la
boue » !

Même s'il se débrouillait de mieux en mieux avec
l'argot du milieu, Axel était le plus isolé des prison-

niers. Il n'appartenait à aucun camp. Ni aux Occidentaux, dont la fortune relative permettait de vivoter dans la section la moins insalubre, en graissant la patte des gardiens pour obtenir radios, drogues, journaux, médicaments, mini-télés, vêtements propres et nourriture saine. Ni aux Orientaux. Ils se taisaient toujours quand il approchait — comme si ces criminels endurcis craignaient le jugement d'un étranger !

Pourtant, tout le monde discutait du même problème : la guerre, incontournable, toujours imminente. Pour tromper l'ennui, on faisait mine de croire à la propagande tapageuse des postes de radio, on imaginait mille escarmouches et ripostes dévastatrices. Tantôt les frères musulmans s'emparaient du pétrole au sud du pays, tantôt les armées gouvernementales y mettaient le feu, quand ce n'étaient pas les forces révolutionnaires, procommunistes, puristes ou révisionnistes, associées à la Birmanie ou au Cambodge, les unes contre les autres, mais toujours d'accord pour traverser les rizières, si bien qu'on se demandait comment ces troubles progressaient au sein de leurs propres ravages. Les rumeurs s'alimentaient aux rumeurs, entraînant des versions contradictoires, sans provoquer le moindre étonnement ; on prenait d'abord plaisir à palabrer, pour faire et défaire le sort du pays refusé aux prisonniers.

Une chose demeurait acquise, cependant : les conflits armés menaçaient de déborder les zones limitrophes dans lesquelles ils étaient habituellement contenus. Signe infaillible, les matons eux-mêmes devenaient nerveux, comme des animaux à l'approche de la tempête.

Mais même la guerre semblait pourrir : les différentes versions n'aboutissaient jamais. Les factions entraînées par des extrémistes se limitaient à quelques actions d'éclat, tandis que la puissante armée gouvernementale, menaçante par son immobilité même, restait massée autour de Bangkok et des grands centres industriels, attendant le moment propice pour intervenir. Contre les forces révolutionnaires affaiblies par leur propre tâtonnement, ou contre le gouvernement lui-même, s'il menaçait de céder devant les revendications des rassemblements populaires. Certains colonels se préparaient sans doute à s'imposer en sauveurs.

Au début, les hostilités semblaient dénuées de toute logique, du moins à ses yeux d'Allemand épris de clarté. Mais Axel en vint à concevoir une nouvelle forme de raison : dans un pays pourri, il ne faut pas s'attendre à trouver une guerre ordonnée, à l'occidentale, avec des coalitions et des rivalités bien nettes, qui font tant plaisir aux commentateurs de la télévision. Contre l'absurdité, on luttait de façon absurde.

A tout prendre, leur condition de prisonniers semblait la moins mauvaise : ils étaient protégés par des murs et des sentinelles armées jusqu'aux dents, le camp était situé au milieu d'une plaine noyée de boue, imprenable, et personne n'aurait intérêt à libérer des milliers d'hommes menaçants.

Axel finissait par apprécier son sort. La prison lui épargnait bien des problèmes, tandis que des compatriotes allemands restaient coincés à Bangkok, où ils concédaient toutes leurs richesses pour se protéger des chasseurs de farangs. Les révolutionnaires n'avaient pas manqué de faire exploser leur Boeing américain, et les compagnies d'aviation désertaient l'aéroport de Bangkok. Seuls quelques privilégiés pouvaient s'enfuir dans de petits avions privés ou à bord de navires escortés par la marine militaire. On recommandait aux Occidentaux égarés de regagner Bangkok, comme si la ville débordante de sans-logis, en proie au pillage, pouvait constituer un refuge. La radio américaine n'en finissait pas de mentionner les noms de touristes disparus dans la métropole, pour la plupart enlevés par des groupuscules obscurs.

Un soir, Axel venait tout juste de prendre sa deuxième ration de klong lorsqu'il entendit, à la radio américaine, un nom qui lui résonna longtemps dans la tête. Barbara Rovan...

Elle faisait partie d'une longue liste de touristes disparus.

Axel n'éprouva rien. Et son insensibilité le laissa indifférent. Depuis longtemps, il pensait que l'entêtement de sa sœur allait la perdre. Comme lui. Elle aurait dû se rendre compte — si elle était si maligne ! — que son argent n'avait plus d'influence. Après tout, depuis son retour à Berlin, elle avait trop cherché à le suivre de près... Il était sans doute logique, en un sens, qu'elle connût un destin semblable au sien.

Ce soir-là, il prit une portion supplémentaire de klong et s'endormit sans tarder, sur place, comme un insecte stercoraire blotti dans une motte de mouruang.

Tandis que le pays tout entier se préparait à la guerre, Yumi passait tranquillement ses journées allongée au milieu des plantes, dans le solarium aménagé derrière le Clue-Club. Cette fois-ci, c'était sérieux : le médecin l'avait obligée à prendre du repos, et elle en profitait pour se laisser dériver au fil de ses pensées, pour revenir inlassablement à sa curieuse aventure avec Axel. Enfin, elle pouvait assimiler cet épisode trop vite déroulé.

Le fameux « mariage maximal » avait tout gâché : trop ennuyeux, l'amour programmé. Elle avait fui son mari comme on quitte une représentation insipide, pendant l'entracte. Même quand il avait tout abandonné pour la rechercher dans les bas-fonds de Bangkok, elle avait hésité à le rencontrer. Et maintenant qu'il moisissait dans un camp de prisonniers, inaccessible, elle n'en avait plus que pour lui. C'était fou, c'était peut-être l'amour.

Chose certaine, Axel était vivant, il fallait le sortir de prison. Cette pensée agissait à la manière d'un catalyseur, comme si l'événement tragique, s'inscrivant à l'interface des relations transcérébrales, lui permettait de trouver un appui pour repartir de zéro. La captivité d'Axel l'obligeait à se découvrir des énergies pour répondre à la démarche de son mari : à elle de sauver l'homme qui s'était perdu pour la retrouver.

Tout en reprenant des forces, Yumi envisageait son retour sur la scène transpsy. Après deux semaines de convalescence, elle avait établi son plan d'action. D'abord, pour préserver sa santé précaire, fermer son cerveau à toute intrusion psychique. Le rythme infernal de ses relations transpsy, une fois cassé, laisserait place au rêve d'une vie renouvelée.

Tandis qu'elle récupérait, Noï la croyait perdue à tout jamais. Elle ne représenterait plus aucun mystère digne de poursuivre les expériences psychiques. Pendant si longtemps, sa conscience d'obsédé était restée en elle, rivée comme une tumeur maligne au cerveau de sa victime. Mais sa profonde connaissance de l'ancienne Yumi l'empêchait désormais de saisir la détermination de cette femme renaissante.

Noï devenait ombrageux, il ne pouvait plus accepter la place grandissante qu'Axel occupait dans les pensées de Yumi. La place qu'il perdait. Et sa jalousie l'agaçait. Pourquoi se méfier d'un individu enfermé dans un camp de prisonniers ? Si jamais l'Allemand s'en sortait, il s'empresserait de retour-

ner chez lui et les lois de l'immigration empêche-
raient Yumi de le rejoindre. Au lieu de se faire
du mauvais sang, il devrait plutôt s'en réjouir, et
se consacrer entièrement aux recherches neuroni-
ques.

Car les expériences devaient se prolonger. La
Deutsche Drug s'était associée de nouvelles équipes
de chercheurs pour tirer parti de toutes les possibilités de la communion cérébrale. Noï l'avait appris
sur le tard, lui qui n'était qu'un exécutant au service
des dirigeants allemands, et il craignait maintenant
d'être écarté de la course au trésor psychique.

En même temps, il devait prendre ses distances,
ne pas mêler la drogue et les sentiments à ses préoc-
cupations scientifiques. Cette fois la démarche
serait rigoureuse. La déchéance de son cobaye préféré lui avait au moins révélé les dangers des relations transpsy, lorsqu'elles étaient répétées sans
mesure.

Le rétablissement progressif de Yumi, bientôt évident, replaça Noï sur la voie de l'optimisme. Mais
la prudence ne le quittait plus.

Un jour, il fallait s'y attendre, Yumi lui annonça
qu'elle ne voulait plus abandonner ses pensées au
chao.

— Je dois aller plus loin, lui annonça-t-elle avec
fermeté.

Elle serrait les lèvres, comme pour contenir une
étrange force intérieure, menaçant de faire éclater
son habituelle placidité.

— Bien sûr, acquiesça Noï avec des manières con-
tournée, il faut conserver toutes tes énergies pour
l'exploration véritable. Demain, quand nous pour-
rons enregistrer les voyages transpsy, nous réalise-
rons de grandes choses...

Yumi ne l'écoutait plus, elle devinait ses arguments. Il s'accrocherait, il la ferait rechercher si

elle tentait de fuir. Autant le reconnaître, elle ne pourrait jamais rejoindre Axel si elle ne s'entendait pas d'abord avec Noï. Son seul recours, en définitive, c'était de s'expliquer avec Noï, de le raisonner, mais à distance, sans lui permettre de venir brouiller ses pensées.

Avant d'affronter son cher tortionnaire, Yumi avait pris un peu de klong — rien que pour lier ses idées effervescentes, prêtes à fuser dans toutes les directions. Mais l'approche cauteleuse de Noï la désarçonnait, il profitait de sa longue fréquentation psychique pour la toucher aux points sensibles.

— ... On peut changer les règles, bien sûr, disait-il en hochant la tête. Pour mettre à profit notre longue collaboration.

Yumi l'attendait de pied ferme. Sa convalescence lui avait permis de redécouvrir sa force de caractère, celle qui lui avait permis de résister pendant si longtemps dans le milieu. Elle l'interrompit brusquement.

— Laisse-moi parler ! Jusqu'à maintenant, j'ai accepté de me livrer sans retenue. Tu m'as si bien emberlificotée que je me prenais pour une artiste révolutionnaire, une grande exploratrice travaillant dans l'ombre. Quand je me perdais dans la jungle psychique, je m'efforçais toujours de rester suffisamment lucide pour noter les hauts et les bas de mes humeurs. Je t'ai même suggéré des combinaisons pour développer les meilleures relations transpsy. Si tu es sur le point de commercialiser la plus grande découverte de l'histoire, la découverte de l'être humain par lui-même, c'est grâce à moi. Alors... souhaites-tu au moins connaître les conclusions auxquelles je suis arrivée ?

— Tes informations me seront toujours profitables, fit Noï, juste un peu trop doucereux.

Au moins, elle ne s'opposait pas directement à lui ;

elle ferait mine d'accepter ses positions pour mieux les canaliser, et il ferait semblant de tomber dans son jeu pour mieux le contrôler. Un vrai talkin' bar !

— Il ne s'agit pas de cerner la formule parfaite des échanges cérébraux, avança-t-il; l'essentiel, c'est d'en profiter.

— Comment peut-on jouir de relations à sens unique ? Plus tu plonges dans les pensées de l'autre, plus tu risques de t'y perdre. Si tu persistes, tu deviens prisonnier de ton partenaire, ta personnalité se désagrège, et l'autre devient une drogue qui t'affaiblit au lieu de t'enrichir. Bientôt tu ne t'appartiens plus, tu ne peux plus te passer de la seconde personnalité pour penser d'une façon convenable. A deux, vous ne faites même pas un !

— Nous n'en sommes plus au stade expérimental, remarqua Noï avec une assurance toute feinte. Nos errements nous auront au moins permis de soupçonner la richesse des rapports transcérébraux.

— Le transpsy ne révèle que des turbulences mentales, impossibles à cataloguer.

— Pour le moment... Mais n'est-ce pas ce qui constitue son pouvoir de séduction ? Le transpsy ouvre des univers infinis, et infiniment variés. Il y a autant de rencontres différentes qu'il y a d'individus prêts à communier mentalement. Et nous ne savons encore rien des relations de groupe ! Des télécommunications transpsy ! Du cinémental ! Ou des transpsythèques !

Il s'imaginait déjà en libérateur, en bienfaiteur de l'humanité, désireux de répandre le bonheur !

Et Yumi devinait qu'il avait les appuis nécessaires pour mettre sur pied un véritable réseau transpsy.

— Ce que nous avons découvert, en définitive, c'est une façon de répondre sans détour au plus

grand besoin de l'humanité, poursuivait le pharmacologue. Il semble que l'être humain soit incomplet :
chacun a besoin d'un autre pour maintenir une
sorte d'équilibre. L'individu isolé, incapable de se
situer dans la cybernétique sociale, est rejeté. Drogue, suicide, violence, nowhere et autres joyeuse-
tés ! Mais un jour les relations transpsy vont
balayer tout ça. Elles seules, par leur liberté abso-
lue, peuvent remplacer les faux rapports sociaux
qu'on connaît actuellement.

Un moment, l'audace de la vision ravit Yumi. Les
yeux de Noï devenaient brillants et il agitait ses bras
boudinés comme un bébé bienheureux. Il disait
œuvrer contre la stratification des rapports humains,
pour un nouveau sens du partage, sans hypocrisie
et sans limites... C'était trop ; Yumi se fit méfiante :

— Les relations transpsy ne valent pas plus que
n'importe quelle drogue ; tu ne proposes qu'une évasion temporaire, illusoire.

— Non ! rétorqua Noï avec fermeté, les yeux
comme deux traits noirs dans un masque blafard.
Contrairement à tous les stupéfiants traditionnels,
il n'isole pas les gens dans la complaisance de leur
monde intérieur. Au lieu de favoriser la confusion,
le chao et le Transphère « T » travaillent dans le sens
de la fusion. Ils révèlent nos différences tout en les
respectant. Dans une génération, les inadaptés, ce
seront ceux qui refuseront la drogue bionique. Qui
voudront rester tout seuls dans leur petite tête.

— La fusion ? demanda Yumi. Et si c'était un
mythe pour faire courir tous ceux qui manquent
d'autonomie ?

Noï balaya l'argument d'un geste de la main.

— Et si l'autonomie était une illusion savamment
entretenue pour multiplier la consommation ?
Moins tu dépends des autres, plus tu dois t'équiper,
et payer.

Noï s'emporta comme un illuminé, il se perdit bientôt dans une large vision de l'évolution transpsy, où les individus, après avoir abusé des drogues, des gourous et des anxiolytiques, cherchaient confusément une façon radicale de métamorphoser leur psychisme pour mieux s'adapter à un monde qui avait érigé la catastrophe en système. Avec les nouvelles drogues à effets spécifiques, des milliers de produits avec des millions d'ingrédients et des milliards de combinaisons possibles métamorphoseraient le cerveau humain en vue d'un monde où les communications mentales formeraient les synapses d'un vaste cerveau collectif !

— La clef de tous nos problèmes se trouve dans la véritable communication entre individus, disait Noï, et le chao est la voie royale pour y accéder réellement.

— Une voie royale ? Pour mener tout droit dans des prisons psychiques ?

— Le Pouvoir ne peut plus s'exercer dans un monde éclaté : les recherches scientifiques vont trop vite, trop loin. Plus rien ne freinera les biochimistes dans leur course au bonheur. Autant se lancer dedans tandis que le marché est ouvert.

Yumi n'écoutait plus très bien, elle partageait déjà le grand rêve du biochimiste. Le chao devenait à ses yeux le moyen par excellence de découvrir ce qu'on avait toujours cherché à fuir, ou à posséder : l'Autre. Et quand le transpsy serait suffisamment au point pour sortir des cliniques expérimentales de Bangkok, quand on le retrouverait dans tous les Palais des Plaisirs, les Eros Center et les talkin' bars de Bangkok et d'ailleurs, quand l'humain découvrirait l'humain, ce serait la fête. La Grande Fête ! La Jubilation !...

C'était trop beau, elle rêvait... Tout à coup, le château de cartes s'écroula. Qui était donc ce Noï pour prétendre modifier le monde à partir d'un bordel perdu dans les bas-fonds de Bangkok ?

Le biochimiste lisait le doute dans son regard. Il en avait déjà trop dit, il lui fallait maintenant révéler le fond de sa pensée. Après tout, son meilleur sujet d'expérience devait devenir la figure de proue de sa vaste conquête... multimentale !

— Le plan d'action est systématique, commença-t-il solennellement, d'une voix mal assurée. Le consortium qui m'emploie a investi des milliards de dollars...

— Le consortium ? coupa Yumi, le regard méfiant.

— La Deutsche Drug n'est que la partie visible de l'iceberg. D'autres sociétés s'occupent de l'informatique, et de l'ingénierie biomédicale. Des spécialistes ont mis au point des ordinateurs de la cinquième génération pour démêler les milliards de données en jeu dans le moindre processus transpsy.

Yumi ne savait plus comment réagir. Elle qui croyait se trouver à l'avant-garde du phénomène transpsy, elle avait maintenant l'impression d'être dépassée. Il n'y avait plus de commune mesure entre ces puissantes multinationales et le Clue-Club. Tout à coup, la méfiance la fit éclater :

— C'est ridicule ; comment tes patrons peuvent-ils confier de telles expériences à un bordel aussi peu protégé ?

— Il faut bien que le cybordel soit à la portée d'une éventuelle clientèle. D'ailleurs, on n'a plus le temps de poursuivre les études en laboratoire. Il faut agir tout de suite, avant que les militants, les journalistes ou les compétiteurs ne viennent bousiller nos projets.

Yumi resta songeuse, un sourire incertain au coin des lèvres :

— Hier, c'étaient le klong et le lovedrink ; aujourd'hui, le chao et le Transphère « T », demain tes patrons parleront sans doute de rêves encapsulés, de tourisme psychique et d'incursions mentales bioprogrammées... Je me demande si on est encore dans la course ! laissa-t-elle tomber avec un petit rire nerveux.

Noï parut n'avoir rien entendu. Son moulin à paroles était relancé dans une nouvelle direction, celle de la mise en marché, à portée de la main.

— Le consortium qui m'engage prévoit de lancer la mode des relations transcérébrales dans les plus brefs délais. Le temps de vérifier quelques données auprès d'un certain nombre de cobayes de divers milieux, et des établissements beaucoup plus huppés que le Clue-Club se répandront dans Bangkok. Pour commencer.

Yumi demeurait sceptique. Qui aurait vraiment envie de dévoiler ses phobies les plus intimes, ou de se perdre dans les fantasmes des autres ? Pendant longtemps, elle avait cru que ces relations ne serviraient qu'aux riches détraqués de Patpong, tout au plus à des spécialistes. Maintenant, elle n'avait plus le choix ; la seule sortie était au bout du voyage transpsy.

14

Ce matin-là, un gradé sortit de son bureau pour annoncer la nouvelle aux prisonniers médusés : on devait faire une place à des réfugiés. Des villages entiers de paysans restés fidèles au pouvoir central, fuyant leurs maisons incendiées par des rebelles cambodgiens.

Le désarroi gagnait les villages frontaliers et se répandait toujours un peu plus loin. L'armée gouvernementale restait à distance, de peur que la situation ne s'envenime. Mais, pour sauver la face, il fallait bien loger les victimes quelque part. Discrètement, et à bon compte.

Des fonctionnaires de Bangkok, sans doute débordés par une situation inextricable, avaient imaginé de loger les paysans dans les prisons d'État. Pour leur propre sécurité, et parce que aucun Thaï ne voulait héberger ces réfugiés par qui la guerre arrivait. Souvent on les associait aux troupes rebelles dissimulées dans les montagnes.

Pour leur offrir une paillasse dans le camp, il fallait d'abord libérer des prisonniers. Pas le temps d'entreprendre des procédures juridiques pour désigner les élus ; les gradés se réunirent et discutèrent toute une soirée, pour voir où était leur avantage.

Expulser des Thaï? La population apprendrait vite ces libérations hâtives, et le geste, loin de paraître magnanime, serait perçu comme un signe de faiblesse, un encouragement à la violence.

Alors, des Occidentaux?

Les matons hésitaient, mine renfrognée, avec des coups d'œil méfiants les uns vers les autres. Le plus âgé du groupe semblait bouillir d'impatience, le cou gonflé, engoncé dans le col militaire; il abaissa la visière de sa casquette et prit la parole avec un air bourru:

— On ne peut se faire un revenu convenable qu'en leur vendant de la drogue et de la nourriture.

Les autres approuvèrent, grommelant, hochant leur large casquette. Un jeunot vociféra comme une salve de mitraillette:

— Pourquoi on se débarrasserait de notre poule aux œufs d'or?

Un gardien trapu et bougon se mit à gémir, les yeux mi-clos et l'esprit tout à fait borné:

— Moi, j'ai besoin de mes prisonniers pour nourrir ma famille!

Au terme de longues tergiversations, l'idée lumineuse fut trouvée par un vétéran, le sourire douloureux, comme une fente tracée au couteau dans sa peau jaunâtre:

— Pourquoi ne pas vendre aux prisonniers occidentaux ce qui a le plus de prix à leurs yeux: la liberté!

Un silence admiratif suivit: tout le monde respectait le principal fournisseur de poudre du camp.

Puis un gradé rouspéta vaguement, pour la forme, invoquant quelques principes juridiques.

Une fois calculée leur part de profit, tous les matons acceptèrent.

— A bien y penser, conclut fièrement le directeur, cette libération massive fera remonter la cote du gouvernement.

L'opération commença lentement, sans que les prisonniers en soient informés. On devait d'abord obtenir les plus fortes primes de la part des caïds de la drogue. Mais beaucoup refusèrent, trop habitués à exercer leur commerce bien en sécurité entre quatre murs, protégés par des gardiens à leur service. La plupart craignaient la jungle de Bangkok : ils y seraient à la merci des nouveaux clans... Ce fut après avoir réduit le commerce de la drogue dans le camp que les autorités les forcèrent à accepter leur libération.

Puis la libération se répandit chez les moins fortunés, au compte-gouttes, pour récolter les plus grosses sommes possibles. Vint ensuite le tour des sans-le-sou, comme Axel, qu'on sortit du Pongketong... pour le placer dans une section régulière, en compagnie des derniers prisonniers occidentaux. Il n'eut aucun renseignement, bien sûr, mais il supposa qu'on n'osait pas libérer un farang rescapé de la mouruang, ou qu'on allait le soumettre à un meilleur régime avant de le libérer.

Axel ne s'en préoccupait même pas. Depuis que sa sœur était officiellement disparue, il refusait d'entretenir toute forme d'espoir. Seul un judicieux dosage de labeur et de klong avait pu l'empêcher de sombrer. Maintenant, il tournait en rond dans les salles collectives, au milieu des vicieux de toutes sortes, qui tuaient le temps en préparant des mauvais coups. Il avait envie de rester dans la mouruang, et cet obscur désir lui faisait peur : était-il donc parvenu à un tel degré de déchéance que la relative liberté des grands dortoirs ne l'intéressait plus ?

Seule la possibilité de connaître ses bienfaiteurs le stimulait quelque peu. Car on ne l'arrachait pas au Pongketong pour ses beaux yeux, c'était sûr.

Mais Axel ne pouvait voir d'où venait cette aide.

La Deutsche Drug ? Les diplomates ? Barbara ? Aurait-elle été libérée par un organisme international ? Mais comment donc aurait-elle pu... ?

Axel se tenait près des barbelés, regardant errer les pauvres paysans dans les nouvelles sections délimitées à leur intention. La plupart des criminels s'entassaient le long des clôtures pour contempler les femmes qui leur tournaient le dos, ou ils lançaient des obscénités aux enfants captivés par leur mine de truands. Certains d'entre eux ne se privaient pas pour leur retourner des insultes, et Axel était une cible privilégiée, avec sa chevelure blond cendré, sa barbe inégale et son long nez pointu. Mais il restait insensible à leurs quolibets, attiré par les bambins qui jouaient dans le sable, en ignorant le reste du monde.

Un jour, il se surprit à penser à l'enfant qu'il aurait pu avoir...

Après un certain temps où il ne se passa strictement rien, son esprit en manque de klong succomba à des relents de nowhere. L'inactivité le rongeait, la liberté lui faisait peur, il ne désirait même plus sortir. Au mieux, il élaborait des scénarios où il végétait dans les bas-fonds de la métropole, pour tomber sous les coups de karatéboys criards et hystériques, pareils à ceux des films de série B qu'on diffusait chaque soir pour désennuyer les réfugiés.

Bientôt Axel devina qu'on allait le libérer; des matons le soupçonnaient de tout et de rien, comme pour le punir de quitter les lieux où ils étaient eux-mêmes prisonniers, dans l'attente d'un salaire dérisoire. Bien sûr, les gardiens ne le mettraient pas au courant; plus que toute chose, l'information était ici monnayable.

Pourtant, avec les radios dissimulées dans tous les coins, les prisonniers apprirent rapidement que le pouvoir venait de changer de mains. Un putsch militaire avait remis le pays à des colonels déterminés à en finir avec les conflits armés. Faute de concertation, les forces rebelles avaient fait exploser des barrages et des digues au petit bonheur, provoquant des inondations qui les empêchaient de progresser. L'armée nationale était d'ailleurs soupçonnée d'avoir fait sauter certaines digues pour noyer les troupes adverses ; elle était la seule à disposer de véhicules amphibies, et elle devait profiter de son avantage. D'autant plus que, dans leur empressement à cerner Bangkok, les détachements révolutionnaires s'étaient avancés avec une grande imprudence. C'était à qui allait revendiquer l'honneur d'être le premier à « libérer Bangkok du joug capitaliste ».

Pendant ce temps, les colonels se préparaient au siège de la métropole, les troupes gouvernementales s'étaient renforcées d'armes arrivées par pleins convois aériens, les aéroports ayant été réquisitionnés pour l'effort de guerre.

Lorsque les premières troupes rebelles se présentèrent aux alentours de Bangkok, elles étaient dans un piteux état : embourbées, à demi décimées, elles ne pouvaient plus offrir de résistance. Les forces gouvernementales, motorisées, ultramodernes, avaient fondu sur leurs troupes en déroute. C'était du moins la version officieuse qui circulait dans le camp, même si la plupart des prisonniers, prorévolutionnaires parce que antigouvernementaux, prétendaient que les rebelles s'étaient infiltrés à travers les marécages en progressant le long des canaux, dans l'attente d'un moment propice pour incendier Bangkok. Mais certains ne se gênaient pas pour se moquer de ces pseudo-révolutionnaires.

— Comment les rebelles pourraient-ils incendier une ville enfoncée dans ses égouts ?

Bienvenue dans la Nouvelle Galaxie J'ai lu Science-Fiction

La galaxie J'ai lu Science-Fiction présente tous les grands maîtres de la Science-Fiction et de la Fantasy : Asimov, Van Vogt, Dick, Clarke, Vance, Howard, Simak et de nombreux jeunes auteurs dont le talent est déjà reconnu.

Comment recevoir les 3 affiches ?

▶ Vous découpez 3 preuves d'achat que vous trouverez en dernière page des livres J'ai lu avant le 31 mai 1993 (cachet de la poste faisant foi).

▶ Vous retournez vos preuves d'achat à :

GALAXIE J'AI LU SCIENCE-FICTION
J'AI LU - BP 12 - 94460 VALENTON - FRANCE

▶ Vous recevrez ces superbes affiches en remerciement de votre fidélité.

Dans la limite des stocks disponibles.

VOTRE NOM _____

VOTRE ADRESSE _____

_____

CODE POSTAL _____ VILLE _____

_____ PAYS _____

F/09 d. RApril

URGENT [OUI] [NON]

Message à_____

Heure _____ a.m. **Date**_____
            p.m.

PENDANT VOTRE ABSENCE

M _____ Alain Dubois —_____

DE _____ 379 - 8791

Code régional _____ **N° de téléphone** 2 - 3864

☐ A téléphoné   ☐ Voulait vous voir
☐ Demande que vous lui ☐ Rappellera
  téléphoniez   ☐ A répondu à votre
☐ Téléphonera plus tard   appel
☐ Désire vous voir

Message: _____

_____

_____

_____

_____

Par _____

R 24   actuel ∗
        Bla Oubin

Communication et écritures
_____

Barthes Vac
Jacques Bonnet

Alexandre Jardin
        Françoise —

La belle bête —

— Les fameux révolutionnaires en train de ramper dans les klongs, ils sont drogués jusqu'aux oreilles !

— Des révolutionnaires ? Ils ont été subventionnés par les colonels ; les militaires avaient besoin d'un prétexte pour prendre le pouvoir !

Enfin, le jour arriva. Un maton escorta Axel vers le seul édifice convenable du camp. Les bureaux de la direction. A en juger d'après la brutalité des soldats qui le jetèrent dans une salle d'attente, une cellule toute propre munie d'un lavabo, Axel comprit que sa libération était imminente. Les jours précédents, des rumeurs avaient circulé selon lesquelles les nouveaux dirigeants, forts de leur victoire, voulaient envoyer un Airbus plein d'ex-prisonniers occidentaux en guise de cadeau à l'Amérique, pour son assistance dans les manœuvres militaires. Les communications et les services aériens étaient en partie rétablis et, cela allant de pair, quand la métropole serait nettoyée de la boue et du sang où elle baignait, les Occidentaux retrouveraient leur niche.

Dans les bureaux de la direction, Axel se sentait comme un homme neuf, tout frais, tout léger. On lui avait donné la permission de prendre une douche, la première depuis quinze mois, et l'eau fraîche l'avait débarrassé de cette pellicule poisseuse, résidu de sueur et de peurs, qui l'enveloppait comme une fièvre. Il ne se reconnaissait plus, avec ses joues rasées, ses cheveux coiffés, et cette odeur de savon qui le plongeait dans une exquise rêverie.

En quelques gestes maladroits, Axel enfila les vêtements neufs, bien pliés, qu'un soldat déposa devant lui. Dans son empressement, il faillit déchirer la chemise trop étroite. Quant au pantalon kaki, il lui remontait à dix centimètres au-dessus des chevilles.

L'officier le considéra avec une expression trop

polie pour ne pas cacher un brin de malice. Axel le salua pourtant sans animosité ; malgré le tissu rude, il ne s'était jamais senti aussi bien.

Puis la méfiance revint peu à peu, tandis qu'il attendait à la porte du directeur. Pas moins de trois heures, qui lui parurent aussi longues que des semaines entières de labeur dans le Pongketong.

Il sursauta, presque ravi, quand l'officier au sourire figé reparut en l'invitant à s'acquitter de certaines formalités, pour avoir droit à un visa temporaire. Axel eut tout juste le temps de jeter un coup d'œil à la longue déposition dactylographiée — une photocopie ! — dont on ne lui montra que la dernière page, qu'il devait signer.

— Pour tout vous dire, expliqua le militaire condescendant, il s'agit d'un témoignage indiquant que votre situation de prisonnier s'est nettement améliorée après l'instauration du nouveau régime politique. N'est-ce pas ? C'est grâce à lui que vous êtes sorti du trou. Si jamais vous voulez contredire ce témoignage, vous serez retenu au pays pour un long procès que vous ne gagnerez jamais.

— Qui a payé cette libération ? demanda Axel au moment de signer.

L'officier pencha la tête, embarrassé.

— Nous ne savions pas que vous aviez des appuis si élevés, monsieur Rovan. Sinon vous n'auriez jamais connu le Pongketong. Ce n'est qu'un malentendu, vous me suivez bien ?

Axel acquiesça avec nervosité, pour en finir. Il ne suivait plus.

Comme pour le sortir d'une distraction, l'officier lui désigna d'un index raidi l'endroit précédé d'un X où il devait apposer sa signature.

Axel signa, presque étonné de retrouver son écriture ; il lut pourtant les syllabes à mi-voix, comme si c'était un nom étranger.

— Prends bien garde, ajouta l'officier en retirant ses petites lunettes rondes ; ton visa est valable trois jours. C'est plus que suffisant pour se faire attaquer au coin d'une ruelle. A propos, salue bien Prem de ma part ; dis-lui que cette faveur est déjà bien trop belle pour lui !

Incapable de comprendre, Axel voulut intervenir, mais deux soldats le saisirent par les bras et le propulsèrent à l'extérieur.

Yumi était déterminée. Pendant que les préparatifs de guerre bouleversaient le pays, elle insistait pour poursuivre ses expériences avec des clients toujours différents, diminuant ainsi la possibilité d'entrer dans une relation d'interdépendance, ou dans une symbiose sado-maso. Depuis sa convalescence, elle parvenait à garder une partie de ses fantasmes dans un petit compartiment secret de son cerveau, des images intimes concernant le retour tant souhaité d'Axel. Elle lui parlait à la moindre occasion, l'encourageait à patienter, et ce dialogue intérieur la stimulait. Un jour, quand elle aurait plus de pouvoir, elle obtiendrait sa libération... Pour le moment, le travail comptait plus que tout.

Même si elle ignorait les composants complexes des produits fournis par Noï, Yumi sut développer une sensibilité aiguë aux réactions provoquées. A sa façon, elle devint une experte dont l'avis comptait. Ses expériences ne passaient pas inaperçues, et les patrons invisibles du Consortium constataient la grande popularité des fantasmes qu'elle proposait. Par des moyens indirects, ils l'encouragèrent à former les recrues qui entraient au cybordel.

Yumi prit de plus en plus de responsabilités ; elle recommanda certains processus bioniques, élabora nombre de paysages psychiques, coordonna les activités de la maison close et favorisa la venue de clients toujours plus généreux. Bientôt elle prit la tête d'une équipe renouvelée; sous son égide, de véritables artistes du transpsy se gagnèrent une excellente réputation dans les milieux décadents de Bangkok.

La fameuse « maison de délire » s'agrandit et se vit dotée de décors de rêve, en accord avec les sensations exquises qu'elle promettait. Le pouvoir politique, si menacé qu'il paraissait, laissa entendre qu'il favoriserait la commercialisation du Transphère « T ». Dès la fin des hostilités.

Yumi rayonnait au faîte de son royaume transpsychique. Elle acceptait même, un peu à la blague, de se voir considérée comme la « reine du cybordel » ! Ses nombreux admirateurs frémissaient d'excitation à la seule pensée d'entrer dans sa maison close.

Pourtant, il était évident que Noï recrutait de curieux clients : les insatisfaits des bordels conventionnels, les voyeurs qui jouissaient de regarder dans ses pensées, toutes les sortes de maniaques renversés par ses généreux fantasmes, les neurodrogués incapables de la quitter, les pseudo-psy désireux d'explorer ses phobies comme des scientifiques, les millionnaires possédant enfin ce qui avait toujours échappé à leur compte en banque, quelques religieux amoureux de son âme, des philosophes amateurs à la conquête de la nature féminine, les grands naufragés de l'amour et combien d'artistes tordus, tous psychonautes, désireux de renouveler leur vision du monde en épousant les méandres de sa psyché.

Yumi avait sa clientèle. Beaucoup de richissimes clients exigeaient de ne rencontrer nulle autre qu'elle. N'en déplaise à Noï, qui agissait maintenant comme son imprésario.

Le Consortium ne pouvait demander mieux. Il fallait vite répandre les relations transpsy chez une clientèle influente. Quand ils ne pourraient plus s'en passer, les riches sauraient exercer des pressions politiques pour faire accepter cette activité lucrative.

Mais la perspective d'une véritable guerre civile circulait dans tous les milieux. Les responsables politiques se raidissaient, les policiers qu'on payait pour protéger le Clue-Club exigeaient des sommes toujours plus élevées, et le Consortium n'était pas entièrement satisfait du résultat des expériences. Trop de clients restaient accrochés aux fantasmes des prostituées psychiques, et le Transphère « T » n'était pas encore assez sûr pour être répandu dans le grand public. Noï était excédé par tous ces contretemps.

— Le Consortium ne pourra jamais mettre le gouvernement devant le fait accompli, dit-il à Yumi, après une importante réunion avec ses supérieurs. Il faudrait prendre la relève. On a tout ce qu'il faut.

Depuis trop longtemps il sentait que ses patrons ne lui réservaient pas de rôle majeur. Si jamais le transpsy devait connaître la fabuleuse expansion promise, il serait confiné dans une tâche sans importance, lui qui s'était démené pour former la clientèle de base. Il fallait faire mieux, et vite, tandis que les troupes rebelles piétinaient dans les rizières.

Prise au dépourvu, Yumi esquissa une moue sceptique. La recette du chao, une poignée de prostituées psychiques, un groupe de clients prêts à les suivre, cela ne suffisait pas pour créer leur propre réseau parallèle. Impossible d'opérer sans un spécialiste du Transphère et une solide protection politique.

Noï et Yumi durent se contenter de nourrir leurs ressentiments, jusqu'au jour où ils rencontrèrent un client exceptionnel, qui n'ignorait rien du Transphère « T », Jim Suzuki, expert en bionique, au service du Consortium. Noï avait déjà croisé cet Amérasien dans les laboratoires de Rawaï. Insatisfait, misanthrope, vexé de ne pas pouvoir profiter à sa guise des appareils qu'il avait contribué à mettre au point, Suzuki était le candidat idéal ; il était prêt à tout pour prendre sa revanche.

Le Consortium interdisait à ses spécialistes de goûter aux fruits de la connexion céphalique, mais l'obscur bionicien, fatigué de se sentir exploité, croyait pouvoir passer outre ces règlements en se présentant au Clue-Club sous une fausse identité. Mais Noï l'avait reconnu, Suzuki s'en était rendu compte, et Yumi avait tout compris en lisant dans ses pensées pendant qu'il voyageait sans méfiance au milieu de ses fantasmes.

Mine de rien, elle lui réserva ses plus beaux paysages psychiques, tout en jouant en douceur sur son insatisfaction au travail. En peu de temps, Suzuki crut que la reine du cybordel était amoureuse de lui ; mieux encore, il pensa qu'elle avait besoin de ses connaissances pour développer ses talents en toute liberté, loin de la Deutsche Drug qui l'exploitait. Quelques séances de transpsy suffirent pour l'inciter à quitter le Consortium et à se joindre au réseau établi par Noï.

Pourtant, malgré son enthousiasme, le spécialiste de la bionique restait sur ses gardes. C'était à l'époque où les conflits armés gagnaient l'ensemble du pays ; tout le monde devenait méfiant, le Consortium investissait des millions pour soutenir l'effort de guerre, et des soldats surveillaient les activités de la Deutsche Drug, soi-disant pour la protéger contre les rebelles qui s'attaquaient aux industries étrangères. Partout, les militaires circulaient, contrôlant à tour de bras, tandis que les touristes fuyaient la Thaïlande. Le gouvernement n'était pas prêt à accepter officiellement les activités du Consortium ; au moment où les ministres avaient un cruel besoin de capitaux étrangers, ils ne voulaient pas fournir à leurs adversaires des occasions de les critiquer.

Les obscurs dirigeants du Consortium nourrissaient l'espoir qu'une fois la guerre gagnée ils pourraient obtenir des lois plus permissives, en retour de leur soutien financier. Mais la situation pourrissait. De peur d'envenimer les conflits, le gouvernement n'osait pas bouger et se mettait tout le monde à dos. Une coalition de colonels menaçait de prendre le pouvoir. Yumi en entendait souvent parler au Clue-Club, surtout par des hauts gradés mécontents qui raffolaient particulièrement des prostituées psychiques — les relations transpsy leur offrant des possibilités de violence mentale insoupçonnée...

Ce fut dans ce contexte de guerre, de coup d'État et de révolte larvée que Yumi fit la connaissance d'un officier influent, particulièrement intéressé par les développements des relations transpsy. Le colonel Prem Pramoj, toujours habillé en civil, tiré à quatre épingles et fort galant, affichait des manières d'aristocrate comme on n'en voit plus guère. Plus petit que la moyenne des Thaï, avec des membres de poupée, des yeux aussi expressifs que des boutons et une moustache à la Charlot, il paraissait inoffensif. Il se complaisait d'ailleurs dans un langage plein d'images romantiques, mais, comme pour se montrer digne de son grade, il émaillait son discours de remarques violentes, toujours dirigées contre le pouvoir en place. Jouant au fin jouisseur, il insistait pour faire l'amour avec Yumi après leurs rencontres transpsy.

Le colonel en oubliait le déroulement des activités militaires. Pourtant le gouvernement ne réussissait à se maintenir qu'en renforçant ses appuis extérieurs. Déjà, les paysans penchaient en faveur des colonels radicaux, et le mouvement gagnait les classes défavorisées de la métropole. Le Consortium commençait sans doute à regretter son choix politique...

L'imminence d'un conflit majeur poussa les dirigeants du Consortium à lancer prématurément un produit sur lequel on comptait beaucoup. Les patrons craignaient de recommencer à zéro dans un autre pays, en contournant des règlements moins permissifs, avec le risque de se faire doubler par d'éventuels concurrents. Il fallait répandre au plus vite le composé qui remportait la faveur des cobayes : la véritable synthèse transpsy de la passion amoureuse ! « Le philtre d'amour de Tristan et Iseult », tel devait l'appeler pompeusement le colonel, dans un excès de romantisme — ou pour rappeler qu'il avait étudié ses classiques à Paris.

Quand il mit la main sur cette programmation transpsy, Suzuki éclata de joie :

— Le Consortium a tout simplement trouvé la clef biochimique du coup de foudre !

Prem lui-même fut l'un des premiers à l'essayer, et il éprouva aussitôt une poussée d'amour fou pour Yumi.

Noï dut réprimer une nouvelle fois sa jalousie ; il se contenta d'exhorter le militaire à la prudence. Le produit était sorti prématurément des laboratoires, il présentait des imperfections ; l'effet amoureux provoquait des suites incontrôlables, mais le colonel était beaucoup trop exalté pour s'en plaindre.

Yumi évita discrètement de goûter au philtre amoureux. Elle devenait songeuse. Le coup d'État était imminent ; Prem y était mêlé, il n'avait pas pu le cacher à Yumi.

Le Consortium avait dû prévoir les bouleversements politiques. Noï entendit parler d'un scénario qui faisait son chemin chez ses patrons : on parlait de quitter le pays tandis qu'il en était encore temps. Ou on évacuait tout de suite les principales installations, en acceptant des pertes importantes, ou alors on restait, avec la crainte de perdre encore plus si la guerre tournait mal. Déjà, paraît-il, on avait installé des explosifs dans les établissements de Rawaï, de façon à tout faire sauter si les armées rebelles voulaient les prendre d'assaut.

Mais il restait trop d'imprévu. Et, dans l'incapacité de mesurer l'impondérable, le Consortium attendit en réduisant ses activités.

A l'inverse, pour Yumi, le moment était venu de passer à l'action. Elle connaissait un spécialiste du Transphère, Noï était capable de lui fournir du chao à volonté, elle avait déjà recruté une troupe de prostituées psychiques et Prem saurait faire accepter son réseau par le nouveau pouvoir. En définitive, il ne manquait plus qu'une personne clé pour recruter une clientèle de riches Occidentaux. Depuis les débuts de l'aventure, Yumi pensait à quelqu'un, mais la personne n'était pas disponible ; c'était là que Prem devait intervenir.

Malgré ses verres teintés, son maintien rigide et ses manières hautaines, le colonel était fou d'amour... pour sa mixture. Sous l'effet d'une double ration de l'élixir, Prem fut tout de suite conquis par la proposition de Yumi, à tel point qu'il ignora les détails du projet. En parfait amoureux éperdu, il se jeta aux pieds de sa belle pour la remercier d'une voix chevrotante :

— Tu m'as offert un cadeau en or, reconnut-il. Le coup d'État est pour très bientôt, comme tu as pu le lire dans mes pensées ; dans quelques jours, nous monterons ensemble ce réseau lucratif. Mes confrères seront ravis !

— Pas si vite, intervint Yumi; attendons au moins qu'ils aient renversé le gouvernement.

— Une affaire de rien ! lança le colonel comme un garnement : Le cabinet actuel ne vaut plus grand-chose, il suffira de souffler dessus.

— C'est rassurant ! Si le pouvoir politique représente si peu, comment ferez-vous pour reprendre les destinées d'un pays à l'abandon ?

Le colonel laissa échapper un sourire, il était ravi de voir cette femme qu'il aimait en train de s'inquiéter pour l'armée.

— Le gouvernement actuel a les problèmes qu'il mérite : il a toujours eu peur d'exercer le pouvoir.

— Heureusement pour nous ! laissa tomber Yumi, avant de se rembrunir. Veux-tu dire que les prochaines autorités politiques pourraient s'immiscer dans notre réseau ?

— Au contraire; ça signifie qu'elles lui laisseront le plus de chances possible de se développer. Pour garder les rênes du pouvoir, on ne provoque pas les mécontentements, on les canalise... Désormais les révoltés de toutes sortes se rabattront sur les relations transpsy.

Yumi n'était pas sûre de comprendre; les militaires espéraient-ils contrôler le transpsy ? Pourtant, quand l'amour bionique se répandrait à la surface du globe comme une traînée de poudre, les soldats seraient comme tous les autres, dépassés par la passion. Mais pourrait-on se rendre jusque-là ?

— Je suppose qu'on devra se plier aux conditions des colonels, risqua Yumi.

— Il faut choisir : ou bien notre réseau accepte la libre entreprise, et jamais on ne pourra lutter contre le Consortium, ou bien on s'associe avec le nouveau gouvernement et alors c'est le Consortium qui aura la vie dure. Je n'aurai qu'à rappeler à mes confrères qu'il a déposé des millions dans les coffres de nos adversaires politiques.

— Le Consortium a déjà plusieurs longueurs d'avance sur nous, ajouta Yumi, songeuse. Si ses dirigeants se rendent compte que la junte veut s'immiscer...

— Pas la junte, coupa le colonel, le regard malicieux ; plutôt ces affreux révolutionnaires.

Comme Yumi restait sceptique, le militaire soupira, légèrement embarrassé ; c'était la première fois qu'il se voyait dans l'obligation de dévoiler ses stratégies à une femme :

— Bon, c'est bien parce que je t'aime... D'ailleurs tu ne tarderas pas à le lire dans mes pensées, ajouta-t-il en ricanant, avant de reprendre son masque de militaire. Tu sais où sont arrivées les troupes musulmanes en ce moment ? Près de Rawaï, là où se trouvent les installations du Consortium. Évidemment, Rawaï est bien gardée par l'armée gouvernementale, il y a là plusieurs sociétés importantes ; mais supposons un instant que ces troupes doivent se rendre à la frontière du Cambodge pour prêter main-forte à des troupes débordées par l'invasion... Ce seront donc les musulmans qui s'en prendront à Rawaï, et les directeurs du Consortium préféreront détruire leurs installations plutôt que de les abandonner à l'ennemi.

— Ils découvriront le subterfuge.

— Peut-être. Mais il sera trop tard pour sauver les installations.

— L'armée sera accusée de négligence.

— Mais ce seront les soldats de l'ancien pouvoir qui seront responsables.

Yumi resta bouche bée. Un mélange d'expressions troubles lui crispait le visage. Ce diable d'homme l'enthousiasmait et l'inquiétait tout à la fois.

— Bien sûr, continua le colonel sur un ton badin,

la junte se montrera favorable à la réinstallation du Consortium, ne serait-ce que pour plaire à l'industrie internationale. Mais cette fois nous aurons une solide longueur d'avance, toi, moi, Noï et Suzuki, et toute notre joyeuse troupe de filles à fantasmes.

Yumi émergea de sa stupeur, toujours ravie par l'astuce de son beau militaire.

— C'est fou, je n'arrive pas à y croire. On dirait un rêve provoqué par un excès de klong.

— Oui, fit Prem avec une expression amusée; c'est fou ce que l'amour peut faire, même chez un militaire !

15

D'un coup de crosse dans les reins, un soldat le fait monter dans la jeep.

Axel ne ressent aucune douleur, ses pensées glissent à la dérive, il se voit « en liberté », dans une Bangkok babélienne secouée par le ressac de la guerre... et il a peur.

Le véhicule démarre dans un toussotement étouffé. Le chauffeur emprunte un chemin boueux pour traverser le no man's land qui ceinture le camp. Axel reste accroupi dans le fond du compartiment arrière, incapable de détacher son regard des bâtiments de tôle. Le camp rapetisse à vue d'œil, et l'angoisse monte. Pour un peu, la sécurité du camp lui manquerait.

Le vrombissement du moteur, l'immensité du ciel crépusculaire, la tête dodelinante des soldats assis autour de lui, tout prend une dimension irréelle, comme dans un film où il serait acteur et spectateur. Les soldats gardent leurs distances, on dirait qu'ils se débarrassent d'un prisonnier atteint d'une maladie contagieuse. C'est plus fort que lui, Axel ne cesse d'imaginer toutes sortes de complications. Comment croire que son incarcération peut se terminer d'une façon si abrupte ? Que fera-t-il à l'extérieur, sans le sou, ne connaissant personne, avec un droit de séjour qui sera révolu avant qu'il ait le temps de dire ouf ?

Une fois franchies les dernières portes grillagées, la jeep freine brusquement. D'un coup de pied nonchalant, son voisin fait basculer le panneau de la sortie. Un militaire, l'expression butée, agite sa carabine devant lui.

Axel se ramollit, le cœur lui manque : ça y est, on va lui régler son compte sur-le-champ !

Mais le jeune soldat se contente de le pousser à coups de crosse. Axel perd l'équilibre, tombe à genoux sur le sol détrempé. Le véhicule bruyant repart aussitôt, lui faisant gicler de la boue dans les yeux. C'en est déjà fini de la belle vie toute propre.

Quand il a fini d'enlever la vase de ses yeux, Axel aperçoit une spacieuse limousine noire, toute lustrée, avec des glaces opaques et des chromes étincelant dans la lumière ocre du crépuscule. Seule présence dans le décor blafard, le véhicule ronronne sans laisser voir de passager.

C'est une spacieuse limousine allemande, sobrement profilée, moderne et classique. Le capot allongé et les glaces obscures tiennent de la provocation. Elle reste immobile à quelques mètres devant lui, mystérieuse, telle une merveilleuse invitation à fantasmer.

Au loin, un oiseau invisible lance un cri déchirant.

Axel se relève et secoue son pantalon couvert de boue. Il hésite : doit-il libérer le passage ou aller frapper à l'une des portières ?

C'est alors qu'il porte son attention sur les trois motos noires, sans insigne, stationnées derrière la limousine. De petits conducteurs impassibles les maintiennent à l'oblique, le pied gauche posé dans la vase, tous figés selon le même angle, comme s'ils avaient terminé une insolite chorégraphie dans cette position télégénique. Les trois grosses boules noires de leur casque semblent concentrer la lumière poudreuse du soleil couchant. Impossible de distinguer les visages sous les visières en verre miroir. Axel devine que le plus petit des conducteurs se sent mal à l'aise ; sa botte luisante, enfoncée jusqu'aux chevilles, glisse dans la boue marbrée aux couleurs du crépuscule.

Enfin, la porte arrière de la limousine pivote d'elle-même, silencieuse. Dans une scène de rêve, Axel découvre une silhouette féminine, élégante, avec une longue robe noire qui se confond avec le cuir de la banquette. La femme reste dans l'ombre, sans bouger, comme assimilée au clair-obscur d'un tableau envoûtant.

Tandis que la femme se complait dans le mutisme et l'immobilité, Axel songe à sa sœur. On l'aura libérée, elle aura enfin réussi à le rejoindre, mais ses ravisseurs l'ont torturée, Barbara ne parvient pas à révéler son visage ravagé par l'affliction. Ou alors elle n'a plus d'énergie pour réagir. Elle qui avait toujours eu de la difficulté à exprimer ses sentiments, surtout sa joie, la voici maintenant sur le point d'éclater en sanglots, en découvrant son cher petit frère dans cet état lamentable.

Le scénario est beau, digne d'un trip de klong. Mais il ne tient pas. Cette femme semble moins grande que Barbara.

Axel n'est plus en mesure d'avancer une hypothèse. Hors du Pongketong, les choses ne sont plus si simples...

Tout à coup, il entend un rire étouffé dans son dos. Bien sûr, les copains sont là, et il a des hallucinations ! On a dû lui mettre de la drogue dans son riz. Pendant qu'il imagine une bienfaitrice venue le chercher en Mercedes, ces chers éboueurs se moquent de lui !

Axel se retourne vivement. Son visage exsangue

se fige dans une expression d'incrédulité. Derrière la dernière porte grillagée que vient de franchir la jeep, deux gardiens lui renvoient son regard avec des gloussements amusés.

Pour un peu Axel leur demanderait de le laisser revenir. Mais il entend un nouveau murmure, dans son dos. Quelqu'un étouffe un juron à la suite d'un effort.

Ça y est, il va craquer !

Il se retourne à nouveau, en prenant tout son temps, de peur que le paysage sans arbres ne se mette à tournoyer.

Rien n'a bougé, sauf une moto. Le marmonnement vient du motocycliste qui se tord le pied dans la boue pour redresser sa Honda.

Puis, tout doucement, par une échancrure de sa robe noire, la femme glisse une jambe dans la lumière. Il est évident que le mollet, court et bien galbé, n'appartient pas à sa sœur. Puis il distingue la taille mince, la poitrine menue, les cheveux noirs et, sous le chapeau de paille à large rebord, la fine silhouette d'un visage, toujours dans l'ombre.

Tandis que la tête pivote, Axel s'abîme enfin dans la contemplation du visage émacié, sans âge, aux pommettes saillantes, aux yeux bridés, largement maquillés, bleu de nuit. Sur la bouche mince aux lèvres écarlates, une expression énigmatique, hésitant entre le sourire et la crainte d'une déception.

Le visage est celui de n'importe quelle Orientale amaigrie et trop maquillée ; en même temps il lui rappelle quelqu'un d'encore indéterminé.

Le temps s'est arrêté. Axel a tout le loisir de scruter l'expression de la femme silencieuse, mal assurée. Et si elle était déçue de la réaction mitigée d'Axel ?

Une lueur brille dans son regard fixe, lui laissant penser qu'ils se connaissent. Mais elle reste impassible, malgré la larme qui scintille dans la nuit naissante, telle une perle sur un masque de cire.

Sous une pergola en fleurs, dans l'arrière-cour du Clue-Club, Yumi parlait nerveusement devant Prem, petit colonel d'opérette bouffi de suffisance, désireux de tout accorder à la femme de ses rêves. Yumi était excédée, tant de signes lui disaient que le pays allait basculer. Il fallait saisir l'occasion. Maintenant !

— J'ai trouvé l'homme qu'il nous faut pour recruter notre clientèle européenne. Un Allemand qui a fréquenté les bordels et les talkin' bars de Berlin et de Bangkok. Il possède notre langue, celle des affaires et celle de l'amour. Il a en plus une expérience de la drogue et des agences de rencontres internationales.

— Parfait, on le recrute sur-le-champ, fit le colonel.

— Il y a un problème, s'attrista Yumi ; on ne peut pas le joindre. Enfin, pas pour le moment.

Le colonel pinça les lèvres et planta un regard soupçonneux dans celui de Yumi. Il n'aimait pas avoir l'impression qu'on cherchait à le manipuler.

— Où se trouve-t-il ?

— En plein Pongketong, et pour longtemps.

Le militaire soupira, agacé par les manigances de Yumi.

— Alors tu ne pourras jamais l'avoir.

— Moi, non ; mais toi, tu pourrais le sortir de là, avec l'aide de tes amis au pouvoir.

Yumi lui raconta comment elle avait connu cette perle rare. Mais le militaire orgueilleux persistait dans ses doutes, il ne voyait pas d'un bon œil l'influence que ce personnage inattendu pourrait exercer sur sa protégée. Pressée d'en finir, Yumi s'offusqua subitement ; en dernier recours, pour que Prem ait une idée bien nette de ses plans, elle lui offrit de sonder ses pensées les plus secrètes.

Elle comptait sur sa grande maîtrise des relations transpsy pour lui dissimuler l'attraction qu'elle ressentait toujours pour cet Allemand. Un sentiment étrange, qui n'avait pas besoin de philtre amoureux pour se développer, une force qui l'avait aidée à sortir de l'ombre... Mais elle se demandait si Axel, après tous ces mois en prison, partageait toujours ces sentiments...

Contre toute attente, le colonel parut égayé par les côtés romantiques de l'histoire. Dans son enthousiasme, il promit de faire libérer cet homme dès que la junte aurait la victoire bien en main.

— Et je compte sur cet Européen pour regagner la confiance des investisseurs allemands. Quand l'armée aura nettoyé le pays des rebelles enpêtrés dans leurs propres ravages. La Thaïlande aura un urgent besoin de devises étrangères, et le meilleur moyen de faire revenir des touristes dégoûtés par l'instabilité politique, ce sera d'ouvrir au public de nouveaux lieux de plaisirs infaillibles.

Il s'agirait pour Prem de prouver à la junte que son produit avait déjà fait ses preuves, et qu'étant basé sur le chao, c'est-à-dire un dérivé du klong non exportable, il permettrait d'attirer et de garder au pays une véritable horde de richissimes touristes séduits par la possibilité d'entretenir l'amour à volonté.

Dans ce cas, Yumi pourrait bénéficier d'une licence exclusive pour instaurer un monopole. Le colonel alla même jusqu'à lui conseiller d'engager des chimistes pour prouver devant certaines tribunes internationales que leur philtre amoureux ne constituait pas une drogue dangereuse.

Prem semblait songeur. Yumi s'aperçut qu'une mouche était tombée dans son verre, elle se débattait entre les glaçons, et le colonel ne parvenait pas à lui concéder la victoire. Tout à coup il sentit le regard de Yumi et il reprit aussitôt son petit sourire de futur *successman*.

— Il s'agit d'aller au-devant des critiques, suggéra-t-il en cueillant négligemment une fleur qui pendait de la pergola. Certains organismes internationaux ne manqueront pas de soulever le spectre du rapt des consciences, de l'exploitation de la psyché, de la profanation de l'âme et que sais-je encore ? Il faut prouver au plus tôt que les relations transpsy ne représentent aucun danger ; elles ne sont qu'une extension des plus nobles relations humaines. Si nous utilisons une bonne mise en marche, la population aura l'impression que seuls les esprits étroits craignent l'amour bionique.

— Pour ma part, ajouta Yumi en fine connaisseuse, je souhaiterais que les premiers Occidentaux à goûter officiellement aux relations transcérébrales soient choisis parmi des artistes à la mode et des penseurs susceptibles de vibrer à l'ère transpsy, ce qui permettrait de convaincre aussitôt un vaste public.

Yumi se sentait déjà dépassée par son succès prévisible, d'autant plus qu'elle comptait sur la libération imminente de son seul amour. Son plan ne contenait plus qu'une donnée incertaine, qui continua de l'inquiéter jusqu'au dernier moment : dans quel état serait Axel, et comment réagirait-il ?

. Puis les événements s'accélérèrent follement. La prise du pouvoir par les militaires eut lieu avant l'heure prévue. Les forces révolutionnaires, mal coordonnées, s'empêtrèrent dans leurs contradictions. Bientôt leurs troupes s'enlisèrent dans le véritable bourbier que les explosions de barrages, réalisées au petit bonheur, avaient provoqué.

Prem profita de la confusion pour faire relâcher

Axel sur-le-champ; le directeur du camp de prisonniers avait intérêt à montrer qu'il était du côté du nouveau pouvoir.

Le jour de la libération, le colonel poussa l'amabilité jusqu'à prêter à Yumi sa limousine et son escorte militaire, façon d'impressionner ce futur associé.

Tandis que la limousine se frayait un chemin au milieu des voies encombrées qui bordaient la métropole, Axel tâchait d'assimiler les confidences de Yumi. Devenue volubile, elle parlait sans arrêt, en allemand, au cas où le chauffeur se serait montré trop curieux. Elle regardait devant elle, la tête bien droite, comme coincée entre ses cheveux tombants, noirs et lisses. Elle avait repris son histoire au moment où Axel l'avait perdue de vue, quand il s'était fait arrêter à la porte du Clue-Club. Il avait appris comment Ueang avait secoué Yumi, comment Yumi avait maîtrisé les effets du chao au cours de ses expériences transpsy; elle lui avait parlé des ambitions de Noï, de Suzuki, et de Prem qui lui avait prêté cette limousine, où il se sentait oppressé, comme étouffé par tant de révélations. Après toutes ses journées répétitivés à gratter le fond du Pongketong, il avait l'impression d'assister à une histoire tordue, imprégnée de klong, il se sentait pris dans un engrenage, et le nowhere menaçait de se réveiller.

Pourtant, Yumi exultait. Elle le lui répétait à la moindre occasion: l'espoir de le retrouver lui avait permis de s'en sortir.

Mais Axel restait de glace; c'était trop pour lui, et trop vite. Le visage tourné vers les rues grouillantes de Bangkok, il semblait chercher une porte de sortie. Ses grands yeux effarés, peu habitués à l'animation des rues, s'accrochaient à mille détails sordides. Dans l'euphorie de l'après-guerre, des milliers de Thaï transportaient leur bric-à-brac à vélo, en tuk-tuk, sur des charrettes, dans un tohu-bohu de cris, de pétarades, de klaxons, au milieu des cyclo-pousses bringuebalants et des camions peinturlurés qui crachotaient de gros gaz bleus dans l'atmosphère surchauffée. On ressortait toutes ses choses, comme pour vendre les restes d'un passé révolu; on voulait repartir à neuf dans une société toute désorganisée; on émergeait de la peur en courant à droite et à gauche, fébriles, comme des fourmis après le saccage de leur nid.

Axel avait l'impression que le petit peuple besogneux avait cessé de vivre en même temps que lui, pendant tous ces mois où il avait moisi en prison, et il fallait maintenant reprendre le temps perdu. Encore incapable de réagir à sa propre libération, il vibrait à celle d'une population qui mourait d'envie de travailler, de commercer, de courir dans les rues à la recherche de la moindre occasion de conclure une affaire. Axel assistait à cette excitation comme un fantôme sans emprise sur le réel; il se sentait hypnotisé par le ronron du moteur, bercé par la suspension souple de la limousine qui tanguait sur la chaussée ravagée par tant de convois militaires. Une vie intense bourdonnait autour de lui, mais il restait à distance, comme s'il regardait un film silencieux, projeté sur la glace teintée de sa portière.

Axel croyait saisir les paroles de Yumi longtemps après qu'elle les avait prononcées. Les actions qu'elle évoquait mettaient beaucoup de temps à se frayer un chemin à travers son cerveau engourdi par le klong et les travaux abrutissants.

D'abord, il ne reconnaissait plus Yumi. Ses traits s'étaient durcis, son regard volontaire avait quelque chose de figé, de menaçant, comme celui des oiseaux de proie. Malgré un visage exempt de toute ride, son expression sombre et rigide donnait à penser qu'elle avait vieilli prématurément. Sans doute l'effet du chao, pensa-t-il malgré lui : ces expériences transpsy ont dû affecter son cerveau, sa façon de penser... Ses récentes responsabilités font d'elle un personnage insensible, pressé de passer à l'action.

Elle parlait maintenant avec assurance, comme une femme d'affaires désireuse de prouver son efficacité.

Un vaste réseau transpsy s'ouvrait devant elle. Pourquoi donc s'intéresser à un vieux souvenir comme lui ? Par moments, il l'imaginait repentante et désireuse de se raccrocher au passé, telle une femme qui revient vers les siens pour se faire pardonner de les avoir abandonnés.

Chez madame Lee, elle avait vu combien de filles agir de la sorte ? Quand elles sentaient approcher la fin de la carrière, elles se payaient un mec qui leur inspirait confiance...

Malgré les petites attentions qu'elle lui manifestait avec vivacité, comme pour ponctuer une révélation trop chargée, Axel éprouvait beaucoup de difficulté à trouver son rôle au milieu de ces événements inattendus. Avant de sortir de prison, il s'était fait à l'idée qu'il devait reprendre sa quête pitoyable dans les quartiers louches de Bangkok, et maintenant qu'il se voyait catapulté dans les plus hautes sphères de la New-Bangkok-by-night, tout lui paraissait irréel. Une partie de lui-même était restée au Pongketong, dans cet univers de boue qui semblait encore lui coller à la peau, et il se sentait comme une bête craintive, arrachée à la chaleur de sa tanière ; l'autre partie, plutôt résignée, était une pâte malléable, prête à s'adapter à toutes les situations possibles, pour peu que le klong ne manque pas. Il était habitué à tout ressentir à travers l'engourdissement de la drogue, et ce que lui décrivait ce petit bout de femme intarissable lui semblait une caricature de la liberté longtemps rêvée.

Le chauffeur imperturbable dut ralentir pour traverser une horde de paysans délogés par les rebelles, réfugiés faméliques et dépenaillés qui chargeaient leur cyclo-pousse de meubles, de vêtements, de sacs de riz, surmontés de marmots, de volailles et de cochonnets tout aussi braillards les uns que les autres. En s'arrêtant de parler pour jeter un coup d'œil perplexe sur le peuple miséreux, Yumi prit conscience qu'elle monologuait depuis longtemps. Elle avait tant à lui dire qu'elle en oubliait de lui céder la parole.

Axel se sentait mal. L'air climatisé de la limousine lui donnait des frissons, le spectacle de l'après-guerre l'étourdissait ; il n'en pouvait plus de voir cette foule interminable, cette fourmilière terne qui s'ouvrait sans relâche devant la limousine, tandis que les enfants jetaient des coups d'œil inquiets sur les pare-chocs chromés.

— Pourquoi fais-tu cette tête ? demanda tout à coup Yumi, faussement enjouée.

— En prison, c'est la seule tête qu'on puisse se payer, marmonna Axel, la gorge sèche. Je suis estomaqué, je crois ; il s'est passé plus d'événements depuis une heure que durant mes quinze mois de prison. Ces aventures que tu racontes, ma recherche, et la tienne que je ne soupçonnais même pas, tout me semble si loin... Sans doute un problème de déphasage : je me sens comme mal synchronisé, toujours en retard sur mes propres pensées.

Yumi se rembrunit. Cet Allemand amaigri, en pleine confusion, était-il le même qui cherchait sa femme dans les bordels de Bangkok ? S'il avait tout donné pour la retrouver, qu'en restait-il ? Que pensait-il de ses expériences transpsy ?

— Tu n'es pas déçu, au moins ? s'enquit-elle d'une voix troublée.

— J'ai l'impression d'être un sportif qui s'est longtemps préparé pour une compétition, et à la dernière minute on lui apprend qu'il a gagné parce que les autres se sont désistés.

Yumi hocha la tête sans conviction ; il fallait bien l'admettre, ils n'étaient pas sur la même longueur d'onde. Pas encore...

— Je voulais dire : tu es heureux de me retrouver... malgré tout ?

— Puisque c'est ce que je désirais le plus au monde... Mais j'ai l'impression de trouver quelqu'un d'autre.

Yumi esquissa un sourire pâlot et se blottit contre sa frêle poitrine. Axel lui enveloppa une épaule d'un bras sans force, tout en suivant du regard les piétons qui se retournaient au passage de la Mercedes. Il avait été pendant si longtemps obligé de dissimuler ses émotions... Maintenant, ses sentiments étaient refoulés dans une zone secrète de sa personnalité, dans un Pongketong mental où il craignait de s'enliser.

— J'ai cru que tu voulais reculer, quand tu m'as vue à la sortie du camp.

— Cette limousine accompagnée de militaires, cette robe, ton maquillage, je ne pouvais pas m'y faire. J'avais peur... Et puis, je te croyais perdue dans les exquises souffrances du chao. Quand la portière s'est ouverte et que j'ai vu une silhouette féminine, j'ai pensé que c'était ma sœur. C'était mon seul espoir, tu comprends... Je suis sans nouvelles d'elle depuis si longtemps.

— Je sais, ton ambassade m'a renseignée. J'ai même demandé à certains clients influents d'effectuer des recherches, mais jamais on n'a demandé une rançon pour la libérer. Elle a sans doute disparu pendant les agitations.

— Disparue... corps et âme ?

— Les autorités sont déterminées à tout nettoyer. Nous retrouverons... (elle avait oublié son nom), nous retrouverons tout, ta sœur, la richesse, la joie de vivre !

— Et notre amour ?

Prise au dépourvu, Yumi pencha la tête, ses mains nerveuses s'agrippèrent aux épaules d'Axel, puis, quand elle le sentit répondre timidement à son étreinte, elle reprit espoir.

Comme pour éviter un flux d'émotions incontrôlables, elle évoqua ses projets, dans l'espoir de communiquer son enthousiasme. Il était question d'inviter les touristes allemands qui avaient fui Bangkok pendant la guerre, et d'exploiter une nouvelle catégorie de visiteurs, « les touristes de l'amour ». Grâce à un juste dosage d'aphrodisiaques et à un programme spécifique de relations transpsy, on pourrait leur permettre de découvrir l'amour à tout coup, et pour un temps déterminé. Une forme inédite de sensations infaillibles, adaptée à notre époque... On allait proposer aux Occidentaux ce que leur richesse ne pouvait pas leur procurer : le coup de foudre, l'amour-passion, l'euphorie qui les propulserait au-delà de leur petitesse. Bientôt les vacances amoureuses domineraient le marché très lucratif des voyages organisés.

— Il nous faudra attirer une large clientèle, disait-elle avec une intonation malicieuse : ceux qui recherchent les effets immédiats de la piqûre amoureuse, les femmes en attente d'une idylle de roman rose, celles qui se croient condamnées par un physique ingrat, et tous ces hommes d'affaires qu'un horaire surchargé a desséchés.

— Et moi ? fit soudain Axel, tandis qu'elle reprenait son souffle.

— Toi ? Tu seras... le directeur du service de la clientèle ! Prem est sûr que tu sauras former un réseau international. Nous te réservons une place de tout premier plan : j'aurai besoin de tes services pour entourer nos clients européens, pour trouver les arguments qui sauront faire tomber leurs réticences. Il faudra surtout éviter de leur parler de drogues ; ils ont trop peur de perdre la tête... Tu devras leur présenter notre produit comme un élixir scientifique, capable de leur faire retrouver un romantisme que notre monde tourmenté a repoussé au plus profond d'eux-mêmes.

— Et moi, reprit Axel comme si elle n'avait rien dit, est-ce que je saurai aussi redevenir amoureux ?

Yumi parut désarmée ; elle qui s'apprêtait à lui suggérer des idées de commercialisation, elle se trouvait tout à coup devant ses propres défaillances amoureuses.

— N'es-tu pas revenu à Bangkok pour me retrouver ?

— Et comment ! Je n'ai pas cessé de me morfondre en retournant mes souvenirs de toi dans tous les sens. Mais j'ai dû rester amoureux d'un fantasme... J'imaginais une Yumi que mon amour sortirait du chao, et...

Les mots se bloquaient dans sa gorge, tandis qu'il voyait Yumi se crisper.

— Je vois : tu m'imaginais dans la misère, et toi, bel ange blond, tu allais me sortir des bas-fonds ! Alors tu es déçu, blessé dans ton orgueil de mâle, parce que c'est moi qui te sors du Pongketong !

Yumi était transformée. Son visage anguleux s'était durci — la réaction mitigée de son ex-mari n'avait pas de place dans son scénario —, et Axel la reconnaissait de moins en moins.

— Je ne crois pas, dit-il avec humilité, désormais habitué à ne jamais brusquer personne. La prison m'a fait perdre toute idée de domination. Au contraire, dans la mesure où je peux encore ressentir de la joie, je suis très heureux que nous soyons sortis de l'impasse. Je suis même ravi que tu aies pensé à moi alors que le succès aurait pu te monter à la tête. Mais... il me semble que tu me réserves d'abord un poste dans ton entreprise, plutôt qu'une place auprès de toi...

— Je t'offre les deux, fit-elle sans cacher son agacement. On ne peut pas vivre que d'amour et d'eau fraîche !

— Et de klong, ajouta Axel à brûle-pourpoint. Je suis resté si longtemps à nourrir un amour perdu à grandes doses de klong...

Yumi demeura songeuse, mesurant ses paroles :

— L'amour total reviendra quand nous partagerons nos quotidiens...

— Pour le moment, j'ai plutôt l'impression de retrouver mon ancien job, à la Deutsche Drug ; bientôt on ne parlera plus que du profil psychique des clients allemands, ou de la maximalisation de notre produit, ou...

Tout à coup il se mit à rire d'une voix aigrelette, qui fit peur à Yumi. Sa longue figure maigre grimaçait plus qu'elle n'exprimait la joie.

— Ce n'est pas un travail comme les autres, reprit Yumi en essayant de retrouver son assurance : nous devons répandre le plaisir, pour lutter contre toutes les rivalités... Mais pourquoi ricanes-tu, à la fin ?

— Parce que je suis bel et bien en voie de guérison, je viens de le constater ! Je me souviens tout à coup de ma situation avant de partir pour Bangkok. Je ne pouvais plus sentir le travail, j'étais névrosé, à la merci du nowhere et des migraines, et on m'avait conseillé d'essayer cette formule de voyage-mariage pour me refaire une nouvelle vie. On peut dire que c'est réussi ! Maintenant je recommence à vibrer : c'est fou, mais j'ai envie de sauter dans ton aventure ! C'est le bonheur qui fait craquer mon masque de prisonnier, tu devrais t'en réjouir !

Yumi scrutait le visage d'Axel, brisé, au bord des larmes.

— Tu es guéri, mais ça te rend malade, fit-elle à mi-voix, tandis qu'Axel se prenait la tête à deux mains.

Soudain le chauffeur donna un coup de volant pour éviter une bande de gamins à demi nus qui sortaient en trombe d'une ruelle bondée de boutiques improvisées. Ils disparurent aussitôt, comme des chiens errants, tout en dévorant leurs fruits volés.

La limousine s'enfonça dans un dédale de ruelles sombres et humides, puis elle déboucha dans un nœud routier, au milieu d'une marée de véhicules. Un long silence s'écoula, à peine troublé par le bruissement du climatiseur. Un silence que Yumi rompit, d'une voix où Axel reconnut de l'enthousiasme.

— Je connais une médication qui nous sortira rapidement de cette situation.

— Tu veux parler du... « philtre amoureux » ?

Yumi sourit, une lueur de défi brillant dans le mystérieux interstice de ses yeux. Comme une Ève orientale à l'entrée du paradis neurochimique, songea Axel, déjà grisé par l'expérience amoureuse qui s'annonçait.

16

La limousine progressait avec difficulté au milieu de la foule compacte qui se répandait dans les rues tortueuses. Des curieux commençaient à s'assembler autour de la prestigieuse voiture, penchant la tête, cherchant à percer l'identité des passagers à travers les vitres miroirs. Yumi se sentait oppressée par ces regards aveugles, mais Axel ne semblait voir qu'un vague décor mouvant, un amoncellement humain, comme un embâcle de boue dans un klong. Il mit un bon moment avant de répondre à l'invitation de Yumi :

— Tu voudrais jouer avec nos sentiments ?

— Jouer en toute honnêteté, pour atteindre une vérité fondamentale... Le klong, le lovedrink, le chao, ce ne sont que les premiers pas, pour nous préparer à la plus grande expérience que l'humanité ait jamais réalisée : les relations transpsy. Essaie de comprendre : je suis prête à t'ouvrir mon univers mental, tu y voyageras à volonté, tu verras le monde à travers ma sensibilité. Et tu croirais que je cherche à te tromper ?

— Je ne crois rien, j'aimerais simplement savoir : pourquoi cette nécessité de combiner les relations transcérébrales avec le chao ? Comme s'il fallait d'abord s'engourdir pour arriver à s'ouvrir l'esprit.

— Le chao, c'est pour éviter de perdre la tête ! Sans préparation mentale, le cerveau récepteur peut rejeter l'intrus qui le pénètre, ou alors le visiteur risque de se perdre dans les méandres d'une pensée étrangère.

— Tu n'es pas tout à fait une étrangère, il me semble...

— On ne connaît jamais l'autre que superficiellement, avança Yumi dans sa hâte de toucher l'essentiel. Mais les relations transpsy vont réellement nous permettre de comprendre les autres, de l'intérieur, et de découvrir des univers jusqu'à ce jour insoupçonnés... Tu te rends compte : pour la première fois dans l'histoire de l'humanité nous ne serons plus prisonniers d'une personnalité limitée, nous percerons le secret des autres, et chacun pourra lire dans l'esprit d'autrui comme dans un livre ouvert ! Imagine : le riche pensera comme le pauvre, le juge comprendra les motivations du criminel, les vieux vibreront au diapason des jeunes... Avec la communion mentale, le mensonge ne sera plus possible. Le monde sera transparent !

Axel baissa les yeux, comme pour dissimuler son inquiétude. Depuis qu'il s'était rasé la barbe, il avait l'impression que son visage amaigri trahissait tous ses sentiments.

— Il n'y aura plus de petits secrets entre les amoureux ? Et si les révélations transpsy détruisaient le mystère qui a toujours contribué à la séduction ?

— N'aie pas peur, chuchota Yumi, les yeux rieurs ; pénétrer dans la turbulence mentale de l'autre, ce n'est pas comme visiter une région bien cartographiée.

— Qu'importe. Je perdrai sûrement des illusions.

— Mais tu découvriras la signification de ces illusions.

Axel n'était pas sûr qu'ils se comprenaient très bien. C'était sans doute à ce genre de dialogue de sourds que le transpsy devait suppléer. Les possibilités de la communion psychique commençaient à l'étourdir ; un nouveau continent mental s'ouvrait devant lui, à perte d'imagination.

Un moment, Yumi sonda son regard comme si elle évaluait la portée de sa prochaine remarque, puis sa voix se fit plus grave :

— Aussi bien te le dévoiler : l'amour que tu crains de perdre reposait sur une illusion. La première fois qu'on s'est rencontrés, ce breuvage rose que Noï nous a fait prendre, et que nous avons bu tout le temps de notre lune de miel, eh bien...

— C'était un aphrodisiaque.

— Tu le savais ?

— J'ai entendu parler de cette pratique en prison. Mais j'ai toujours préféré croire que nous nous aimions... en toute liberté.

Yumi battit des paupières, surprise de se sentir touchée.

— L'amour demeure une force étrangère, observa-t-elle à mi-voix. La biochimie des passions s'exerce à l'aveuglette et les amoureux sont toujours des victimes. Autrefois on parlait de Cupidon, de Shiva ou du karma. Maintenant, on a le choix. J'aurais pu prendre cet aphrodisiaque avec quelqu'un d'autre, et toi aussi. Nous nous sommes choisis, non ?

Axel resta sans voix, en proie à des spasmes nerveux.

— Qu'est-ce qui t'arrive ? lança Yumi, le visage brisé.

— J'essaie de rire : j'espérais réaliser un mariage parfait, et j'ai trop bien réussi : notre union est le fruit d'un ordinateur et d'une drogue !

— Et alors ?

— Il ne manquerait plus que les relations transpsy... si seulement cela pouvait conduire à des rapports égalitaires.

Dans le visage décomposé de Yumi, l'étonnement se mêlait à l'impatience.

— Que crois-tu donc ? Nous serons deux pour partager...

— Non ! coupa Axel dans un emportement subit, atteignant enfin l'intensité nécessaire pour vider son sac. Il n'y a pas de partage quand l'un est au service de l'autre. Les riches vont se payer des expériences qu'ils ne pourraient jamais vivre autrement. Ils connaîtront la vie des pauvres sans avoir à en souffrir, mais crois-tu un seul instant qu'ils vont ouvrir leurs pensées aux démunis ? Le Transphère paralyse le cerveau récepteur au profit du visiteur ; la fameuse communion ne fonctionne que dans un seul sens, celui de la domination.

Étrangement, Yumi parut rassurée. C'était donc ça : il ne craignait pas le transpsy comme tel, mais ses lacunes. Comme elle, d'ailleurs. Si elle n'avait pas été entraînée par Noï et Prem, serait-elle aussi empressée ?

— J'en ai déjà parlé à Noï : pourquoi pas des relations... « interpsy », bien sûr ? Les amoureux pourraient se redécouvrir en profondeur, mais ils risqueraient de perdre leur autonomie, de s'abandonner corps et âme, l'un dans l'autre... Comment les partenaires accepteraient-ils de se détacher de la machine qui les rapproche ?

— Il faut avoir confiance dans les amoureux ! Avoue-le donc : vous n'avez pas développé ces relations interpsy, pour la bonne raison que c'est moins payant. Les clients pourraient alors se passer des services d'une prostituée psychique.

— On pourrait faire autant de profit, sinon plus, en louant le Transphère « T » à tous les amoureux refroidis du monde. On ouvrirait des cliniques pour revigorer les sentiments usés par les années. Mais le problème est ailleurs, il est technique : si les deux partenaires transcérébraux, simultanément émetteurs et récepteurs, sont branchés sur le Transphère, qui contrôlera qui ? Comment pourrait-on les débrancher s'ils se sont égarés dans la conscience de l'autre, dans une extase qu'ils ne voudront jamais abandonner ?

— Quelqu'un de l'extérieur pourrait superviser notre expérience. Ueang, par exemple.

— Oui, mais si en t'éveillant tu te retrouves en partie dans mon cerveau, en partie dans le tien, et moi aussi, où en serons-nous ?

— Puisque nous vivrons ensemble, rien ne sera perdu !

Pendant un moment Yumi chercha à lui opposer des arguments d'ordre pratique, mais le cœur n'y était plus. Elle chancelait, Axel le sentait, et le goût d'aller jusqu'au bout commençait à l'exciter.

— Faudrait-il tout perdre pour se retrouver ? fit-elle en bonne partie pour elle-même. Si nous nous égarons dans les circuits du Transphère « T », c'est notre projet qui en souffrira.

— Mais si nous réussissons, tout le monde y gagnera. Tu sais très bien que le Consortium ne tardera pas à reprendre le temps perdu pendant la guerre. Avec ses énormes capitaux, il pourra facilement concurrencer des petites boîtes comme le Clue-Club. Peut-être pas en Thaïlande, mais ailleurs, avec un produit de synthèse pour remplacer le chao. Tandis que si nous mettons au point tout de suite les relations interpsy, nous serons en avance pour longtemps. Par la suite nous pourrions même songer aux relations multipsy ! Et qui sait si un jour le Transphère ne conduira pas à la transmigration, quand on pourra garder en soi les pensées vivantes d'un être cher emporté par la mort ?

Décontenancée, Yumi était incapable de réagir. Elle qui craignait les réticences d'Axel, elle se demandait maintenant si elle devait le suivre !

— Autant jouer à quitte ou double, fit-elle sans fermeté. Ou on connaît l'extase, ou... on ne connaîtra plus rien. Il ne restera plus qu'à débrancher le Transphère.

Axel croyait que la limousine restait immobilisée dans un embouteillage ; il étira le cou pour constater l'ampleur du problème, mais il ne vit qu'une ruelle presque déserte. En se retournant, il crut reconnaître une façade encore humide de peinture. C'était bien le Clue-Club nouvelle formule, bleu rêve et rose lovedrink, ouvrant sa porte dorée dans la gueule d'une tête de dragon en vivantes synthécouleurs. Le portier avait disparu, sans doute remplacé par une caméra.

— Viens, dit Yumi, tandis que la portière automatique pivotait en chuintant.

Axel hésita. Il se sentait en sécurité dans l'espace clos de la limousine, et le nouveau portique du cybordel ne lui inspirait guère confiance.

— Je n'ai nulle part où aller, murmura-t-il.

— Viens, reprit-elle d'une voix grave ; c'est justement là que nous allons.

... En bordure d'un *mae nam* où circulent des barques remplies de fruits colorés, des barges chargées de riz et des embarcations de pêcheurs, sous les frondaisons élevées d'une cocoteraie, le voyageur distingue à peine un *muban*, agglomération de quelque quatre-vingts maisons de bois recouvertes de chaume ou de tôle, plongeant leurs pilotis dans l'eau glauque et tranquille. La commune rurale disparaît à demi dans l'ombre des bosquets de cocotiers et de bananiers ; on dirait une île au milieu des rizières irriguées par les klongs qui divisent la plaine en motifs géométriques, tels d'immenses éclats de miroirs où se reflète le ciel bleu sombre qui annonce la mousson. Le jeune visiteur se retrouve comme par magie au milieu des ponts de cordages tressés reliant les maisons ; il y aperçoit des enfants qui jouent au singe en se balançant sous les arbres. Des garçons s'arrêtent pour lui lancer un regard méfiant, attirés et repoussés en même temps par son teint pâle et ses manières étranges. Une fillette s'approche de lui, elle a des traits de poupée mais un corps de femme. L'étranger lui tend la main, la fille lui sourit, ils grimpent tous les deux à une échelle de corde, ils continuent au-delà des frondaisons et s'envolent dans le ciel qui devient lumineux, jetant des rayons dorés sur une ville moderne, divisée en deux par un fleuve immobile, un fleuve de béton, dressé comme un mur. Le garçon invite la fille à s'y poser. Ils y gambadent tous les deux en se tenant par la main, toujours en équilibre, malgré les barbelés, les palmiers de plastique, les plantes grimpantes qui s'y répandent à vue d'œil, en ouvrant leurs feuilles en forme de babiole *made in Taïwan*. « C'est là que j'habite », dit le garçon. « De quel côté du mur ? » demande la fille. « De l'autre bord », répond le jeune Berlinois qui tombe aussitôt, lâchant la main de son amie qui bascule à son tour, du côté opposé. Le garçon se retrouve dans un bureau avec de vieux yuppies blasés et la fillette, dans une maison close où une certaine madame Lee Zhiying lui montre comment offrir son corps pour jouer dans *Love and Business*. Mais tous deux reviennent vers le mur, ils se retrouvent à l'intérieur du béton qui disparaît aussitôt. Leurs corps ont fusionné, les deux parties de la ville se confondent, et de la boue coule dans les rues, recouvrant tranquillement les quartiers les moins élevés. Seul le sommet des édifices émerge, comme des pouces de riz. Les deux enfants, l'un dans l'autre, glissent sur l'immense marécage, la fille guidant son ami vers un dôme lumineux qui pulse au ras de l'eau brune. « Yumi Interpsy », annonce une enseigne au néon, dont le reflet des lettres sur la surface tremblante se transforme en caractères orientaux. Il-elle se retrouve à l'intérieur, dans une chambrette, devant un appareil tout plein d'écrans clignotants. Il-elle y voit toutes sortes de scènes chatoyantes, des Orientales sur des plages de carte postale, une Mercedes encerclée par une foule, des klongs s'infiltrant dans une ville moderne, des armées fantômes marchant sous l'eau, et, devant l'appareil, deux corps nus, enlassés. Une Orientale et un farang, qui leur ressemblent. « Il faut y retourner », dit la voix de la fille dans le cerveau du garçon. Leurs corps se séparent, le garçon voudrait fuir mais l'eau brune monte rapidement dans la pièce rose bonbon. La fille lui tend la main, il y retrouve une capsule qu'il avale aussitôt. Il est sur le point de sombrer lorsqu'il se sent aspiré par l'appareil...

A demi engourdi, Axel allongea un bras en direction de sa compagne, mais il ne toucha qu'un oreiller. Aussitôt il se dressa au milieu du lit, regardant partout. Rien qu'une chambre étroite, des meubles orientaux, un appareil bionique ; pas de Yumi ! Elle a quitté le lit durant mon sommeil, pensa-t-il ; sans doute veut-elle préparer notre troisième journée à Bangkok. Peut-être la dernière...

Tels des lambeaux d'images mouvantes, des bribes de paysages interpsy planaient toujours au milieu de ses pensées ensommeillées. Il se souvenait à peine de ces images, tant elles étaient nombreuses, désordonnées, sans cesse confondues. Il revoyait encore leur incursion commune dans leurs souvenirs d'enfance et leurs fantasmes débridés, il sourit en songeant à Berlin noyé dans une immense mouruang, mais toutes ces visions n'étaient qu'un pâle reflet de l'expérience profonde qu'il venait de vivre, et il se sentait comme un naufragé, courbaturé, sur une plage déserte. Un moment, le sentiment d'être rejeté lui laissa un goût amer ; à quoi bon voyager dans l'espace mental si on n'en conserve que des visions fugitives ?

Heureusement la certitude de se sentir à tout jamais transformé persistait, troublante, et cependant évocatrice d'un enrichissement inouï. Désormais, il ne serait plus l'Axel ennuyeux qu'il avait connu, pas même celui qu'il était devenu dans le camp de prisonniers, simple et branché sur les valeurs essentielles de la survie. Et Yumi ne serait plus jamais le fantôme de femme qu'il avait connu pendant son mariage. Tous deux, inextricablement mêlés, formaient une entité nouvelle, composée de Yumi-et-Axel et d'Axel-et-Yumi. Et cette double combinaison de leurs états d'esprit multipliait leur façon d'entrer en harmonie, à tel point qu'Axel — avec la pensée de Yumi évoluant désormais en lui — craignait de céder à une pression intérieure, menaçant de faire éclater son espace mental. Il se croyait trop petit pour accueillir les pensées vivantes de Yumi et, depuis peu, parce qu'elle s'était retirée de lui, il éprouvait une solitude insoutenable.

Au moment d'arracher son corps fourbu au petit lit de Yumi, Axel fouilla minutieusement dans ses cheveux pour tâter la minuscule aspérité métallique, comme un furoncle froid et insensible, marquant l'endroit où on lui avait implanté l'émetteur-récepteur du Transphère. Axel se sentait abandonné, sans le tube qui avait relié son cerveau à celui de Yumi. Il n'arrivait pas à se départir d'un

sentiment de vulnérabilité : ses pensées ne ris-
quaient-elles pas de s'échapper par la petite ouverture ? De nombreuses sensations inusitées continuaient de le troubler, en particulier cette
impression, obsédante, qu'il venait de renaître, en
se voyant de l'extérieur, à travers la perception
d'une autre personne.

Depuis qu'il avait quitté le camp de prisonniers,
il avait passé la plus grande partie de son temps à
vagabonder dans l'univers psychique de... — le
terme n'avait jamais été aussi approprié — sa moi-
tié. Le Transphère lui avait permis de saisir le cheminement de Yumi, et peut-être mieux qu'elle. Il
savait qu'au point de départ elle s'était livrée à la
prostitution et au klong pour racheter les turpitudes de son père, mort à cause de la drogue. Sans
le savoir, elle avait cherché des hommes qui lui ressemblaient ; elle s'était droguée pour rivaliser avec
lui, dans l'obscure intention d'en sortir gagnante.

Pendant leurs deux jours au Clue-Club, ils avaient
triché avec le temps. Ils avaient abusé des relations
interpsy. Certaines pensées de Yumi tourbillon-
naient toujours parmi les siennes, et pourtant, malgré cette troublante intimité, Yumi lui manquait. La
Yumi de chair, avec ses muscles fermes, ses caresses inspirées, ses yeux pétillants, comme une invitation à perdre la tête. Seul, dans les draps froissés
par leurs ébats amoureux, il ressentait un vide profond : la présence de Yumi était devenue essentielle,
partie intégrante de sa vie. La personnalité de Yumi
s'était frayée un chemin dans les circonvolutions de
son cerveau, elle avait évolué au sein de sa matière
pensante, et son retrait ne laissait qu'une béance
vivante, lancinante, qui pulsait entre ses oreilles.
Axel, affamé de sa compagne, craignait de ne plus
jamais pouvoir vivre seul avec ses pensées incomplètes. Il n'était pas pris par le contact interpsy, il

n'était pas dépendant du chao, non, c'était encore beaucoup plus dangereux, plus exaltant : le flux vital de Yumi, en lui, était devenu indispensable pour penser de façon satisfaisante, avec cette vision-stéréo qui donnait une nouvelle profondeur à ses perceptions. Il la cherchait partout dans les replis sinueux de son cortex. Il était drogué de Yumi !

Soudain il se rendit compte d'une présence dans la chambre. Yumi venait d'entrer, la Yumi de chair, énergique et fébrile, mais beaucoup plus préoccupée que l'image mentale qu'il en conservait. Elle portait maintenant des jeans et un blouson vire-vent, elle avait ramassé ses cheveux dans un chignon improvisé qui lui pendait sur le cou, et elle marchait de long en large, incapable de maîtriser sa nervosité :

— Enfin, dit-elle, tu te remets de tes petites incursions ?

— Je reviens de loin, observa Axel d'une voix rêveuse. Je ne me suis jamais senti aussi épuisé : pendant notre expérience intersphère, j'ai vécu comme deux.

Yumi eut un sourire sans âme ; elle aussi, elle avait pataugé dans la mouruang de Berlin.

Axel parut troublé ; après l'extase de la communion mentale, il découvrait tout à coup la lassitude. « L'enveloppe de chair »... L'espace d'un instant, il craignit de lui préférer son double psychique, qu'il nourrissait de ses propres fantasmes.

— Ton permis de séjour tire à sa fin, fit-elle sans avertissement, en faisant tourbillonner son blouson vire-vent. Tu dois prendre une décision : alors, acceptes-tu de participer à notre réseau interpsy ?

— Comment pourrait-on refuser un sixième sens qui multiplie tous les autres ? Mais je ne sais pas si c'est moi qui parle, ou le souvenir de toi en moi.

Yumi devinait ses hésitations, les mêmes craintes continuaient de la hanter : que vaudrait l'opinion des adeptes de l'interschère quand les pensées de tous leurs partenaires se mêleraient à leur personnalité ? Où cela mènerait-il, sinon à la plus grande des confusions ?

— On ne peut pas communier et se séparer en même temps ! dit-elle en montant le ton, les mains sur les hanches. De toute façon, si tu souhaites prendre tes distances, tu en auras l'occasion, aujourd'hui même.

La voix avait failli lui manquer. Surprise par son emportement, elle défit nerveusement son chignon, comme s'il l'empêchait de respirer, elle secoua quelques ailerons de son vire-vent, puis elle regarda à droite et à gauche, comme pour chercher une porte de sortie. Mais la chambrette anonyme n'inspirait que des sentiments étouffants. Sur un des murs était affiché un plan schématique d'un Transphère « T » ouvert sur des entrailles bioniques naïvement évoquées. Sous le coup d'une lassitude subite, Yumi se laissa tomber sur le lit, dos à Axel.

Le regard embué, Axel se dressa sur un coude et caressa le cou gracile de Yumi, surgissant entre les deux ailes noires de ses cheveux dénoués.

— Tu as obtenu la réponse définitive de Prem ? s'enquit-il, après avoir repris l'assurance nécessaire pour encaisser la réponse appréhendée.

— Oui, dit Yumi en se raidissant sous les caresses d'Axel. Prem ne peut pas faire modifier ton visa, pas pour le moment. Le nouveau pouvoir n'est pas aussi organisé qu'il le laisse entendre. Les militaires doivent composer avec les anciennes autorités en place, ils ne peuvent pas tout prendre en main, sous peine de relancer des rivalités latentes.

— Je vois, poursuivit Axel, comme pour permettre à Yumi de reprendre son sang-froid. Si le directeur du camp a hésité à me relâcher, s'il ne m'a octroyé qu'un court permis de séjour, c'est pour marquer sa relative indépendance vis-à-vis du nouveau pouvoir.

— Mais tu reviendras, s'empressa d'ajouter Yumi, tristement. Quand le pays sera réorganisé, on continuera d'inviter les étrangers.

— Je pourrais toujours rester ici, dans l'illégalité... Comme toi à l'Eros Center.

— Dans quelques heures le directeur du camp vérifiera si tu as quitté le pays. Tu risquerais de ne plus jamais circuler en sécurité.

Songeur, Axel se frottait le menton d'une grande main hésitante, comme s'il ne reconnaissait plus son visage imberbe.

— Il se peut que j'aie besoin de retrouver une base solide à Berlin, pour reprendre les choses là où elles se sont rompues...

Yumi resta prostrée. Les secondes s'écoulaient, pénibles, oppressantes. Des bruits étouffés provenaient de l'extérieur, coups de klaxon, chansons populaires et cris joyeux ; la foule en liesse ne cessait plus de se répandre dans les rues.

Soudain le visage d'Axel s'éclaira ; il avait une idée, mais ses lèvres tremblaient, et il hésita quelque peu avant de parler, la voix enrouée par l'émotion :

— Tu ne veux pas m'accompagner à Berlin ? suggéra-t-il en baissant la tête, l'air d'un petit garçon honteux, incapable de dissimuler son égoïsme.

Yumi ouvrit de grands yeux incrédules.

— Aurais-tu oublié que tu m'as fait rechercher par la police ? Je serais obligée de vivre dans la clandestinité, sans klong. Tu sais où cela nous a déjà conduits...

— Tu crois que ce sera mieux si je retourne à Berlin, seul comme jamais ? Sans travail, sans interpsy, sans toi ? Aussi bien succomber au nowhere tout de suite !... Il aurait fallu inventer une sorte de téléphone interpsy, fit Axel dans un effort lamentable pour plaisanter.

— Ne t'en fais pas, bredouilla Yumi : une partie de toi continuera de vivre en moi.

17

Une partie de toi continuera de vivre en moi...
Axel ne cessait de penser à cette phrase, qui lui rappelait douloureusement l'enfant qu'ils n'avaient jamais eu. L'interpsy serait-il en train de suppléer à la maternité ? Non, de toute évidence son profond sentiment d'insécurité le portait à noircir le tableau.

Axel tournait en rond dans la chambrette, sourd aux clameurs qui se répandaient autour du Clue-Club. Pour essayer de se changer les idées, il alluma un bâtonnet d'encens, puis il se laissa tomber sur le lit, où il resta prostré, attendant le retour de Yumi. Mais pourquoi donc tenait-elle à rencontrer Suzuki à ce moment-ci, alors qu'il ne leur restait plus que six ou sept heures à partager ?

Yumi apparut tout à coup, à bout de souffle, étrangement rayonnante, des tourbillons dans le vire-vent. Elle se campa aussitôt devant Axel, scrutant son visage anxieux, comme pour jauger ses capacités de résistance.

— Avant de prendre une décision, il faut que je t'avoue quelque chose, lâcha-t-elle en se mordant les lèvres, en proie à une lutte intérieure. Pendant nos échanges interpsy, j'ai découvert un événement soigneusement enfoui dans ton subcons-

cient, une vérité qui peut tout remettre en question... Je n'étais pas certaine de comprendre, mais
Suzuki vient de confirmer mes hypothèses. Es-tu
prêt à tout connaître de ton nowhere, et de ton
amnésie, et de tes maux de tête ?

Axel grimaça en prévision de la migraine qui
s'annonçait. Étrangement, rien ne se produisit. Les
relations interpsy auraient-elles donc modifié son
attitude ? Sa mésaventure de Rawaï lui semblait
maintenant si lointaine ; elle concernait un autre,
dans un passé révolu. Son amnésie ? Il s'en souvenait à peine !

— Vas-y, soupira-t-il. Si tu crois que cela peut
changer quelque chose.

Yumi paraissait lutter contre ses craintes ; soudain, elle prit une profonde inspiration, puis elle se
décida :

— Je me suis rendu compte que tu avais déjà tout
découvert, avant qu'on t'amène à l'oublier... A ta
dernière semaine de travail à Rawaï, tu as eu connaissance de certains agissements insolites. Des
expériences douteuses sur des prostituées, des tests
désastreux à partir de drogues incontrôlables, des
relations secrètes avec un curieux laboratoire bionique où on cherchait à mettre au point le prototype
du Transphère « T »... Comme cela te causait de gra-
ves problèmes de conscience, et que tu menaçais de
dénoncer les expériences inhumaines, la direction
du Consortium a préféré te mettre hors d'état de
nuire. Par la même occasion, on en a profité pour
tester sur toi un nouveau type d'intervention cérébrale.

A mesure que Yumi parlait, Axel passait par toutes sortes d'émotions. Son long conditionnement lui
fit d'abord craindre une irruption du nowhere. Une
crise subite, une encéphalite qui le terrasserait...
Puis toutes ces révélations s'assemblèrent au milieu

de ses pensées décousues. Il avait le sentiment de se retrouver lui-même, de se raccrocher à son ancienne personnalité, au-delà de son amnésie. Les déclarations de Yumi lui permettaient de restituer ses souvenirs manquants; comme dans un rêve éveillé, il se revoyait dans les bureaux de Rawaï, seul, la nuit, en train d'examiner des documents compromettants en provenance du Consortium...

— Au plus secret de ton subconscient, continuat-elle avec plus d'assurance, j'ai vu que tu t'étais insurgé contre les dangers du Transphère mental. Tu craignais de voir le Consortium profiter d'une clientèle aliénée, droguée par un aphrodisiaque bionique, prête à tout pour l'évasion psychique.

Axel émergeait peu à peu d'un profond accablement, d'une sorte de mouruang mentale. Il se retrouvait et en même temps il ne se reconnaissait plus : lui qui avait risqué de perdre son emploi pour dénoncer le puissant Consortium, il s'apprêtait maintenant à le doubler sur son propre terrain !

Le Transphère offrait-il une évasion pernicieuse, ou la plus belle des libérations ? Quand donc s'étaitil trompé : hier, à Rawaï, en résistant à l'aliénation du transpsy, ou aujourd'hui, en prônant des relations fondées sur l'amour sans limite ? Où se situait le vrai Axel ? Avant ou après le nowhere ? Avant le Pongketong ? Après l'interpsy ?...

— Tu es certaine de ta découverte ? Tu as peutêtre délogé des fantasmes que j'ignorais...

La voix douce de Yumi ne laissait transpirer aucune hésitation :

— Je me suis informée auprès de Suzuki; ce genre d'intervention n'était pas de son ressort, mais il en sait assez pour se prononcer. Pendant ton séjour à l'hôpital de Rawaï, les spécialistes de la Deutsche Drug ont dû te traiter avec une nouvelle formule de drogues à effets spécifiques, pour te faire oublier.

— Les DES se répandent de plus en plus, reconnut Axel. Mais les médecins n'ont quand même pas pu me faire ingurgiter des pilules pendant des mois et des mois, à mon insu !

— Pas nécessaire. On t'a implanté dans le cerveau un produit qui s'active de lui-même dans des conditions particulières ; chaque fois que tu cherches à te souvenir de tes dernières semaines à Rawaï, tu déclenches automatiquement une série de réactions biochimiques, pouvant provoquer une simple migraine dissuasive ou, si tu persistes, une véritable crise de nowhere. A vrai dire, on t'a dissimulé dans le crâne une sorte de bombe psychique à retardement ! Suzuki soupçonne la Deutsche Drug de t'avoir inoculé un nowhere artificiel pour que tu doutes continuellement de toi-même. Si tu étais arrivé à reconstituer ta découverte par une série d'associations mnémoniques, tu aurais considéré cette révélation comme une hallucination provoquée par la paranoïa...

Pendant que Yumi tâchait de lui expliquer le processus du détournement de la mémoire, avec des termes savants empruntés au langage de Suzuki, Axel revoyait son passé sous un jour révélateur. Le rôle d'Astrid, en particulier, prenait tout son sens : elle n'était ni plus ni moins qu'une sorte d'espionne psychique, chargée par la Deutsche Drug de vérifier si l'amnésie artificielle fonctionnait bien. Le résultat des tests qu'il avait subis dans une clinique privée de Berlin devenait on ne peut plus éclairant : les biochimistes de madame Schmidt, ignorant ce nouveau type de DES, ne pouvaient détecter qu'une anomalie inexplicable.

— Bref, conclut Yumi, tu n'as jamais souffert de nowhere avant le traitement des médecins. Cette crise pendant ton travail, c'était un mensonge pour motiver une intervention. On a profité de ta perte de mémoire pour monter ce scénario. Un prétexte inventé après coup ! En fait le nowhere est apparu à la suite de l'amnésie, en bonne partie parce que tu ne pouvais plus accéder à des informations vitales.

Axel se sentait libéré, enfin débarrassé du cancer mental qui lui rongeait la mémoire. Tout s'éclairait. Tout ? Pas encore.

— Comment expliquer que j'aie réussi à écarter le nowhere quand je pataugeais dans la mouruang ? J'ai même pris de l'assurance comme jamais !

— Bien sûr : tu savais alors où tu en étais, dans la mouruang jusqu'au cou, et il te fallait y penser tous les jours pour ne pas y sombrer. Tu étais confiné au présent, au temps de la survie, et le klong que tu prenais chaque soir te faisait éviter les zones problématiques de ta mémoire.

— Et maintenant, pourquoi puis-je évoquer ces souvenirs perdus sans être terrassé par une tempête mentale ?

— Voilà qui confirme la théorie de Suzuki : en faisant sauter le verrou biochimique des DES, l'expérience interpsy t'a permis d'accéder à tes souvenirs interdits. Si j'ai bien compris Suzuki, les DES ont été sélectionnées en fonction de tes structures neuronales, mais l'intrusion de mes pensées dans les tiennes a fonctionné comme un nouveau réseau de neurotransmetteurs, contre lesquels les DES n'étaient pas prémunies. Maintenant, cette ramification synaptique s'est installée à demeure. Plus rien ne t'empêche de t'engager à fond dans notre réseau interpsy. Au lieu de te morfondre, pourquoi ne pas recruter tout de suite une clientèle à Berlin ?

Mais où cela le conduirait-il ? Hier il s'insurgeait contre le transpsy, aujourd'hui il est prêt à répandre l'interpsy, et demain, opterait-il pour le multipsy ? Et après-demain, Suzuki, Noï et compagnie se lanceraient-ils dans la course à l'espace psychique ? Verrait-on apparaître une génération de drogues spécifiques pour modifier les humeurs à volonté ? Devrait-on effacer les souvenirs désagréables ? Irait-on jusqu'à proposer des comprimés biochimiques pour faire naître de faux souvenirs, créés de toutes pièces en vue de façonner la personnalité selon des psychogiciels à la mode ? L'avenir appartenait-il à un pouvoir pharmaceutique invisible, dissimulé derrière des organismes comme Paradisc ? Cette vision pessimiste n'était-elle pas provoquée par l'intervention de la Deutsche Drug, par une sorte de dérèglement des DES qu'on lui avait implantées dans le cerveau ? Jusqu'où le Consortium était-il allé en lui jouant dans le cerveau ?

Soudain Axel se rendit compte que Yumi le secouait par un bras, en lui rappelant qu'il devait se préparer à partir. Ou à rester. Désemparé, il laissa errer son regard dans la petite chambre du Clue-Club, ne sachant plus que dire. Le décor occidentoriental l'excédait, le lit lui semblait osciller comme un radeau, l'odeur d'encens l'étouffait, il était prêt à tout remettre entre les mains de Yumi, pourvu qu'elle pût prendre une décision.

— Allons dehors, suggéra-t-elle. Nous nous baladerons dans les rues de la ville, en direction de l'aéroport si tu veux. Laissons Bangkok décider pour nous.

Le chauffeur les attendait dans la ruelle, posté près de la limousine, apparemment insensible à la chaleur et à la foule bruyante. En sortant dans la lumière vive, Axel détourna le regard pour ne pas revoir le tas de déchets où il avait attendu une certaine Yumi, qui n'existait plus. La vraie Yumi l'avait maintenant drogué à tout jamais. Il eut un sourire désabusé, en se rappelant qu'il avait lutté contre le chao qu'il craignait maintenant d'abandonner.

Avant de monter dans la limousine, Axel se retourna vers la porte principale du Clue-Club, avec une pensée pour le portier asiatique à qui il devait son emprisonnement. Yumi l'observait du coin de l'œil ; en le voyant serrer les dents, elle devina ses sentiments.

— Je lui ai fait franchir sa porte pour la dernière fois, lui confia-t-elle avec une expression moqueuse. Si tu veux le revoir, il te faudra retourner au Pong-ketong !

En silence, ils se faufilèrent entre les enfants admiratifs agglutinés autour de la Mercedes ; après quelques contorsions, ils disparurent derrière les vitres teintées, puis ils se laissèrent promener au hasard des quartiers avoisinants, au milieu de la foule tumultueuse qui se répandait en tout sens, ivre d'elle-même, excitée de pouvoir circuler en liberté. Devant le regard fixe d'Axel, les façades étroites, les affiches toutes fraîches et les banderoles aux couleurs vives défilaient comme dans un film embrouillé. Ils avaient tout le temps nécessaire pour se rendre à l'aéroport, et Yumi avait demandé au chauffeur de passer par les rues populeuses de Patpong, là où l'Allemand-qui-cherche-sa-femme avait tant déambulé. En elle-même, Yumi espérait que le souvenir de ses recherches intensives lui rappellerait qu'il ne s'était pas démené en vain. Mais le ciel s'était assombri rapidement, la lumière pâlotte semblait banaliser le quartier des plaisirs. Désormais sans touristes, Patpong était envahie de passants affairés qui baissaient la tête devant les néons éteints et les immenses réclames de shows porno, déchirées ou barbouillées de graffitis anti-occidentaux. Partout, des clochards, des enfants errants et des groupes d'ex-paysans incapables de regagner leur rizière dévastée par la guerre. Patpong ressemblait maintenant à n'importe quel quartier, avec ses façades délabrées, ses vendeurs ambulants, sa chaussée maculée de détritus et ses fenêtres closes, barricadées de planches grisâtres, comme si la guerre durait toujours à l'intérieur des maisons sombres. Seul le métro aérien, récemment remis en état de marche, laissait augurer un avenir prometteur. Au-delà des toits, le ciel remuait de gros nuages sombres, sur le point d'éclater, et des centaines d'hirondelles bruyantes s'étaient posées sur les fils électriques, en prévision de l'orage.

— Yumi, murmura Axel après un long moment de réflexion, il y a une grande partie de toi que tu ne m'as jamais dévoilée, même pendant nos relations interpsy. Avant que je prenne ma décision, dismoi au moins une chose : si tu avais voulu refaire ta vie avec moi en Allemagne, pourquoi cet avortement ?

Pendant le silence qui suivit, le chauffeur dut freiner à plusieurs reprises ; à tout moment, la foule houleuse et turbulente menaçait de se refermer sur la limousine. Yumi mit beaucoup de temps avant de répondre ; non pas qu'elle hésitât, mais elle avait enfoui cet événement sous les couches les plus profondes de sa conscience. Il lui avait fallu l'oblitérer en se soûlant à l'Eros Center, en fuyant Axel jusque dans le bordel le plus insolite de Bangkok, puis elle avait ingurgité des doses massives de chao, et elle n'avait pu se reprendre en main qu'en éliminant cet épisode de son passé. Car elle avait toujours été attirée par les enfants, en secret, sans même oser se l'avouer, et elle avait vraiment cru qu'Axel représentait une chance unique d'avoir un enfant dont elle serait fière. Sa dernière chance, tout à fait illusoire.

— Je ne me suis pas fait avorter, fit-elle sans articuler, le visage de glace.

On aurait dit une voix de ventriloque, émanant de ses entrailles.

— L'enfant faisait partie du scénario ? Tu m'aurais trompé à ce point ?

Axel n'osait y croire, ne le voulait pas. Il pensait connaître la situation de Yumi, sa vie en prison lui avait appris que les petites Thaï de son genre doivent tout sacrifier pour survivre, il était prêt à accepter bien des bassesses, mais à ce point ?

Malgré le sentiment d'étouffement qui la paralysait, Yumi sentit qu'elle devait absolument s'exprimer, avant l'irrémédiable.

— L'avortement n'était pas nécessaire. J'ai perdu mon enfant au cours du troisième mois, fit Yumi avec une intonation méconnaissable.

— Pourquoi ? gémit Axel, sur le point de craquer. Pourquoi as-tu gardé le secret ?

Il manquait d'air, il s'enfonçait dans sa banquette, et la limousine lui semblait sur le point de se refermer sur lui. Il aurait voulu s'enfuir comme un mollusque dans les replis du cuir, sous la carapace de tôle.

— A quoi bon en parler ? Il est mort comme tellement de petits Allemands... Avant même de naître... Victime du SAP.

Une expression de profonde incompréhension déchira tout à coup le visage livide d'Axel. Il reconnaissait cette angoisse insoutenable, qu'il avait subie le jour où Yumi l'avait quitté. Il se retrouvait, faible, hypersensible, comme un petit garçon projeté tout à coup dans un monde à la dérive.

— Le SAP se répandrait-il partout ? réussit-il à bredouiller d'une voix brisée.

— Les directeurs de l'agence Berlin-Bangkok ne voulaient pas que ça se sache. Les Allemands auraient cessé d'importer des mariées du tiers monde, cela signifiait la fin de leur entreprise.

Soudain Axel vit la foule s'agiter autour d'eux, frénétique et menaçante ; le film qui semblait projeté sur la glace teintée s'était subitement détraqué. Le cœur d'Axel se mit à battre à coups redoublés, mais le chauffeur exécuta quelques zigzags pour éviter d'être coincé.

Les questions se bousculaient dans la tête d'Axel, sans qu'il pût les formuler. Mais maintenant il en savait assez sur Yumi pour prévoir ses réponses, pour savoir qu'à cette époque il n'aurait pas supporté la vérité. Ce n'était pas une femme comme une autre qu'il avait obtenue, c'était une épouse parfaite, programmée pour le combler. Une femme-fantasme, pour retrouver l'Orient ; une femme-compagne, pour contrer le nowhere ; une femme-mère, qui lui permettrait enfin de s'enraciner dans cette nouvelle Allemagne. Ne serait-ce que par orgueil, il n'aurait pas accepté son incapacité à enfanter ; il aurait cru qu'il s'était fait flouer par un vendeur d'épouses dénaturées.

— Ils m'ont menacée, continua Yumi en se recroquevillant contre sa portière. Wu Zhiying m'a dit que toute ma famille serait exterminée si je parlais, et tu y serais passé toi aussi. Ils m'ont forcée à t'abandonner, et j'ai dû accepter, pour ton bien. Excuse-moi, Axel, je croyais que cet enfant mort-né était ma seule raison de vivre avec toi. Je n'acceptais pas mon échec. Je ne pouvais plus tenir mon rôle, je ne m'aimais plus ; comment aurais-je pu croire que tu continuerais de m'aimer ?

Un frisson la secoua, puis elle ouvrit la bouche, comme une noyée cherche de l'air avant de couler. Mais elle se retourna et s'accrocha à l'épaule d'Axel, pour se lancer dans un monologue confus. Axel crut comprendre qu'elle cherchait à s'excuser en évoquant l'amour pitoyable qu'elle avait vu toute sa vie, dans sa famille, dans les bordels, aux réunions de l'agence Berlin-Bangkok, puis elle accusa l'Allemagne, et tous les Occidentaux. Les touristes avaient exporté le SAP en Thaïlande, ils récoltaient maintenant ce qu'ils avaient semé.

Au moment où elle allait éclater en sanglots, elle eut un long frisson, puis elle se ressaisit brusquement, mais sa voix était fêlée :

— Au moins, nous pouvons nous racheter, toi et moi : avec l'interpsy, nous allons sauver le monde entier, en lui réapprenant l'amour !

— Ne parle plus, lui dit Axel, doucement, avec une autorité rassurante. Les mots nous ont toujours égarés. C'est ta pensée que je veux retrouver.

Yumi releva la tête, surprise ; elle défaillait sous l'emprise d'un désir irrépressible, elle aurait voulu se perdre dans l'univers mental d'Axel, sentir vibrer sa présence en elle, comme un enfant dans sa chair.

Tout à coup elle se rendit compte que la limousine n'avançait plus, elle avait l'impression d'être coincée dans un cul-de-sac.

— Pauvre Axel, tu as été trompé par un ordinateur, une drogue et une prostituée incapable de mettre un enfant au monde. Qu'espères-tu de plus ?

— Un enfant.

— Comment ?

— Avec toi, bien sûr, et l'assistance de la science. Je suis certain qu'il aura sa place auprès de nous, même s'il doit sortir du ventre chromé d'une MAM.

— Tu n'y penses pas ! On ne t'a pas mis au courant, dans ton camp de prisonniers ? Tous les enfants qui sont nés des MAM souffrent de problèmes d'identité : ils sont nés du nowhere, et ils ne cherchent qu'à s'y enfoncer. Certains s'imaginent que leur mère est une machine, ils se prennent pour des robots humains, et leur taux de suicide bat tous les records. La plupart des gouvernements veulent rendre les MAM illégales.

— Alors, s'il n'y a plus de matrices artificielles, si les mères porteuses du tiers monde sont maintenant victimes du SAP...

— Il ne reste plus que les guenons ! grinça Yumi. Déjà, on commence à préparer des femelles orangs-outans pour prendre le relai ; si tout fonctionne bien, on leur implantera dans le ventre des embryons humains conçus in vitro.

— Des singes pour sauver l'humanité ? Quelle évolution ! lança Axel d'une voix déchirante, puis il éclata d'un rire douloureux qui s'étouffa dans le confort ouateux de la limousine.

Soudain un haut-parleur fit entendre la voix nasillarde du chauffeur :

— Le quartier est paralysé par un embouteillage monstre, annonça-t-il. Le bureau de la circulation me l'a confirmé au téléphone : la situation ne changera pas avant des heures. Et le métro aérien est encore bloqué par un sabotage.

— On n'a qu'à louer un cyclo-pousse, suggéra Axel.

— Il commence à pleuvoir, remarqua le chauffeur. Les rues seront bientôt balayées par l'orage, personne n'acceptera de circuler en cyclo-pousse.

— Je ne donnerais pas cher d'un farang dans ces rues mouvementées, ajouta Yumi. Le premier Occidental à portée de la main sera une victime toute trouvée pour ces gens aigris par la guerre.

— Qu'est-ce qu'on fait ? s'énerva Axel.

— ... l'amour ! chuinta Yumi contre son oreille. Puis elle se tourna vers le micro pour s'adresser au chauffeur.

— Nous aimerions rester seuls dans la limousine ; allez donc prendre un verre, je klaxonnerai quand nous aurons besoin de vous.

Le chauffeur ne s'était pas encore exécuté que Yumi fermait les volets automatiques et allumait les veilleuses.

— Au diable la circulation et l'avion ! fit-elle avec un sourire espiègle. Bangkok a décidé de nous garder.

Interloqué, Axel tardait à réagir, même si Yumi glissait les mains sous sa chemise. Enfin, il la serra comme s'il ne devait plus jamais l'abandonner.

— Les relations interpsy ne remplaceront jamais l'amour, soupira-t-il tandis qu'ils s'allongeaient sur la banquette spacieuse, sans prêter attention à la pluie qui tambourinait sur la tôle.

Dehors, les rafales torrentielles chassaient les passants sous les portiques et dans les bars. Seules des bandes de jeunes gambadaient en toute liberté sous la pluie. Excités par l'eau qui ruisselait partout, certains se déshabillaient pour batifoler sous les cascades déversées sous les toits, ils s'éclaboussaient au milieu des flaques d'eau comme s'ils avaient retrouvé leur élément. Bientôt un attroupement se forma autour de la curieuse limousine aux glaces recouvertes de volets d'acier. Des garçons bariolés de tatouages bizarres, les cheveux retenus par un bandeau écarlate ; des filles maquillées avec outrance, agitant des colliers et des bracelets en toc. Quelques jeunes remarquèrent que l'auto se balançait avec régularité, puis une grappe d'enfants turbulents grimpèrent sur les ailes, en chantant et en dansant, pour accompagner les oscillations de la limousine.

Quand la portière s'ouvrit, ce furent de joyeux cris d'enfants qui accueillirent Axel et Yumi.

Jean-Paul Dubois

**Un auteur
d'aujourd'hui
à découvrir.**

**Un roman
distrayant
et plein
de charme.**

J'ai lu 3340/3

Chroniqueur de boxe, Emmanuel se souvient du jour où tout a basculé.

Son vieux père, disparu depuis dix ans, resurgit dans sa vie. Une relation renaît, faite de tendresse, de violence et de jalousie.

Des personnages singuliers, très contemporains.

Un style et un ton d'une grande sincérité.

J'ai lu : A chacun son livre, à chacun son plaisir.

3419

Composition Gresse B-Embourg
Achevé d'imprimer en Europe (France)
par Brodard et Taupin à la Flèche (Sarthe)
le 10 février 1993. 6639G-5
Dépôt légal février 1993. ISBN 2-277-23419-2

Éditions J'ai lu
27, rue Cassette, 75006 Paris
Diffusion France et étranger : Flammarion